KB128745

朝鮮 出版本 博物志의 복원 연구

본 저서는 2022 대한민국 교육부와 한국연구재단의 지원을 받아 수행된 연구결과임.
(NRF-2022S1A5B5A17042971)

전남대학교 동아시아연구소 연구총서 14

朝鮮 出版本 博物志의 복원 연구

志倣而續之盖游戲引筆以占其胷中藏
書何如耳司馬子長叙孔子所以聖者而
記其辯商羊專車之骨等事或者謂此特
子産之儔不宜以此累夫子遷則陋矣而
或者亦未之察也夫道固絶學然豈必漫
不省識一物而頽然以獨造耶詩識鳥獸
草木之名易知鬼神之情狀於道與有力
馬子在川上所見者水而所取者道也具
此見以觀此書則幾矣

鄭榮豪·閔寬東 共著

學古房

연구제목	조선 출판본 박물지의 복원 연구
과제번호	NRF-2022S1A5B5A17042971
연구기간	2022.09.01. ~ 2023.08.31.

머리말

국내 소장된 중국고전문학 판본들은 국내의 중국고전문헌 연구자들뿐만 아니라 중국내 연구자들까지 지속적인 관심과 주목을 끌고 있는 분야이다. 이 가운데 이양재 소장본《三國志通俗演義》, 奎章閣의《型世言》, 한국학중앙연구원의《홍루몽》완역본 등은 세계 唯一本으로 학술적 가치가 매우 높은 문헌들이다. 그리고 조선 출판본《酉陽雜俎》·《新序》·《說苑》·《兩山墨談》·《剪燈餘話》·《博物志》·《刪補文苑楂橘》·《鍾離葫蘆》등 희귀본들도 중국에 없는 판본이거나 출판시기가 현존하는 중국 판본보다도 보존 상태가 양호하여 세계 학자들의 주목을 받고 있다.

이 가운데 조선에서 출판된 이후 행방을 알 수 없었던 중국 고전문헌 희귀본 자료 중 하나인《博物志》는 본 연구자에 의해 2019년에 발굴 보고되었고, 그 후 이 판본은 서지사항 및 출판현황, 한·중·일 판본 등과의 상호 비교 등 연구를 진행하였다.

필자 및 복원 연구팀은 최근 조선 출판본《新序》·《酉陽雜俎》·《說苑》등을 국내에서 복원 출판하였고, 또《新序》·《說苑》·《酉陽雜俎》·《兩山墨談》·《世說新語補》·《世說新語姓彙韻分》·《皇明世說新語》등은 중국 숭문서국에서 출판(2020년)하여 국내외 학자들의 주목을 받았으나, 근래 발굴한《博物志》는 희귀본임에도 복원 작업이 진행되지 못했다. 이에 본 연구자는《조선 출판본 博物志의 복원 연구》라는 이름으로 복원 연구를 진행하게 되었다.

이 책은 크게 3부로 구성되었다.

제1부 張華의《博物志》에 대한 서지문헌학적 가치와 조선 출판의 意義에 대하여 집중적으로 고증하여 소개함과 동시에 중·일 판본의 서지사항 및 출판현황과 조선 판본과의 비교 등에 대하여 연구를 진행하였다.

제2부 조선 출판본 《博物志》(日本 公文書館本, 1505~1568)를 저본으로 하고, 원문의 교감은 中國刊本(古今逸史本, 1585년 경) 및 日本刊本(天和三年本, 1683) 등 세 판본을 상호 대조하여 異同點을 반영하였다. 이외 국립중앙도서관에 소장된 조선간본, 일본 동양문고 소장 조선간본, 明弘治十八年(1505)賀泰刻公文紙印本을 참고하고, 현대에 출판된 范寧校證 《博物志校證》(中華書局, 1980)과 상호 대조하여 복원하였다. 여기에서 발견되는 異體字 및 판본 간의 상이한 점을 모두 각주로 처리하여 이해를 도왔고 원문을 복원시키는 데 주력하였다.

제3부 조선 출판본 《博物志》의 원판본을 영인하여 삽입하였다. 일본 公文書館 소장본을 위주로 하고 국립중앙도서관 소장본을 보조 자료로 하여 복원하였다.

본 연구는 서지학적 가치가 매우 높은 희귀본 《博物志》에 대한 기초 연구 자료와 원판본 자료를 影印 출판하여 관련 학문분야의 연구자들에게 도움을 주고자 하는 데에서 출발하였다. 여전히 부족한 자료지만 후학들에게 도움이 되었으면 한다.

이번에도 본서의 출간에 흔쾌히 협조해 주신 하운근 학고방 사장님을 비롯한 전 직원 여러분께도 감사를 드린다. 마지막으로 원고정리 및 교정에 도움을 준 옥주양과 양바름군에게 감사의 뜻을 전한다.

2023년 6월 20일
정영호 씀

일러두기

1. 원문의 교감은 조선 출판본《博物志》(일본 公文書館 소장본)를 저본으로 하고, 范寧校證의《博物志校證》(中華書局, 1980)과 대조하여 복원하였다. 이외 국립중앙도서관 소장 조선 출판본, 日 天和 三年本(1683), 明 吳琯이 교감한 古今逸史本(1585년 경), 中國國家圖書館 公文紙印本(1505) 등을 참고로 활용하여 異同點을 명기하였다. 范寧校證《博物志校證》은 古今逸史本을 활용하여 수정 보완한 秘書二十一種本을 저본으로 하고, 明 弘治 夏志同刻本, 古今逸史本, 明 萬曆 格致叢書本, 明 尙濬 稗海本, 說郛本(明鈔本), 明 天啓 快閣叢書本(明 唐琳本), 淸 嘉慶 士禮居刊本 등을 참고하여 교감하였고, 본서는 이 내용을 선별 반영하였다. 또한 林東錫譯註《博物志》도 참고하였다.
2. 저본과 이본은 각주에서 다음과 같이 약칭하였다.
   - 朝鮮刊本: 조본
   - 古今逸史本: 고금일사본
   - 天和三年本(日): 일본
   - 范寧校證本: 교증본
   - 賀泰刻公文紙印本: 공문지인본
   - 林東錫譯註本 : 역주본
3. 교감의 원칙은 저본의 복원을 기준으로 삼되, 원문은 가능한 현재 통용되는 자를 기준으로 표기하였고, 이본과 교감한 부분은 주석을 통해 밝혔다.
4. 표점과 구두점은 范寧이 校證한 校證本을 참고하였다.
5. 原版本의 약자·속자·고자·이체자는 주석을 통해 밝혔고, 반복 출현하는 글자는 첫 번째에서 주석을 달고 이후 생략함을 원칙으로 했다.
6. 원문의 작은 글자로 표기된 원주는 [ ]로 구분하여 표시하였다.
7. 제3부 原版本은 日本 公文書館本을 영인 한 것이며, 公文書館本에 결여된 부분은 국립중앙도서관 소장본을 영인한 것이다.

목차

第一部《博物志》의 版本 叢論

第二部 朝鮮 出版本《博物志》의 原文

第三部 朝鮮 出版本《博物志》의 原版本

第一部

《博物志》의 版本 叢論

I

신 발굴 朝鮮刊本《博物志》연구*

중국고전소설이 국내에 유입되어 출판까지 이어진 작품으로는 약 25종이 확인된다. 그 가운데 백화통속소설은 극히 일부이며 대부분 문언소설이 주종을 이룬다. 현재 조선시대에 출판된 중국고전소설로는 대략 25種으로《列女傳》·《新序》·《說苑》·《博物志》·《世說新語補》(《世說新語姓彙韻分》포함)·《酉陽雜俎》·《訓世評話》·《太平廣記》·《嬌紅記》·《剪燈新話句解》·《剪燈餘話》·《文苑楂橘》·《三國演義》·《水滸傳》·《西遊記》·《楚漢傳》·《薛仁貴傳》·《鍾離葫蘆》·《花影集》·《效顰集》·《玉壺氷》·《錦香亭記》·《兩山墨談》·《皇明世說新語》·《笑海叢珠》등이 있다.[1] 이들 조선시대 출판된 25종 중국소설 가운데 출판기록만 확인되고 원 판본은 찾지 못한 판본으로는《笑海叢珠》·《博物志》·《嬌紅記》등 3종이 있으나,《博物志》가 발굴됨에 따라 2종으로 줄었다.

필자는 일본의 國會圖書館·公文書館 內閣文庫·東大東文硏·東洋文庫 등에 소장된 조선 간본 중국소설을 조사하는 과정에서 몇 편의 조선간본 중국소설을 확인하였는데[2],

* 이 논문〈신 발굴 朝鮮刊本《博物志》연구〉는《中國小說論叢》第59輯(2019.12)에 게재된 것을 일부 수정 보완하였다.(2016년 대한민국 교육부와 한국연구재단의 지원을 받아 수행된 연구결과임[NRF-2016S1A5A2A03925653]).

主著者: 정영호, 교신저자: 민관동

1) 민관동이《중국고전소설의 전파와 수용》(아세아문화사, 2007년, 78~79쪽)에서 18종으로 분류한 이후, 민관동·유희준·박계화의《國內 所藏 稀貴本 中國文言小說의 소개와 연구》(학고방, 2014, 106~107쪽)에서 24종으로 확인하였고, 최근《笑海叢珠》를 새로 발굴하여 모두 25종이다. 그러나《笑海叢珠》는《攷事撮要》에서 출간기록만 확인하였을 뿐 아직 원본은 확인하지 못하였다. 이 가운데《嬌紅記》는 학자에 따라 소설이 아닌 희곡 작품으로 보고 있기 때문에 더 자세한 고증이 필요한 상황이다.

2) 이외에도 一橋大, 三康, 中央大, 九大, 九大旧六本松, 二松學舍, 京大人文硏 本館, 京大人文硏 東方,

《三國志演義》·《世說新語姓彙韻分》·《世說新語補》·《兩山墨談》·《剪燈新話句解》·《剪燈餘話》·《新序》·《博物志》·《酉陽雜俎》·《玉壺氷》·《訓世評話》·《效顰集》 등이다.[3] 이들 중에서 《剪燈餘話》 五卷도 일본간본(앞부분)과 조선간본(뒷부분)을 묶어 놓은 것을 PDF 파일로 확보하였다.[4] 《博物志》는 필자가 2010년 한국연구재단 연구과제를 수행하면서 《攷事撮要》에서 출판기록을 확인하였으나 그 원본을 찾을 수가 없었는데, 2019년 일본에서 조선간본을 발굴하게 되었다. 이 《博物志》는 正集 十卷과 續集 十卷이 있는데, 公文書館에 正集十卷 續集十卷 2冊本이 있고, 東洋文庫에 正集十卷 續集十卷 6冊本이 각각 소장되어 있다. 이번에 확보한 조선 간본은 《博物志》十卷 續十卷으로 公文書館 本館에 소장되어 있는 판본이며, 明弘治十八年都穆後記本을 重刊한 十卷 6冊本은 東洋文庫에 소장된 것의 일부를 확인했으나 전체를 확보하지는 못했다. 그리고 《剪燈餘話》 이외에 《三國志演義》 등 기타 10편의 소설도 소장처 등 기본 사항만 확인하였다.

《博物志》에 대한 중국의 연구는 〈《博物志》研究〉·〈《博物志》詞匯研究〉·〈《博物志》博物書寫研究〉 등 석사논문 십여 편과 〈《博物志》復音詞研究〉·〈論《博物志》地理敍述的價值與意義〉 등 몇 편의 단편논문이 있다.[5] 이들 연구의 주요 내용은 작품에 대한 전반적인

京大文, 京大 大法, 京大 附図, 京産大, 伊那市立 高遠町, 佐賀県図, 佐野市郷博, 八戸市立, 前田育德會 尊經閣, 千葉県立 中央, 名大, 國會, 國士舘, 堺市立 中央, 大垣市立, 大阪府立 中之島, 奈良大, 実践女子, 宮内庁書陵部, 宮城県図, 宮教大, 山口大, 山梨県図, 岡大資生研, 岡山大, 岡山県図, 島根県図, 市立米沢, 広島大, 広島市立 中央, 愛媛大, 愛知大 豊橋, 愛院大, 慶應大 三田, 文教大 越谷, 新潟大, 新潟県図, 新発田市立, 東京都立 中央, 東北大, 東北福大, 東大総, 椙山女 中央, 横浜ユーラシア, 民博, 法務図, 法政大 多摩, 滋賀大 教育, 熊本大, 神外大, 神戸大, 神戸市立 中央, 立命館, 群馬大, 茨城大, 蓬左文庫, 酒田市立, 金城學院大, 長崎大 經濟, 関大, 阪大総, 靜嘉堂, 飯田市立 中央, 高知大, 鹿大, 龍野歷中文化 등의 기관을 검색하였다.

3) 일본에 소장된 조선간본 중국소설의 자료는 모두 열 한 작품이 있는데 인터넷을 통해 검색한 자료이기 때문에 보다 더 자세한 사항을 확인할 수 없는 상황이다. 일본 소장 조선 간본 중국소설은 《三國志》 계열로 《三國志》五卷(一橋大), 《四大奇書第一種》十九卷一百二十回(京大文), 《世說新語》 계열로 《世說新語姓彙韻分》十二卷(京大文), 《世說新語補》二十卷(東洋文庫), 《世說新語補》十四卷(東北大), 《剪燈新話》 계열로 《剪燈新話句解》二卷(東洋文庫, 蓬左文庫, 京大附図, 公文書館 內閣文庫, 関大, 慶應大), 《剪燈餘話》五卷(公文書館 內閣文庫) 등이 있으며, 그 외 《玉壺氷》一卷(公文書館 內閣文庫, 蓬左文庫), 《博物志》十卷 續十卷(公文書館 內閣文庫), 《新序》十卷(國會圖書館), 《酉陽雜俎》二十卷(國會圖書館), 《訓世評話》二卷(蓬左文庫), 《兩山墨談》十八卷(公文書館 內閣文庫, 蓬左文庫), 《效顰集》三卷(蓬左文庫) 등이 있었다.

4) 《剪燈餘話》는 최근 최용철이 일본 내각문고에 소장되어 있는 것을 발굴하여 《민족문화연구》 제81호(2018년 11월 75~106쪽)에 〈전등여화의 전파와 조선목판본의 특징〉이라는 제목으로 발표한 바 있다.

연구방면으로 張華의 생애, 版本, 素材의 연원, 佚文, 敍事構造, 神話·傳說·宗教·地理·醫藥 방면의 내용, 후대에 대한 影響 등에 대해 연구하거나, 작품의 특정방면으로 단어와 어구의 발전 과정, 神話의 심층 분석, 《山海經》·《十州記》·《神異經》에서 《博物志》 및 《續博物志》 그리고 《博物志補》와 《廣博物志》에 이르는 書寫傳統, 博物 및 地理의 空間 및 敍事, 민속, 철학사상, 언어학적 측면 등에 대해 연구가 진행되었다.

국내의 연구는 많지 않은 상황이며 조선간본에 대한 연구는 전무하다. 국내 논문은 〈《博物志》 試論 및 譯註〉의 석사논문 1편과 〈《博物志》에서의 공간의 의미〉, 〈《博物志》 試論〉, 〈박물지의 바둑기원설에 대한 소고〉 등 단편논문 3편이 있다. 그 가운데 〈《博物志》 試論 및 譯註〉는 저자, 성립 배경, 체재 및 내용 분석과 원문에 대한 역주를 진행했다. 그리고 〈《博物志》에서의 공간의 의미〉는 《博物志》의 공간 중심적 서술방식, 지리 관념 성분에 대한 고찰, 거대 공간이 인간에게 주는 상상력의 문제에 대해 고찰했다. 또 〈박물지의 바둑기원설에 대한 소고〉는 박물지의 저자, 시대배경, 판본, 내용 등을 소개하고 장화가 최초로 《博物志》에서 바둑에 대해 언급했다는 바둑의 기원설을 검증하였다. 그 외 〈《博物志》 試論〉은 《博物志》의 저자, 판본, 내용구성 등에 대한 개략적인 연구가 이루어졌다.

단행본으로 林東錫 譯註의 《박물지》와 김영식 옮김의 《박물지》가 있다. 임동석 역주

5) 이들 논문은 趙紅媛의 〈《博物志》研究〉(東北師範大學, 碩士論文, 2007.), 李芳의 〈《博物志》研究〉(西南大學 碩士論文, 2009.), 劉麗佳의 〈《博物志》研究〉(鄭州大學 碩士論文, 2015.), 王萍의 〈《博物志》詞匯研究〉(四川師範大學 碩士論文, 2015.), 廖秀倩의 〈《博物志》博物書寫研究〉(國立政治大學 碩士學位論文, 民國 103年.), 郝敬의 〈《博物志》與博物空間觀研究〉(西南大學 碩士論文, 2009.), 李霞의 〈《博物志》神話研究〉(華中師範大學 碩士論文, 2007), 陳思陽의 〈《博物志》中神話元素在现代插畵設計中的創作研究〉(瀋陽師範大學 碩士論文, 2019年.), 宋龍藝의 〈《博物志》飜譯實踐報告〉(曲阜師範大學 碩士論文, 2017年.) 등의 학위논문, 王萍의 〈《博物志》復音詞研究〉(四川師範大學, 青年文學家, 2014년 33期), 郭曉妮의 〈《博物志》聯合式雙音詞探析〉(《語文學刊》, 2006年 8期.), 李代祥의 〈試論《博物志》的語言學價値〉(《重慶社會科學》, 1998年 6期.), 李婕의 〈論《博物志》地理敍述的價値與意義〉(《寧夏大學學报》, 2006年 28卷 1期.), 羅欣의 〈《博物志》成因三論〉(《求索》, 2007年 9期), 王媛의 〈《博物志》的成書·体例與流传〉(《中國典籍與文化》, 2006年 4期.), 〈淺論《博物志》的哲學思想〉(《和田師範專科學校學报》, 2006年 4期.), 雷露 外의 〈《博物志》價値再探討〉(《讀書文摘》, 2017年 8期.), 王平의 〈從《博物志》序跋看其性質與傳播〉(《蒲松齡研究》, 2014年 3期.), 宋海舸의 〈淺論《博物志》在中國小說史上的地位和影響〉(《山東廣播電視大學學報》, 2013年 4期.), 邢培顺의 〈論張華《博物志》的局限性──以《博物志》言地理部分爲例〉(《蒲松齡研究》, 2015年 4期.), 顧農의 〈《博物志》與《拾遺記》〉(《古典文學知識》, 2012年 1期.), 張鄉里의 〈《博物志》的博物學体系及其博物學傳統脞論〉(《蘭臺世界》, 2016年 3期.), 〈《博物志》文獻問題及其原因〉(《古籍整理研究學刊》, 2013年 4期.), 陳冰의 〈從《博物志》中看晉代以前的中國古代民俗〉(《文教資料》, 2009年 9期.) 등의 단편논문이 있다.

《박물지》는 해제 및 원문 역주와 부록으로 이루어졌고, 김영식의 《박물지》는 해제 및 원문 번역으로 이루어졌다.[6] 이들 논저들은 모두 현대 시기에 유통되고 있는 范寧 校證《博物志校證》을 저본으로 삼아 저자와 판본, 체재와 내용을 분석하고 번역한 논저들이다. 때문에 조선시기에 국내로 유입 출판된 조선간본《博物志》에 대해서는 연구가 이루어지지 못했다.

1. 조선간본《博物志》의 서지사항

《博物志》는 신화·신선고사·인물고사·박물·잡설 등의 내용을 주로 다루고 있는데, 여기에 기록된 外國·異人·異俗·異産·異獸·異鳥·異蟲·異魚 等과 같은 산천지리의 요소들은《山海經》의 영향을 주로 받았다.《博物志》는 총 10권으로 구성되어 있으며 西晉의 張華가 編纂하였다고 전해진다. 張華(232년~300년)는 字가 茂先이며 范陽 方城 사람으로, 역사적으로 위나라 正始를 거쳐 晉初의 咸寧·太康·元康時代의 혼란한 격변기에 살았던 사람이며, 문학사적으로는 魏晉의 正始·太康의 화려하고 다양한 분출기를 살아온 문학자이자 詩人이다. 晉 王嘉(생몰 미상)의《拾遺記》에는 張華는 "신비하고 괴이한 圖緯의 서적을 즐겨 보고 세상에 내려오는 유일한 일들을 모두 모으고, 書契의 시초로부터 神怪를 시험하고 세간의 골목골목 이야기들을 좇아",[7] 이와 같은 진기한 이야기와 괴이한 현상을 망라하는 저작을 완성했다고 한다. 그는 그가 살아온 시대적 분위기에 따라 세상에서 상상할 수 있는 모든 것, 기이한 모든 것, 전해오는 신비한 것들에 대하여 기록으로 남겼다. 장화는 方術에도 정통하여《博物志》에 方士의 활동을 묘사하고 섭생의 방법을 기술하기도 했다.

《博物志》는 당초 400권으로 만들어졌으나 문장이 길고 기괴한 부분이 너무 많다는 당시 晉 武帝의 의견을 받아들여 10권으로 줄였다고 전한다. 민간전설을 기록한 부분은 많지

6) 석사논문 1편은 노민영의 〈《博物志》 試論 및 譯註〉(이화여자대학교 석사논문, 1997.)이고, 세 편의 논문은 김지선의 〈《博物志》에서의 공간의 의미〉(《中國語文學誌》 제12집, 2002), 김영식의 〈《博物志》 試論〉(《중국문학》 제31집, 한국중국어문학회, 1999.) 김달수의 〈박물지의 바둑기원설에 대한 소고〉(《바둑학연구》, 한국바둑학회, 2015.) 등이다. 단행본은 장화 撰, 김영식 역의《博物志》(지만지, 2008.), 張華 撰, 林東錫 譯註의《博物志》(동서문화사, 2011.) 등이다.

7) "好觀秘異圖緯之書, 捃采天下遺逸, 自書契之始, 考驗神怪, 及世間閭里所說."(王嘉,《拾遺記》卷九: http://www.doc88.com/p-6384186612258.html 참조)

않지만 술에 취해 천 일 동안 계속 잤다는 이야기, 唐代의 傳奇 소설의 바탕을 이룬 원숭이와 인간의 交合 등의 이야기가 실려 있다. 작품 모두가 소설이라 할 수는 없지만 일부 故事類 作品들은 소설적 색채가 뚜렷하다. 후대에《博物志》의 續作인《續博物志》(宋代, 李石),《博物志補》(明代, 游潛) 등이 출현하였는데, 모두 張華의 속서로 볼 수 있다.[8)]

《續博物志》 十卷은 南宋 李石이 編纂한 것이다[9)]. 李石의《續博物志》는 張華《博物志》의 전통을 계승한 저작으로, 체제는《博物志》와 대체로 유사한데 내용상으로는《博物志》보다 더 확장된 것이 보인다. 張華의《博物志》는 地理에 대한 것은 자세히 서술하면서 天文에 대한 서술은 미약한데《續博物志》는 천문의 내용을 더욱 깊고 넓게 다루었다.《續博物志》의 내용은《博物志》와 마찬가지로 신화·신선고사·인물고사·박물·잡설 등을 주로 다루고 있는데, 여기에 기록된 天文現象·地理·外國·異人·異俗(民俗)·異産(飮食)·異獸·異鳥·異蟲·異魚·文字典籍·神怪·方技 등과 같은 요소들은《博物志》의 내용을 계승하고 더욱 폭넓게 增補하였다. 서술 방법상에서《博物志》와《續博物志》는 약간의 차이점이 있는데,《博物志》는 十卷 39개의 큰 조목으로 나누었으나《續博物志》는 큰 조목이 없다. 또《博物志》는 작은 조목들을 기존 서적에서 傳寫하면서도 여러 대에 걸쳐 전해오는 것을 채록한 것이 다수 있으나,《續博物志》는 모든 작은 조목을 타 서적을 傳寫하여 구성한 것이다. 때문에《續博物志》에 인용한 문헌 書目은 고대문헌을 살필 수 있는 좋은 자료가 될 수 있으며, 이를 編纂한 李石의 학문이 넓고 깊음을 알 수 있게 해준다.《續博物志》는 博物學 저작으로 중국 博物學 역사를 연구하는 데에 광범위하고 귀중한 자료를 제공해주는 학술적 가치가 있는 작품으로 평가받는다.[10)]

조선간본《博物志》 十卷과《續博物志》 十卷은 明 弘治 18년(1505年) 賀志同刻本을 重刊한 것으로 알려져 있다. 范寧은《博物志校證》에서 "조선 간본은 森立의《經籍訪古

8) 《博物志》의 내용과 저자 張華에 관한 서술은 百度百科(https://baike.baidu.com)와 趙紅媛의 〈《博物志》硏究〉(東北師範大學, 碩士論文, 2007.), 李芳의 〈《博物志》硏究〉(西南大學 碩士論文, 2009.), 劉麗佳, 〈《博物志》硏究〉(鄭州大學 碩士論文, 2015.) 등을 참고.

9) 李石은 송대 資州 資陽 사람이다. 자는 知幾이고 호는 方舟子이다. 南宋 高宗 紹興 20년(1151년) 進士가 되었고, 29년(1160년)에는 太學博士까지 올랐다. 그의 저서로는《續博物志》 외에도《方舟集》·《世系手記》·《樂善錄》·《司牧安驥集》·《司牧安驥方》·《方舟易說》·《方舟經說》 등 여러 권이 남아 있다. (〈袁堃,《續博物志》연구〉, 中國 西南交通大學 석사학위논문, 2017. 참조.)

10) 楊振北의 〈《續博物志》硏究〉(河北大學 碩士論文, 2017.)와 袁堃의 〈《續博物志》硏究〉(西南交通大學 碩士論文, 2017.) 참고 정리.

志》卷五에 '昌本學藏은 첫머리에《博物志》卷之一 晉司空張華茂先撰. 汝南周日用等注라 題되어 있고, 끝에는 弘治 乙丑二月 工部主事姑蘇都穆跋이 있다.' 이 기록에 의하면 조선 간본은 賀本에 의해 중간한 것임을 알 수 있다."[11]고 밝히고 있다. 조선간본《博物志》十卷은 현재 중국에서 널리 통용되고 있는 通行本처럼 39개의 큰 조목으로 나뉘어져 있고, 목차도 중국 출판 통행본과 차이가 없다. 조선간본의 목차는 다음과 같으며, 용어는 판본에 사용된 그대로 표기하였다.

《博物志》十卷

博物志卷之一 地理略自魏氏目己前夏禹治四方而制之, 地, 山, 水, 山水摠論, 五方人民, 物産.

博物志卷第二 外國, 異人, 異俗, 異産.

博物志卷第三 異獸, 異鳥, 異蟲, 異魚, 異草木.

博物志卷第四 物性, 物理, 物類, 藥物, 藥論, 食忌, 藥術, 戲術.

博物志卷第五 方士, 服食, 辨方士.

博物志卷第六 人名攷, 文籍攷, 地理攷, 典禮攷, 樂攷, 服飾攷, 器名攷, 物名攷.

博物志卷第七 異聞.

博物志卷第八 史補.

博物志卷之九 雜說上.

博物志卷之十 雜說下.

弘治乙丑都穆記

아래 파일은 일본 소장 조선간본《博物志》十卷(公文書館 內閣文庫)의 표지, 권두, 권말 부분을 소개한 것이다.

11) "又朝鮮國刊本, 森立之《經籍訪古志》卷五云: '昌本學藏, 首題《博物志》卷之一晉司空張華茂先撰. 汝南周日用等注. … 末有弘治乙丑二月工部主事姑蘇都穆跋.' 據此, 知其書乃據賀本重刻."(范寧,《博物志校證》, 中華書局, 1980. 158쪽.)

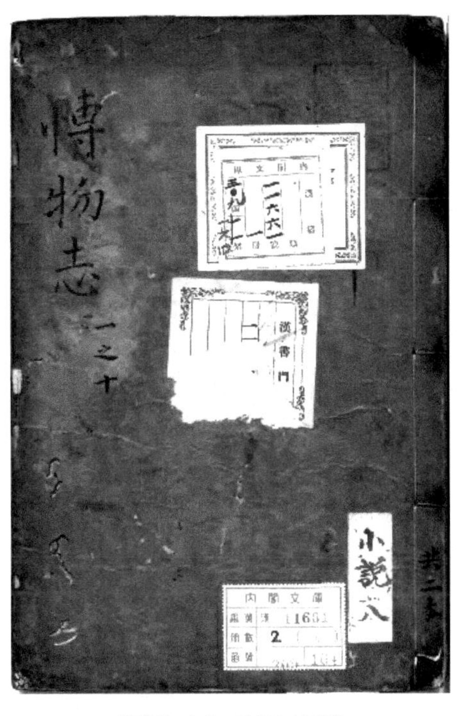

《博物志》 前面 表紙

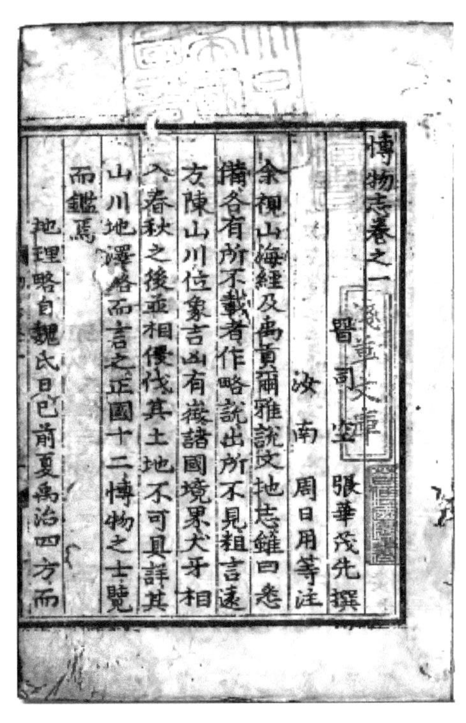
博物志卷之一
晉司空 張華茂先撰
汝南 周日用等注
余視山海經及禹貢爾雅說文地志雖曰悉
備各有所不載者作略說出所不見粗言遠
方陳山川位象吉凶有徵諸國境界犬牙相
入春秋之後並相侵伐其土地不可具詳其
山川地澤略而言之正國十二博物之士覽
而鑑焉
地理略自魏氏曰已前夏禹治四方而

《博物志》 卷之一 卷頭

皆此蟠氣所噏止於是此地遂安穩無患

《博物志》 卷之十 卷末

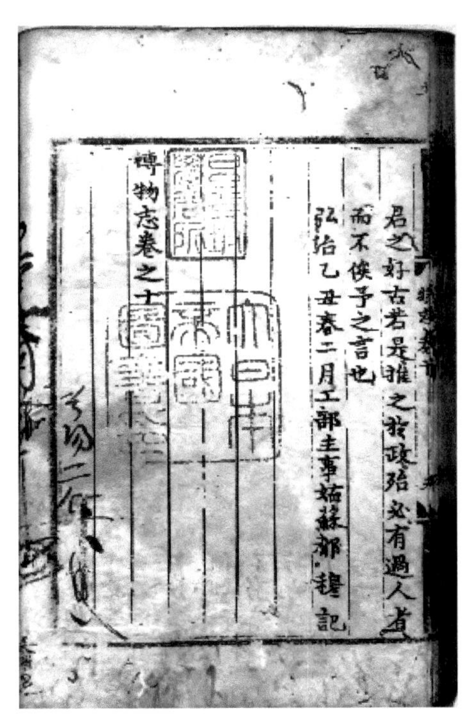
君之好古者是雖之於政殆必有過人者
而不俟予之言也
弘治乙丑春二月工部主事姑蘇都穆記
博物志卷之十

《博物志》 弘治乙丑都穆記

상기 파일을 보면 알 수 있듯, 조선간본《博物志》는 序文은 물론 목차도 없이 卷之一이 바로 시작되었고, 卷末에는 "弘治乙丑春二月工部主事姑蘇都穆記"가 있다. 이는 弘治乙丑年 곧 1505년에 工部主事인 都穆이 記를 남긴 것임을 알 수 있다.[12] 판식사항은 四周雙邊, 有界, 10行 18字, 註雙行, 上下大黑口, 內向黑魚尾, 27.5×15.5cm이다. 매 권의 첫 쪽은 1행에 "博物志卷之○" 또는 "博物志卷第○", 2행에 "晉 司空 張華茂先撰", 3행에 "汝南 周日用等注"로 되어 있고 4행에서 본문을 시작하였다.[13] 그리고 매 권의 마지막 쪽에는 "博物志卷之○" 또는 "博物志卷第○"로 끝나는 형식을 취했다.

조선간본《續博物志》十卷은 중국 출판 통행본처럼 각 권에 큰 조목으로 나뉘어져 있지 않고 목차도 차이가 없다. 조선간본《續博物志》의 목차는 다음과 같으며, 용어는 판본에 사용된 그대로 표기하였다.

《續博物志》十卷
續博物志卷第一
續博物志卷第二
續博物志卷第三
續博物志卷第四
續博物志卷第五
續博物志卷第六
續博物志卷第七
續博物志卷第八
續博物志卷之九
續博物志卷之十
門人迪功郎眉山薄黃公泰謹跋
續博物志後記

다음은 일본소장 조선간본《續博物志》十卷(公文書館 內閣文庫)의 표지, 권두, 권말 부분을 소개한다.

12) 都穆(1458~1525), 明代 大臣으로 金石學者이자 藏書家이다. 字는 玄敬, 元敬인데, 사람들은 그를 南濠先生이라 칭했다. 原籍은 吳縣 相城(현 蘇州市 相城區) 사람이다. 후에 居城(현 蘇州 閶門)으로 이주해서 살았다. 어려서 唐寅과 교유하며 唐氏의 科擧 답안을 두루 익혔다. 弘治 十二年 進士에 급제하여 工部主事를 제수받았고, 禮部郎中에 올랐다. 저작으로는《金薤琳琅》·《南濠詩話》·《周易考異》·《使西日記》·《游名山記》·《史補類抄》·《史外類抄》·《聽雨紀談》·《玉壺冰》·《鐵網珊瑚》·《吳下冢墓遺文》등이 있다. 특히《玉壺冰》의 저자로 널리 알려져 있다.

13) 汝南 周日用에 대한 기록은 전하지 않아 상세한 것을 알 수 없음.

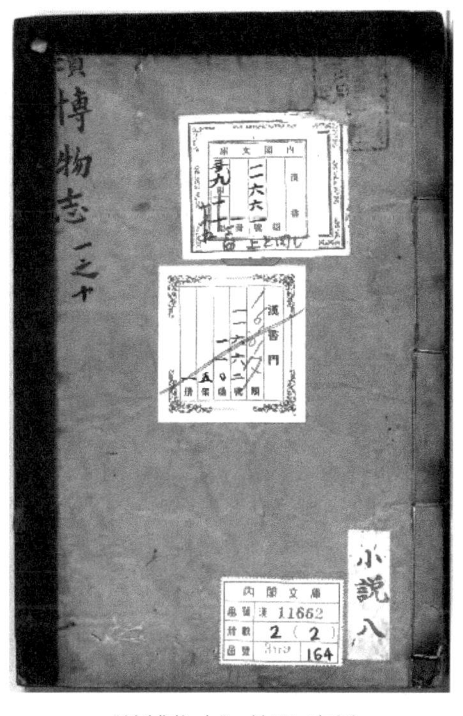

《續博物志》 前面 表紙

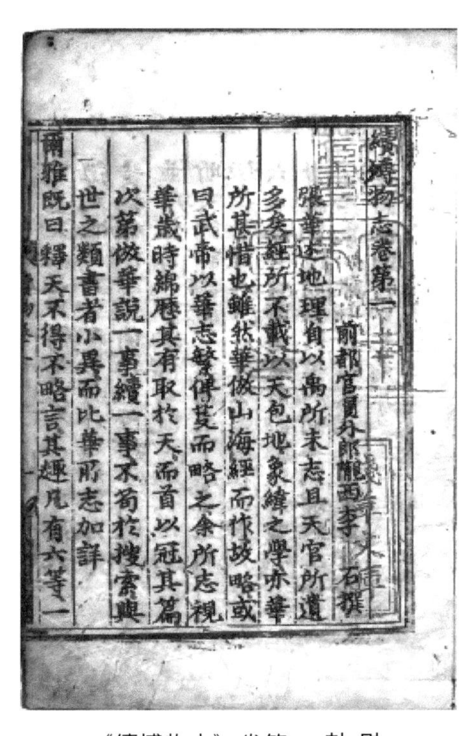

續博物志卷第一
前都官員外郎隴西李　石撰
張華述地理自以爲所未志且天官所遺
多矣經所不載以天包地象緯之學亦華
所甚惜也雖然華倣山海經而作故略或
曰武帝以華志繁俾芟而略之余所志視
華歲時綿歷其有取於天而首以冠其篇
次第倣華說一事續一事不苟於搜索與
世之類書者小異而比華所志加詳
爾雅既曰釋天不得不略言其運凡有六等一

《續博物志》 卷第一 첫 면

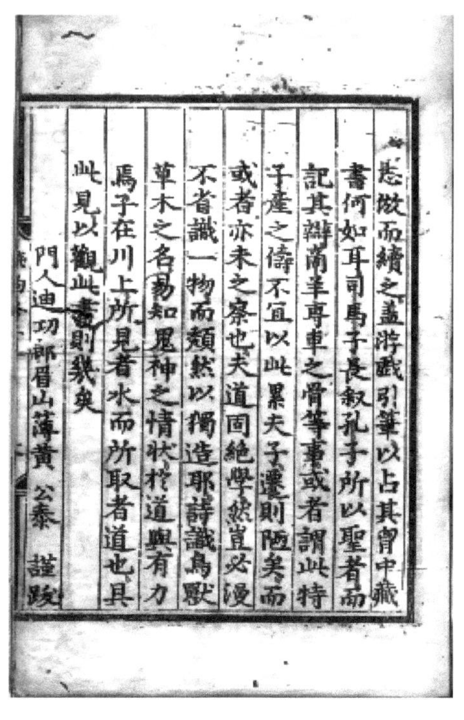

志倣而續之蓋游戲引筆以占其胸中藏
書何如耳司馬子長叙孔子所以聖者而
記其辯萬羊專車之骨等事或者謂此特
子產之倚不宜以此累夫子遷則陋矣而
或者亦未之察也夫道固絕學然豈必漫
不省識一物而頹然以獨造耶詩識鳥獸
草木之名易知鬼神之情狀於道與有力
焉子在川上所見者水而所取者道也具
此見以觀此書則幾矣
門人迪功郎眉山薄黃　公泰　謹跋

《續博物志》
門人迪功郎眉山薄黃公泰謹跋

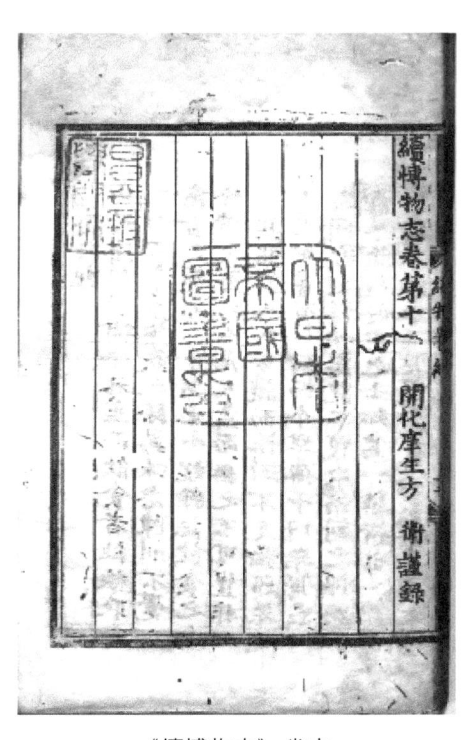

續博物志卷第十
開化庠生方　衢謹錄

《續博物志》 卷末

《續博物志》도 《博物志》와 마찬가지로 序文이 없이 바로 卷第一로 시작된다. 판식사항은 四周雙邊, 有界, 10行 18字, 註雙行, 上下大黑口, 內向黑魚尾, 27.5×15.5cm이다. 前面 表紙 內面에 "歸去也路入蓬萊山杳杳相思一上石樓時雪晴海闊千峰曉 波浩渺"라고 적혀 있는데, 이는 唐代 呂岩[14]의 〈題四明金鵝寺壁〉의 후반부 일부로, 원래는 "歸去也, 波浩渺, 路入蓬萊山杳杳. 相思一上石樓時, 雪晴海闊千峰曉."이다.[15] 卷末은 "門人迪功郎眉山薄黃公泰謹跋"[16]과 都穆의 "續博物志後記"가 있고, 권말에 "續博物志卷第十 閒化庠生方 衛謹錄"[17]이라 쓰여 있다. 매 권의 첫 쪽은 1행에 "續博物志卷第○", 2행에 "前都官員外郎隴西李石撰", 3행에서 본문을 시작하였다. 그리고 매 권의 마지막 쪽에는 "續博物志卷第○"로 끝나는 형식을 취했다.

2.《博物志》의 국내유입과 조선간본의 출판양상

《博物志》 十卷은 《晉書》 張華 本傳 및 《隋志》 雜家類에 기록이 보이고, 신·구《唐書》에는 소설가에 편입하였고, 《宋史·藝文志》에는 雜家類에 편입시켰다. 남송 晁公武의 《郡齋讀書志》 小說家, 馬端臨의 《文獻通考》, 陳振孫의 《直齋書錄解題》에는 모두 周日用·盧氏注 十卷이 수록되었다. 그러나 송대 鄭樵의 《通志·藝文略》은 雜家類에 著錄되고 소설가류에 편입하지 않았다. 그 후 명대 胡應麟은 소설로 분류하고 《박물지》를 雜俎에 넣었는데, 청대 《四庫全書》는 이를 이어받아 소설가류 瑣語之屬에 배열하고 현존 판본은 張氏의 舊帙이 아니라고 했다.[18] 또 《四庫提要》에는 "원본 《박물지》가 없어서, 일을 꾸미

14) 呂岩은 당나라 河中 사람으로 呂洞賓을 말한다. 호는 純陽子이고 回道人이라 자칭했다. 終南山에서 수도한 八仙의 한 사람으로 후에 도교 全眞北五祖의 한 사람이 되었다고 전해진다.

15) 〈題四明金鵝寺壁〉의 전체는 다음과 같다.
"方丈有門出不鈅, 見個山童露雙脚. 問伊方丈何寂寥, 道是虛空也不著. 聞此語, 何欣欣, 主翁豈是尋常人, 我來謁見不得見, 謁心耿耿生埃塵. 歸去也, 波浩渺, 路入蓬萊山杳杳. 相思一上石樓時, 雪晴海闊千峰曉."

16) 黃公泰에 관한 기록은 문헌에서 찾을 수 없다. 《四庫全書總目》《續博物志》(江蘇巡撫采進本)에는 권말의 "門人迪功郎眉山薄黃公泰謹跋"의 黃公泰를 黃宗泰로 표기했으며, 黃宗泰는 방주선생 곧 李石의 호라 했다.(http://tc.wangchao.net.cn/baike/detail_757085.html 참조.)

17) 문헌에서 《續博物志》와 관련한 衛謹의 기록은 찾을 수 없다.

18) 張華 撰, 范寧校證, 《博物志校證》, 中華書局, 1980. 157~158쪽 참조.

기 좋아하는 자들이 여러 책에서 인용된《박물지》를 주워 모으고 다른 소설들을 이것저것 취해서 만든 것일 것이다."[19]라고 하였다.

晉나라 王嘉의《拾遺記》에 "…글자가 시작된 이래로부터, 신기하고 괴이한 것들과 세간의 뒷골목에서 이야기되는 것들을 살펴보고 시험해보아,《박물지》 400권을 지어 晉나라 武帝에게 바쳤다. 무제가 장화에게 조서를 내려 다음과 같이 책망하며 물었다. '… 지금 그대의《박물지》는 놀랍게도 들어보지도 못한 것들이고 기이하게도 보지 못한 것들이어서, 장차 후에 사람들을 미혹시키고 어지럽게 하여 사람의 귀와 눈을 번잡하게 하고 혼란스럽게 할까 두려우니, 허황되고 의심스러운 부분을 다시 삭제해서, 10권으로 나누도록 하라.' … "[20]라는 설도 있다.[21] 이러한 문헌들의 기록으로 보아 분명한 것은 현전《박물지》는 장화가 지은 원본이 아니라 후세 사람들이 글자를 고치고 문장을 刪入하여 새로 엮어놓은 것이고 張華의 원본《박물지》와 현재 전해지고 있는《박물지》가 어디가 얼마나 다른지도 정확히 알 수 없다는 사실이다.

현전하는《博物志》의 판본은 두 가지 계열이 있다. 하나는 일반적으로 널리 통용되고 있는 판본, 즉 通行本으로 39개의 큰 조목으로 나뉘어져 있는 판본들이다. 이 판본에는 明 弘治 十八年(1505년) 賀志同刻本(現 中國國家圖書館 소장), 明 吳琯(1546년~?)이 편한 古今逸史本, 明 萬曆間 商濬(18?5년~1966년)의 稗海本, 淸 宣統 3년(1911년) 姚振宗이 撰한 快閣叢書》本, 淸 乾隆 7年(1872년) 汪士漢이 輯한 秘書二十一種本, 淸 同治 6年(1867년) 崇文書局의 百子叢書本, 淸 乾隆間 紀昀 等이 編한 文淵閣四庫全書本 등이 있다.

다른 하나는 큰 조목을 나눠 놓지 않은 판본으로, 배열순서가 일반적으로 널리 통용되고 있는 판본인 통행본과는 다르나 내용은 같다. 淸 嘉慶 9年(1804년) 黃丕烈(1763년~1825년)의 士禮居刊本, 道光年間 錢熙祚(1800년~1844년)가 編輯한 指海本, 1937년 李調元

19) "或原書散佚, 好事者掇取諸書所引《博物志》而雜採他小說以足之." 김영식 譯,《박물지》(지만지, 2008.) 18쪽 재인용.

20) "… 自書契之始, 考驗神怪及世間閭裏所說, 造《博物志》四百卷, 奏於武帝. 帝詔詰問. … 今卿《博物志》驚所未聞, 異所未見, 將恐惑亂於後生, 繁蕪於耳目, 可更芟載浮疑, 分爲十卷. … "(〈百子全書本〉《拾遺記》 卷九) 林東錫 譯註,《박물지》(동서문화사, 2011.) 해제 2쪽 재인용.

21) 張華 撰, 林東錫 譯註,《박물지》(동서문화사, 2011.)의 '해제', 張華 撰, 김영식 譯,《박물지》(지만지, 2008.)의 '중국 최고의 백과사전, 박물지', 張華 撰, 范寧校證,《博物志校證》(北京 中華書局, 1980.)의 '後記' 부분을 참고함.

(1734년~1803년)이 편찬한 叢書集成本, 1936년 吳汝霖(1935년~) 등이 편한 《四部備要》을 포함한 계열이다. 이 밖에도 說郛本, 廣漢魏叢書本, 格致叢書本, 二志合編本, 增訂漢魏叢書》, 秘書二十八種本, 紛欣閣叢書本 등의 판본이 있다고 전한다. 黃丕烈 士禮居刊本은 連江 葉氏의 宋刻本을 근거로 한 것이라고 전하나 范寧은 송 판본이 아니고 明葉氏의 刻本으로 보고 있다. 范寧은 秘書二十八種本을 저본으로 많은 증거를 수집하고 잘못된 것을 교정하고 빠진 부분을 보충하는 등의 연구를 통해 《博物志校證》(북경: 中華書局, 1980년)을 펴냈다. 이것은 현재 가장 완비된 판본으로 평가받는다.[22]

조선간본 《博物志》는 《剪燈新話句解》(1559년) 跋에 서명이 처음으로 보이며 范寧의 《博物志校證》에는 明 弘治 18년(1505년) 賀志同刻本에 의거 중간한 것으로 보고 있음을 앞 장에서 밝힌 바 있다. 그리고 嘉靖 己未年(1559년) 五月 下澣 靑州 垂胡子가 跋文을 쓴 "'丁未年 가을 禮部令史 宋糞이라는 자가 나에게 해석을 구하였다. 나는 稗說이 실용에 적당하지 않은데 어째서 해석을 할 필요가 있을까?' 라고 생각하여 사양하였다. 그리고 다시 그것을 생각해 보니 《山海經》·《博物志》는 말이 기이하지만 모두 箋疏가 있다."[23]의 기록을 보면 조선조에 《博物志》가 유입되었음을 알 수 있다. 국내출판에 대해서는 宣祖 1년(1568년) 刊行된 《攷事撮要》[24]에 南原에서 출판되었다는 서목이 보이는 것으로 보아 적어도 1568년 이전에 출간되었다는 것을 알 수 있다.[25] 宣祖 1년(1568년) 간행본 《攷事撮要》와 宣祖 18년(1585년) 간행본 《攷事撮要》에 언급된 중국고전소설의 목록을 살펴보

22) 張華 撰, 林東錫 譯註, 《박물지》(동서문화사, 2011.)의 '해제', 張華 撰, 김영식 譯, 《박물지》(지만지, 2008.)의 '중국 최고의 백과사전, 박물지', 張華 撰, 范寧校證, 《博物志校證》(北京 中華書局, 1980.)의 '後記' 부분, 李劍國의 《당전지괴소설사》(天津 教育出版社, 2005년) 등을 참고함.

23) "歲丁未(1547)秋 禮部令史 宋糞者 求釋於余. 余以爲稗說 不適於實用 何以釋爲 乃辭. 旣而思之 山海經 博物志 語涉吊詭 俱有箋疏." [韓國精神文化硏究院(現 韓國學中央硏究院) 所藏本, D7C-5A]

24) 《攷事撮要》는 魚叔權 등이 1554년(명종 9년) 왕명을 받아 《帝王曆年記》 및 《要集》 등을 참조하여 편찬한 책으로, 事大交隣과 일상생활에 필요한 여러 가지 사항들을 모아 상·중·하 3권과 부록으로 엮은 것이다. 이후 1771년(영조 47년) 徐命膺이 《攷事新書》로 대폭 개정하고 증보할 때까지 열두 차례에 걸쳐 간행되었다. 현존하는 最古本은 1568년(선조 1년)에 발간한 乙亥字本이다. 1576년(선조 9년)에 간행된 을해자본 복각본은 坊刻本 중 가장 오래 된 것으로 인정받고 있다. 1585년(선조 18년)에 간행된 목판본은 許篈이 필요한 부분을 증보 수정하여 간행했으나, 임진왜란으로 판본이 모두 없어져 1613년(광해군 5년)에 朴希賢이 보충하여 《續攷事撮要》를 간행했다. 1636년(인조 14년)에는 崔鳴吉이 다시 증보하여 《續編攷事撮要》를 편찬했다. [출처] 고사촬요 [攷事撮要]

25) 《博物志》의 유입기록은 비록 조선 초·중기에 처음으로 보이지만 《列女傳》·《新序》·《說苑》·《搜神記》·《世說新語》 등이 고려조에 유입된 것으로 보아 《博物志》 역시 고려 때 유입된 것으로 추정된다.

면 다음과 같다.

宣祖1年(1568年) 刊行本《攷事撮要》: 557종
原州 :《剪燈新話》, 江陵 :《訓世評話》, 南原 :《博物志》, 淳昌 :《效顰集》,《剪燈餘話》, 光州 :《列女傳》, 安東 :《說苑》, 草溪 :《太平廣記》, 慶州 :《酉陽雜俎》, 晉州 :《太平廣記》.

宣祖 18年(1585) 刊行本《攷事撮要》: 988종
위에 언급된 판본목록은 모두 중복되었고 추가 누락된 것만 소개.
延安 :《玉壺氷》, 固城 :《玉壺氷》, 慶州 :《兩山墨談》, 昆陽 :《花影集》.[26)]

이처럼 남원에서 1568년 이전에 출판이 되었다는 사실을 확인할 수 있으나 애석하게도 당시 판본은 현재까지 확인되지 않는 상황이었다. 또 韓國學中央硏究院 所藏된 林芑[27)]의《剪燈新話句解》跋文에서《博物志》의 기록을 볼 수 있다.

志怪라는 책은 일찍이 오래전부터 있었던 책이다. 비록 불경하다고는 하지만 단지 박아하지 않다고 말할 수 없다. 山陽 瞿存齋는 실로 박아한 선비였지만 世事에 불우하여, 세상을 물러나 거리낌 없이 말하였다(거리낌 없이 글을 썼다). 그는 다방면을 저술하여 著作만도 거의 수십 편에 이른다. 또한 이 글은 대체로 여러 傳奇를 근거한 것이기에 비록 말이 기괴한 것들이지만, 진실로 문장이 칼을 부리는 것처럼 자유롭다. 하물며 문장이 선을 권장하고 악을 징벌한다고 하였으니, 악을 가히 그칠 수 있지 않으리요! 근자에도 글을 짓고 전하는 자들도 반드시 이렇게 해야 하거늘,

26) 김치우,《고사촬요 책판목록과 그 수록간본 연구》(서울: 아세아문화사, 2007년 8월). "필자는《고사촬요》조선시대 선조 1년(1568년 판)판을 근거로 중국고전소설의 출판목록을 따로 만들었다. 1568년 이전에 출간된 책판을 수록한《고사촬요》조선시대 선조 1년 판은 557종이 당시에 출판되었다고 언급되었는데 그 출판시기가 當時로 한정된 것이 아니라 조선시대 개국 이래 출판된 것을 모두 정리해 놓은 것으로 추정된다. 또 선조 18년 출간된《고사촬요》는 988종이나 늘어났다. 그렇다고 선조 1년에서 18년까지 17년 사이에 431종이나 되는 소설이 출판된 것이 아니라 이전의 누락된 것을 다시 수집 정리하여 추가한 것으로 추정된다. 이 출판목록이 임진왜란 이전에 출판되어졌다는 사실은 확실하다." (閔寬東 등 공저,《國內所藏 稀貴本 中國文言小說의 소개와 연구》, 학고방, 2014. 141쪽 참고.)

27) 林芑(1542년~1592년) : 본관은 開寧이며 임재광의 서자이다. 자는 遇春이고, 호는 垂胡子이다. 비록 서얼 출신의 吏文學官이지만 학문은 출중하였다고 전해진다. 저서로 瞿佑의《剪燈新話》를 註釋한《剪燈新話句解》가 있다.

도로를 빌려 인도하는 격으로, 그러나(오늘날 글들은) 경사를 인용하는 것만 많았지 그것을 해석하는 글들이 없어 한스럽기만 하다. 丁未年 가을 禮部令史 宋糞이라는 자가 나에게 해석을 구하였다. 나는 稗說이 실용에 적당하지 않은데 어째서 해석을 할 필요가 있을까? 라고 생각하여 사양하였다. 그리고 다시 그것을 생각해 보니 《山海經》·《博物志》는 말이 기이하지만 모두 箋疏가 있다. 佛氏諸典은 글자가 본래 梵書로 모두 허구적이었는데도 해석을 하였다. 梵書해석도 書이러니 이 책을(《전등신화》) 해석하는 것이 차라리 범서를 해석하는 것보다 낫지 않겠는가! 이에 滄洲의 어른에게 이에 대해 도모하고자 하였던 것이다. (내) 뜻이 그 분과 마침 딱 맞아 비로소 䟽를 모아서 해설하고 수록하였다. 창주(윤춘년)[28]는 宣城에 유배되어 가셨기에 하는 수 없이 나 혼자 오직 평소에 들은 것을 기록하고 몰래 그것에 주석을 가하였다. 학문의 깊이로는 부족하여 부끄럽지만 주석은 오신에게 양보하지 않았다. 주석 한 것이 비록 쓸데없는 것 같지만 쉽게 이해할 수 있으니 《擊蒙》의 방향이 되기에는 손색이 없다. 이것을 본보기로 삼아 문장 짓기를 배우면 또한 도움이 없었다고 말할 수 없을 것이다. 혹자는 나를 조롱하여 말하길: "옛날에 韓愈가 일찍이 《毛穎傳》을 짓자 張籍이 그 잡스럽고 실질이 없음을 기록하였다고 조롱하였다고 하오. 구씨의 이 책은 진실로 난잡하기가 으뜸인 책인데 그대가 주해하였으니 차마 비웃지는 않겠소. 성현의 경세지서는 하나가 아니니 충분하오. 그대가 저것을 버리고 이것을 위한 것은 무슨 까닭이오?" 라고 하였다. 나는 이렇게 대답하였다. "성현의 서적은 선대의 유학자가 훈고하여 다 갖추어졌소. 그러나 오히려 지금의 학자들이 도를 깊이 있게 만들었으나 모두 없어졌소. 성현의 책을 배우고도 도를 깊이 승화시킬 수 없다면 누가 이 책을 배운 게 도움이 되었다고 말하겠소. 옛날 고인이 경전을 도의 방편이라고 말하는데 하물며 이 책에 있어서야! 비록 초학자라 할지라도 진실로 여기서(《전등신화》) 글을 깨치고 도를 구하니, 이 책 역시 경전의 방편인 것이오. 생각해 보니 무엇 때문에 나를 조롱하는가?" 라고 말하였다. 마침내 (그 책을) 교정하여 송분에게 맡겨 그것을 인쇄하였다. 아! 송분의 뜻이 가상하다. 송분은 관리라서 오직 낮에 다스리기에 급박하였지만 이 책에 대해 이미 빛내고자 하고 또 사람들에게 밝히고자 하여 이러한 의지로 이 일을 추진하였다. 비록 옛날 사람들과 더불어 선을 행하는 자라 할지라도 뛰어넘을 수 없는 것입니다. 그러나 송분은 판각을 해낼 수가 없었다. 이에 목판본을 모아 인쇄하였으니 글자가 닳아 없어진 것이 많아 열람자가 그것을 병폐로 여겼다. 지금 이에 창주에서 天官卿이 겸하여 서관을 교열하자

28) 尹春年은 본관이 坡平이고, 자는 彦久, 호는 學音 혹은 滄洲로 알려진 인물이다. 尹繼謙의 증손으로, 할아버지는 尹琳이고 아버지는 이조참판 尹安仁이다. 조선전기에 교리·대사간·이조판서 등을 역임한 문신이다. 《剪燈新話句解》를 출간하면서 林己는 集釋을 하고 윤춘년은 訂正을 하였다.

> 고 제의하였다. 제원 尹繼延이라는 자가 그 교열을 아뢰어 서재에 들어가고자 하여 그 전을 널리 알렸다. 내가 더욱이 그것을 위해 번잡한 것을 삭제하고 간략한 것에 나아가 구해를 삼았다. 창주가 실제로 그것을 교정하였다. 이에 그 주석의 개요를 모았고 전말을 적었다. 송분의 인쇄본은 己酉年에 이르러 윤계연이 판각하였다. 마침내 己未年에 그 연도를 상세히 기록하고 후학자로 하여금 알게 하노라. 嘉靖 己未年(1559年) 五月 下澣 靑州 垂胡子가 跋文을 쓰다.[29)]
>
> (《剪燈新話句解》 跋, 韓國學中央硏究院 所藏本, D7C-5A)

기록을 보면 下澣 靑州 垂胡子가 嘉靖 己未年(1559년) 五月에 쓴 跋文이다. 丁未年 가을 禮部令史 宋糞이라는 자가 나에게 해석을 구했지만 稗說이 실용에 적당하지 않은 것으로 생각하여 사양하였고, 다시 생각해 보니 《山海經》·《博物志》는 말이 기이하지만 모두 箋疏가 있다고 생각한 기록을 보면 조선조에 《博物志》가 유입되어 유행 및 출판되었음을 짐작케 한다.

이렇듯 조선간본《博物志》는 弘治 乙丑年(1505년) 都穆의 跋文과 宣祖 1년(1568년) 刊行된《攷事撮要》의 기록으로 보아, 1505년 賀志同刻本이 중국에서 출판된 이후 곧바로 조선에 유입되었고 1568년 이전에 출판 유통되었음을 확인할 수 있다. 다만 1505년 중국에서 출판된 이후 언제 유입되었는지는 확인할 수 없다. 그런데 조선에서 《博物志》

29) "志怪之書 尙矣. 雖曰不經 苟非博雅 不能言矣. 山陽瞿存齋 實惟博雅之士 不遇於世 退而放言. 其所著述多方 幾數十篇. 且是篇 蓋本諸傳奇 雖符於語怪 固亦文章游刃地. 況文善可勸而惡可懲者 其惡可已乎! 近世記誦文字者 必於是焉 假途而祈嚮. 然而 引用經史語多 咸以無釋爲恨. 歲丁未(1547)秋 禮部令史 宋糞者 求釋於余. 余以爲稗說 不適於實用 何以釋爲 乃辭. 旣而思之 山海經 博物志 語涉吊詭 俱有箋疏 佛氏諸典 字本梵書 尙皆鑿空而演解. 其釋是書 不猶愈於釋梵書者乎! 於是 就滄洲大人而謀焉. 意旣克合 方始輯疏 纔解一錄. 而滄洲適居棘于宣城 余獨以平昔所記聞 竊爲之盡釋 學雖愧於二多 註不讓於五臣 但所釋者. 雖似煩冗 其於易解 未必不爲擊蒙之指南矣. 資是而學爲文字 則亦不可謂無少補矣. 或有嘲於余曰 昔韓愈嘗作毛穎傳 張籍譏其駁雜無實. 瞿氏是書 固駁雜之尤者也 而吾子 從而註解 寧無譏乎. 聖賢經世之書 不一而足. 吾子去彼而取此何. 余答曰 聖賢之書 先儒之訓詁 備矣. 然猶今世之學者 其深造乎道者 盡無. 與其學聖賢書而不能深造乎道. 孰若學是書而以爲談助乎 旦古人以爲經傳 道之筌蹄也 況是書乎. 雖然 初學者 誠能解文於此 而求道於彼 則是書 亦經傳之筌蹄也 顧何以譏余乎. 遂爲讎正 委諸宋糞 使之募印嘻. 糞之志勤矣. 糞吏也 惟簿書是急 乃於是書 已欲昭昭而 又欲使人昭昭 推此志也. 雖古之與人爲善者 不是過也. 然而糞也 不克鏤板. 乃轃合木字而印之 字多刓缺 覽者病焉. 今玆滄洲 以天官卿 兼提調校書館. 而諸員尹繼延者 稟於其提調 欲入梓 以廣其傳. 余更爲之刪煩就簡 以爲句解 而滄洲實訂焉 因撮其注釋之梗槩. 書諸顚末 糞之印本 訖於己酉(1549) 而繼延之搆刻. 終於己未(1559) 詳錄其年 俾來者 知之. 嘉靖己未(1559年)五月下澣 靑州 垂胡子跋"

의 출판 상황은 어땠을까? 앞 장에서 소개한 일본 公文書館 內閣文庫에 소장된 조선간본 《博物志》 十卷과 국립중앙도서관에 소장된 조선간본 《博物志》의 출판 형태를 비교해보면 동일한 판본인지 아니면 상이한 판본인지 확인할 수 있을 것이다. 다음은 국립중앙도서관 《博物志》 十卷과 일본 公文書館 內閣文庫에 소장된 조선간본 《博物志》 十卷 출판 사항이다.

書名	出版事項	版式狀況	一般事項	所藏處/ 所藏番號
博物志 十卷	張華(晉) 撰, 朝鮮木版本, 刊寫地未詳, 刊寫者未詳	10卷1冊, 四周雙邊 半郭 20.2 ×14.0cm, 有界, 10行18字 註雙行, 上下大黑口, 內向黑魚尾, 24.5 ×17.8cm		국립중앙박물관 한국고전적 종합목록 032
博物志 十卷	晉 張華 撰, 宋 周日用 注 朝鮮木版本, 刊寫地未詳, 刊寫者未詳	10卷 1冊, 四周雙邊, 有界, 10行18字 註雙行, 上下大黑口, 內向黑魚尾, 27.5×15.5cm	弘治乙丑 都穆記	公文書館 309-0164 朝鮮[舊蔵者] 林家(大學頭)
續博物志 十卷	宋 李石 撰, 朝鮮木版本, 刊寫地未詳, 刊寫者未詳	10卷 1冊, 四周雙邊, 有界, 10行 18字, 註雙行, 上下大黑口, 內向黑魚尾, 27.5×15.5cm	門人迪功郎眉山薄黄公泰謹跋, 續博物志後記	公文書館 309-0164 朝鮮[舊蔵者] 林家(大學頭)
博物志 十卷 續十卷	晉 張華 撰, 宋 周日用 注 宋 盧□ 注, 宋 李石撰(續十卷) 朝鮮木版本	10卷 6冊	據弘治乙丑十八年都穆後記本重刊	東洋文庫 Ⅶ-3-50

국립중앙도서관에 소장된 《博物志》 十卷은 10卷 1冊으로 속집은 없는데 일본 公文書館 內閣文庫에 소장된 조선간본 《博物志》는 正十卷 續十卷이 있는 까닭에 正十卷에 대해 비교해 보았다. 먼저 두 소장본은 10권 1책과 10권 2책으로 차이가 있는데, 국립중앙도서관 소장본은 속집이 없이 정집만 남아있기 때문으로 보인다. 그리고 內閣文庫에 소장된 《博物志》의 파일을 확보하여 검토하였으나 파일에서는 상이점을 발견할 수 없었다. 앞 장에서 서술하였듯, 공문서관 내각문고 소장 조선간본은 序文이 없이 卷之一로 바로 시작되었고, 卷末에는 弘治乙丑年都穆記가 있었다.

매 권의 첫 쪽은 1행에 《博物志》 卷之○ 또는 卷第○, 2행에 晉 司 空 張華茂先撰, 3행에 汝 南 周日用等注로 되어 있고 4행에서 본문을 시작하였다. 그리고 매 권의 마지막 쪽에는 《博物志》 卷之○ 또는 卷第○로 끝나는 형식을 취했다. 국립중앙도서관에 소장된

《博物志》는 전후 표지가 모두 파손되어 새로 제본한 상태이고, 卷之一의 1~2쪽이 缺한 상태이며, 卷之十의 끝 2쪽 분량이 결한 상태고 弘治乙丑年都穆記 또한 缺한 상태인 까닭에 序文과 卷末의 弘治乙丑年都穆記가 원래부터 있었던 것인지 아니면 있었던 것이 결한 상태가 된 것인지 명확치 않다. 또 매 권의 첫 쪽은 1행에 《博物志》 卷之○ 또는 卷第○, 2행에 晉 司 空 張華茂先撰, 3행에 汝 南 周日用等注로 되어 있고 4행에서 본문을 시작한 점도 동일하고 매 권의 마지막 쪽에는 《博物志》 卷之○ 또는 卷第○로 끝나는 동일한 형식을 취했다. 따라서 이런 사항만으로는 두 판본의 이동점을 명확히 구분해 낼 수 없다. 그러면 두 판본의 상이한 점이 있는지 살펴보겠다.

다음은 卷第二의 첫 쪽으로 두 판본의 상이한 점을 보여준다.

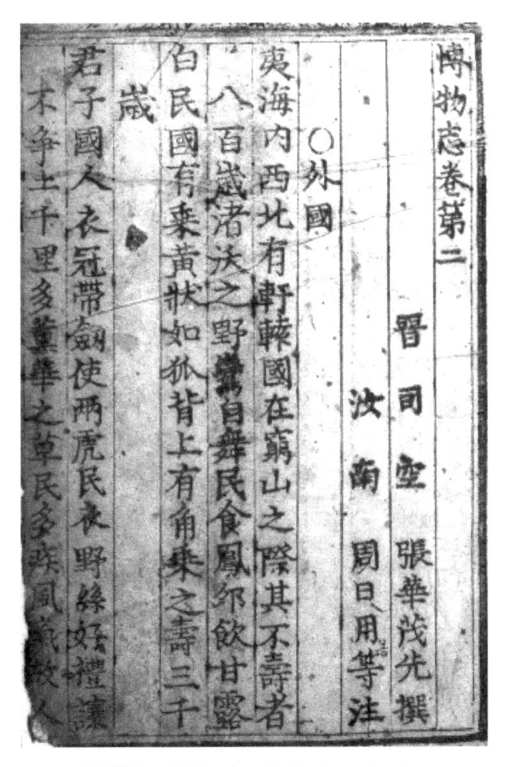
博物志卷第二
晉司空張華茂先撰
汝南周日用等注
○外國
夷海內西北有軒轅國在窮山之際其不壽者
八百歲渚沃之野鸞自舞民食鳳卵飲甘露
白民國有乘黃狀如狐背上有角乘之壽三千
歲
君子國人衣冠帶劍使兩虎民衣野絲好禮讓
不爭土千里多薰華之草民多疾風氣故人

국립중앙박물관 《博物志》 卷第二

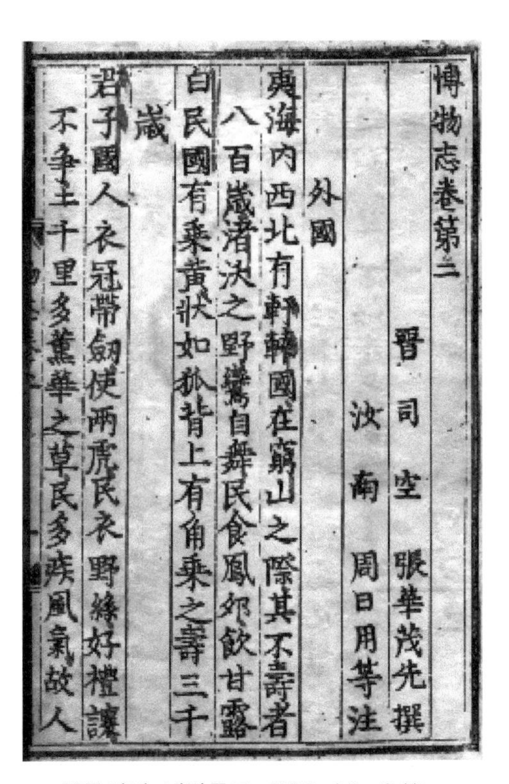
博物志卷第二
晉司空張華茂先撰
汝南周日用等注
外國
夷海內西北有軒轅國在窮山之際其不壽者
八百歲渚沃之野鸞自舞民食鳳卵飲甘露
白民國有乘黃狀如狐背上有角乘之壽三千
歲
君子國人衣冠帶劍使兩虎民衣野絲好禮讓
不爭土千里多薰華之草民多疾風氣故人

공문서관 내각문고 《博物志》 卷第二

국립중앙도서관 소장 《博物志》는 목차에서 ○外國, ○異人, ○異俗, ○異産의 형태를 보이나 일본 內閣文庫에 소장된 《博物志》에는 外國, 異人, 異俗, 異産의 형태로 ○의 부호가 없다. 이러한 형태는 매 권에서 동일하지는 않다. 국립중앙도서관에 소장된 《博物志》

는 卷之一에서 卷第五까지는 ○의 부호가 있는 형태이나 이후 卷之六에서 卷之十까지는 ○의 부호가 없는 형태를 띠고 있다. 그러나 일본 內閣文庫 소장《博物志》는 매 권에서 ○의 부호가 없는 형태를 띠고 있다. 그런데 이러한 상이점은 두 판본이 동일 판본이 아니라는 근거로는 확실치 않다. 왜냐하면 ○의 부호를 출판 후에 소장자가 따로 표기했을 가능성도 상존하기 때문이다.

그런데 일본 소장 조선간본《博物志》는 內閣文庫와 東洋文庫 두 곳에 소장되어 있다. 이 중 內閣文庫 소장본은 正集十卷 續集十卷 2冊本인데 東洋文庫 소장본은 明弘治十八年都穆後記本에 의거 重刊한 正集十卷 續集十卷 6冊本이다. 이 점은 두 판본이 상이한 판본이라는 것을 증명해 준다. 이로 보아 조선간본《博物志》는 1505년에서 1568년 사이에 출판되어 유통되었고, 조선에 유입된 후 적어도 2회 이상 출판되었다는 것을 확인할 수 있다. 다만 東洋文庫 소장《博物志》6冊本은 원본의 일부만을 확인한 까닭에 더 자세한 설명은 어려운 상황이다.

이상의 논점을 종합하면 다음과 같다.

현재 일본의 國會圖書館 등에 소장된 조선간본 중국소설은 대략《三國志演義》·《世說新語姓彙韻分》·《世說新語補》·《兩山墨談》·《剪燈新話句解》·《剪燈餘話》·《新序》·《博物志》·《酉陽雜俎》·《玉壺氷》·《訓世評話》·《效顰集》 등이 있는데, 그중 조선간본《博物志》는 正集十卷, 續集十卷으로 公文書館과 東洋文庫에 소장되어 있다.

小說家類와 雜家類에 편입되었던《博物志》의 판본은 明 弘治 十八年(1505년) 賀志同刻本처럼 39개의 조목으로 나뉘어져 있는 판본 계열과 清 嘉庆 9年(1804년) 黃丕烈의 士禮居刊本과 같이 조목을 나눠 놓지 않은 판본의 두 가지 계열로 구분된다. 그 가운데 조선간본《博物志》의 판본은 賀志同刻本처럼 39개의 조목으로 나뉘어져 있는 오늘날 통행되는 通行本으로 전라도 南原에서 간행되었다.

조선간본《博物志》의 판식사항은 四周雙邊, 有界, 10行 18字, 註雙行, 上下大黑口, 內向黑魚尾, 27.5×15.5cm이며, 序文과 목차 없이 卷之一로 시작되었고, 卷末에는 "弘治乙丑春二月工部主事姑蘇都穆記"가 있다. 이 판본은 弘治 乙丑年(1505년) 都穆의 跋文과 宣祖 1年(1568) 刊行된《攷事撮要》의 기록으로 보아, 1505년 賀志同刻本이 중국에서 출판된 이후 곧바로 조선에 유입되었고 1568년 이전에 출판 유통되었음을 알 수 있지만 1505년 중국에서 출판된 이후 언제 유입되었고, 어느 해에 출판되었는지는 확인할 수 없다.

그리고 일본 內閣文庫 소장《博物志》가 正集十卷 續集十卷 2冊本이고, 東洋文庫 소장《博物志》가 明弘治十八年都穆後記本을 重刊한 正集十卷 續集十卷 6冊本인 점은 두 판본이 상이한 판본이라는 증거로 삼을 수 있다. 이점은 賀志同刻本이 국내에 유입된 후 출판, 유통되었고 조선에서 적어도 2회 이상 출판되었다는 것을 확인해주는 점이다.

公文書館 소장 조선간본《續博物志》의 판식사항은 四周雙邊, 有界, 10行 18字, 註雙行, 上下大黑口, 內向黑魚尾, 27.5×15.5cm이며, 序文이 없이 바로 卷第一로 시작되었다. 卷末에 "門人迪功郎眉山薄黃公泰謹跋"과 都穆의 "續博物志後記"가 있는데, "續博物志卷第十 開化庠生方 衛謹錄"이라 쓰여 있다. 또 매 권의 첫 쪽은 1행에 "續博物志卷第○", 2행에 "前都官員外郎隴西李 石撰撰", 3행에서 본문을 시작하였다. 그리고 매 권의 마지막 쪽에는 "續博物志卷第○"로 끝나는 형식을 취했다.

《博物志》는 弘治 乙丑年(1505년) 賀志同刻本이 중국에서 출판된 이후 곧바로 조선에 유입되어 출판되었는데, 이처럼 당시 다양한 중국 서적들이 출판 유통된 것은 당시 문인들의 독서열기와 신지식에 대한 갈망, 선진 문명에 대한 동경 등 복합적인 요인이 작용했으리라 생각한다. 이런 다양한 자료를 발굴 연구하는 것은 조선 사회의 출판 및 독서문화를 이해하는 데 상당한 도움이 될 것으로 사료된다.

16, 7세기 한·중·일《博物志》의 비교*

일본에 소장된 조선간본 중국고전소설은 대략《三國志演義》·《世說新語姓彙韻分》·《世說新語補》·《兩山墨談》·《剪燈新話句解》·《剪燈餘話》·《新序》·《博物志》·《酉陽雜俎》·《玉壺氷》·《訓世評話》·《效顰集》 등이 있다. 그중 최근 필자가 새로 발굴한《博物志》는 正集十卷 續集十卷 2冊本(內閣文庫)과 明弘治十八年都穆後記本을 重刊한 正集十卷 續集十卷 6冊本(東洋文庫)이 있으며, 內閣文庫 소장 正集十卷 續集十卷 2冊本을 확보하여 연구를 진행하였다. 조선간본《博物志》의 판본은 明 弘治 十八年(1505년) 賀志同刻本처럼 39개의 조목으로 나뉘어져 있는 오늘날 일반적으로 통행되는 通行本으로 서지학적 가치가 높은 판본이다.

조선간본《博物志》는 序文과 목차가 없고 卷末에는 "弘治乙丑春二月工部主事姑蘇都穆記"가 있다. 조선간본《博物志》는 弘治 乙丑年(1505년) 都穆의 跋文과 宣祖 1年(1568) 刊行된《攷事撮要》의 기록으로 보아, 1505년 賀志同刻本이 중국에서 출판된 이후 곧바로 조선에 유입되었고 1568년 이전에 출판 유통된 것으로 확인된다. 그러나 정확한 出刊年度는 알 수 없다.

그리고 일본 內閣文庫 소장《博物志》는 正集十卷 續集十卷 2冊本이고, 東洋文庫 소장《博物志》는 明弘治十八年都穆後記本을 重刊한 正集十卷 續集十卷 6冊本인 점으로 보아 두 판본이 상이한 판본이라는 증거로 삼을 수 있다. 이러한 점은 賀志同刻本이 국내에 유입된 후 출판, 유통되었고 조선에서 적어도 2회 이상 출판

---

* 본 글은《중국학논총》 제73집(2022년 3월)에 게재된 〈16, 7세기 한·중·일《博物志》의 비교 연구〉를 수정 보완한 것이다.(대한민국 교육부와 한국연구재단의 지원을 받아 수행된 연구 결과임. [NRF-2020S1A5B5A17087455]).
주저자: 鄭榮豪, 교신저자: 閔寬東

되었다는 것을 확인해주는 점이다.

《博物志》가 중국에서 출판된 이후 곧바로 조선에 유입되어 출판되었는데, 이처럼 당시 다양한 중국 서적들이 출판 유통된 것은 당시 문인들의 독서열기와 신지식에 대한 갈망, 선진 문명에 대한 동경 등 복합적인 요인이 작용했으리라 생각한다. 이런 다양한 자료를 발굴 연구하는 것은 조선 사회의 출판 및 독서문화를 이해하는 데 도움이 될 것으로 사료된다.

《博物志》가 중국에서 출판되어 조선과 일본에 전파되고 유통된 이후, 한·중·일《博物志》를 상호 비교한 연구는 현재까지 없는 상황이다.[1] 이런 점에 착안하여 본 연구는 16, 7세기에 한국·중국·일본에서 출간된《博物志》의 서지 및 출판현황을 파악하고, 이들 세 나라의 판본을 비교 연구하여 異同點을 찾아보는 데에서 시작되었다.

1) 한·중·일《博物志》를 상호 비교한 연구 이외 기타 연구 개황은 鄭榮豪·閔寬東의 〈신 발굴 朝鮮刊本《博物志》 연구〉(《中國小說論叢》 第59輯, 2019.12.) 98~99쪽의 내용을 인용 및 참고하여 정리한다. "《博物志》에 대한 중국의 연구는 〈《博物志》研究〉·〈《博物志》詞匯研究〉·〈《博物志》博物書寫研究〉 등 석사논문 십여 편과 〈《博物志》復音詞研究〉·〈論《博物志》地理敍述的價値與意義〉 등 몇 편의 단편논문이 있다. 이들 연구의 주요 내용은 작품에 대한 전반적인 연구방면으로 張華의 생애, 版本, 素材의 연원, 佚文, 敍事構造, 神話·傳說·宗教·地理·醫藥 방면의 내용, 후대에 대한 影響 등에 대해 연구하거나, 작품의 특정방면으로 단어와 어구의 발전 과정, 神話의 심층 분석,《山海經》·《十州記》·《神異經》에서《博物志》 및《續博物志》 그리고《博物志補》와《廣博物志》에 이르는 書寫傳統, 博物 및 地理의 空間 및 敍事, 민속, 철학사상, 언어학적 측면 등에 대해 연구가 진행되었다. 국내의 연구는 많지 않은 상황이다. 국내 논문은 〈《博物志》試論 및 譯註〉의 석사논문 1편과 〈《博物志》에서의 공간의 의미〉, 〈신 발굴《博物志》의 연구〉, 〈《博物志》 試論〉, 〈박물지의 바둑기원설에 대한 소고〉 등 단편논문 4편이 있다. 그 가운데 〈《博物志》試論 및 譯註〉는 저자, 성립 배경, 체재 및 내용 분석과 원문에 대한 역주를 진행했다. 그리고 〈《博物志》에서의 공간의 의미〉는《博物志》의 공간 중심적 서술방식, 지리 관념 성분에 대한 고찰, 거대 공간이 인간에게 주는 상상력의 문제에 대해 고찰했다. 〈신 발굴 조선간본《博物志》의 연구〉는 일본에 소장되어 있던 조선간본《博物志》를 학계에 보고하고 조선간본《博物志》의 서지사항, 국내유입과 출판양상을 중심으로 살폈다. 또 〈박물지의 바둑기원설에 대한 소고〉는 박물지의 저자, 시대배경, 판본, 내용 등을 소개하고 장화가 최초로《博物志》에서 바둑에 대해 언급했다는 바둑의 기원설을 검증하였다. 그 외 〈《博物志》試論〉은《博物志》의 저자, 판본, 내용구성 등에 대한 개략적인 연구가 이루어졌다. 단행본으로 林東錫 譯註의《박물지》와 김영식 옮김의《박물지》가 있다. 임동석 역주《박물지》는 해제 및 원문 역주와 부록으로 이루어졌고, 김영식의《박물지》는 해제 및 원문 번역으로 이루어졌다. 이들 논저들은 모두 현대 시기에 유통되고 있는 范寧 校證《博物志校證》을 저본으로 삼아 저자와 판본, 체재와 내용을 분석하고 번역한 논문들이다." 보다 더 자세한 내용은 第一部의 Ⅰ을 참고.

본 연구의 구체적 방법은 16, 7세기에 출판된 朝鮮刊本(公文書館本, 1505~1568)과 中國刊本(古今逸史本, 1585년 경) 및 日本刊本(天和三年本, 1683) 등 세 판본을 기본 텍스트로 비교하여 그 異同點을 정리한 후 분석하고자 한다. 이를 통해 한·중·일《博物志》의 서지사항, 출판사항, 판본 및 내용의 異同點 등에 대해 고찰한다. 아울러 조선간본은 일본의 동양문고 소장본과 국립중앙도서관 소장본과도 異同點을 비교 검토하며, 중국간본은 明 弘治 十八年(1505) 賀泰刻公文紙印本과도 비교 검토한다. 또한 현대에 출판된 范寧校證《博物志校證》(中華書局, 1980)과도 상호 비교하여 내용상 異同點이 있는지 살펴본다.

1. 한·중·일《博物志》의 서지사항 및 출판현황

1) 조선간본

조선간본《博物志》는 明 弘治 18년(1505) 賀志同刻本을 重刊한 것으로 알려져 있다.[2] 중국에서 널리 통용된 通行本처럼 39개의 큰 조목으로 나뉘어져 있고, 목차도 통행본과 차이가 없다.[3] 조선간본《博物志》의 서명은《剪燈新話句解》(1559) 跋에 처음으로 보인다. 嘉靖 己未年(1559) 五月 下澣 靑州 垂胡子의 跋文을 통해 조선조에《博物志》가 유입되었음을 알 수 있다. 그리고 宣祖 1년(1568) 刊行된《攷事撮要》에 南原에서 출판되었다는 서목이 보이는 것으로 보아 적어도 1568년 이전에 국내에서 출간되었다는 것을 알 수 있다.[4]

---

2) 范寧,《博物志校證》, 北京: 中華書局, 1980. 158쪽 참고.

3)《博物志》의 판본에 대해서는 鄭榮豪·閔寬東의 〈신 발굴 朝鮮刊本《博物志》 연구〉(《中國小說論叢》 第59輯, 2019.12.)와 張華 撰, 林東錫 譯註의《박물지》(서울: 동서문화사, 2011.), 張華 撰, 김영식 譯의《박물지》(서울: 지만지, 2008.), 張華 撰, 范寧校證의《博物志校證》(北京: 中華書局, 1980.) 등을 참고.

4) 范寧은《博物志校證》에서 "조선 간본은 森立의《經籍訪古志》卷五에 '昌本學藏은 첫머리에《博物志》卷之一 晉司空張華茂先撰. 汝南周日用等注라 題되어 있고, 끝에는 弘治 乙丑 二月 工部主事姑蘇都穆跋이 있다.' 이 기록에 의하면 조선 간본은 賀本에 의해 중간한 것임을 알 수 있다."(又朝鮮國刊本, 森立之《經籍訪古志》卷五云: '昌本學藏, 首題《博物志》卷之一晉司空張華茂先撰. 汝南周日用等注. … 末有弘治乙丑二月工部主事姑蘇都穆跋.' 據此, 知其書乃據賀本重刻.)고 밝히고 있다.(范寧,《博物志校證》, 北京: 中華書局, 1980. 158쪽.)

〈16, 7세기 조선간본《博物志》 출판 목록〉

書名	出版事項	版式狀況	一般事項	所藏處/所藏番號
博物志 十卷	張華 撰, 朝鮮木版本, 刊行地未詳, 刊行者未詳, 燕山君11(1505)	10卷1冊, 四周雙邊, 半郭, 20.2×14.0cm, 有界, 10行18字, 註雙行, 上下大黑口, 內向黑魚尾, 24.5×17.8cm		국립중앙도서관 한국고전적 종합목록 032
博物志 十卷 續十卷	晉 張華 撰, 宋 周日用 注, 宋 盧□ 注, 宋 李石 撰(續十卷), 朝鮮木版本	20卷 6冊, 四周單邊, 半郭 20.2×13.7cm, 有界, 10行18字, 註雙行, 上下大黑口, 上下內向黑魚尾, 30.3×18.0 cm	據弘治乙丑十八年都穆後記本重刊	東洋文庫 Ⅶ-3-50
博物志 十卷	晉 張華 撰, 宋 周日用 注, 朝鮮木版本, 刊行地未詳, 刊行者未詳	10卷 1冊, 四周雙邊, 有界, 10行18字, 註雙行, 上下大黑口, 內向黑魚尾, 27.5×15.5cm	弘治乙丑 都穆記	公文書館 309-0164 朝鮮[旧藏者] 林家(大學頭)
續博物志 十卷	宋 李石 撰, 朝鮮木版本, 刊行地未詳, 刊行者未詳	10卷 1冊, 四周雙邊, 有界, 10行 18字, 註雙行, 上下大黑口, 內向黑魚尾, 27.5×15.5cm	門人迪功郎眉山薄黃公泰謹跋, 續博物志後記	公文書館 309-0164 朝鮮[旧藏者] 林家(大學頭)
博物志 十卷	張華(晉) 撰, 周日用(明) 等註, 朝鮮木版本刊行者未詳, 壬亂以前 刊	線裝10卷1冊, 四周雙邊, 半郭 20.8× 14.3cm, 有界, 10行18字, 註雙行, 內向黑魚尾, 25.3×17.9cm	刊年出處: 淸芬室書目按隆慶乙亥本攷事撮要南原冊版有此書, 跋: 歲嘉靖辛卯(1531) … 鏡湖居士崔世節介之跋	성암고서 박물관자료실
博物志 十卷	晉 張華 撰, 淸 汪士漢 校, 木版本, 刊行者未詳, 康熙7(1668)序	10卷1冊(57張), 四周雙邊, 半郭, 19.9×14.7 cm, 有界, 10行18字, 版心: 大黑口, 上下黑魚尾, 28.4×18.2cm	弘治乙丑(1505) … 都穆 跋, 弘文館. 帝室圖書之章印	서울대학교 중앙도서관
博物志 十卷	張華 撰, 筆寫本, 刊行地未詳, 刊行者未詳, 刊行年未詳	10卷1冊, 四周雙邊, 半郭, 19.6×14.5cm, 有界, 10行, 小字雙行, 上下白口, 上下內向花紋魚尾, 27.2×18.4cm		고려대학교 도서관 C14
博物志 十卷	晉 張華 撰, 淸 汪士漢 校, 淸 木版本 刊行者未詳, 康熙7(1668)序	1冊1匣, 上下單邊, 左右雙邊, 半郭, 19.9× 13.0cm, 有界, 半葉, 10行20字 註雙行, 上花口, 上下向黑魚尾, 25.3×15.9cm	表題: 稗海全書, 原序: 會稽上濬書, 印文: 帝室圖書之章, 朝鮮總督府圖書之印, 京城帝國大學圖書章	국립중앙도서관 고문헌 자료실0230 98

국립중앙도서관과 일본 公文書館 소장본은 正集 十卷과 續集 十卷 2冊本이며, 일본의 東洋文庫本은 明弘治十八年都穆後記本을 重刊한 正集十卷 續集十卷 6冊本이다. 卷頭와 卷末의 일부를 상호 비교한 결과 내용과 형식상의 차이는 없으며, 製冊에서만 차이가 있다. 성암고서박물관 소장본은 線裝 10卷1冊은 靖辛卯(1531) 鏡湖居士 崔世節[5]의 跋이 있다. 국립 중앙도서관 소장본(한국고전적종합목록 032)에 의하면 발행사항에 燕山君 11(1505)로 기록되어 있으나, 卷頭와 卷末 부분이 훼손되어 있어 근거를 확인할 수는 없다. 하지만 성암고서박물관 자료실에 소장된 線裝 10卷1冊은 靖辛卯(1531) 鏡湖居士 崔世節의 跋이 있으니, 1531년에 발간된 판본이거나 1531년 판본을 모본으로 재출판한 것임을 추측할 수 있다. 이로 보면 1505년 賀志同刻本이 중국에서 출판된 이후 곧바로 조선에 유입되었고 1568년 이전에 2회 이상 출판 유통되었음을 확인할 수 있다. 아래는 국립중앙도서관과 일본 公文書館 소장《博物志》卷二의 첫 쪽이다.

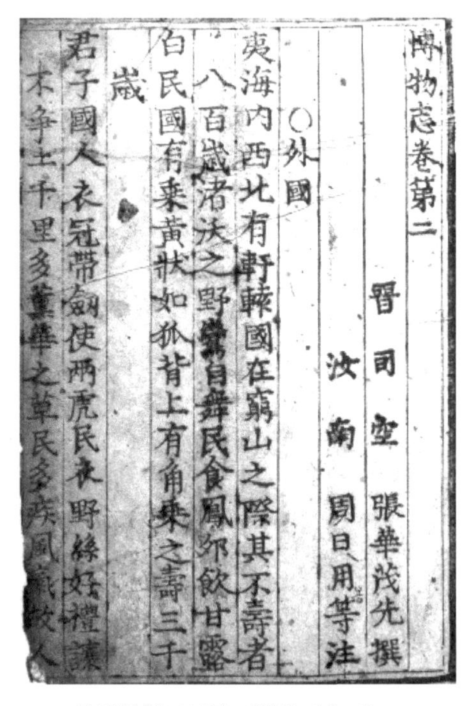
博物志卷第二
晉司空張華茂先撰
汝南周日用等注
○外國
夷海内西北有軒轅國在窮山之際其不壽者
八百歲渚沃之野鸞自舞民食鳳卵飲甘露
白民國有乘黃狀如狐背上有角乘之壽三千
歲
君子國人衣冠帶劍使兩虎民衣野絲好禮讓
不爭土千里多薰華之草民多疾風氣故人

국립중앙도서관《博物志》卷二

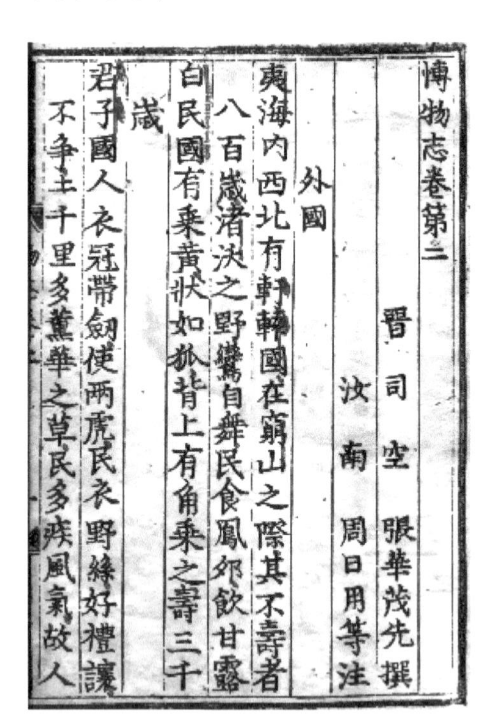
博物志卷第二
晉司空張華茂先撰
汝南周日用等注
外國
夷海内西北有軒轅國在窮山之際其不壽者
八百歲渚沃之野鸞自舞民食鳳卵飲甘露
白民國有乘黃狀如狐背上有角乘之壽三千
歲
君子國人衣冠帶劍使兩虎民衣野絲好禮讓
不爭土千里多薰華之草民多疾風氣故人

공문서관《博物志》卷二

5) 崔世節(?~1535)의 字는 介之, 호는 梅窓. 崔致雲의 손자이며 崔應賢의 셋째 아들. 1504년(연산군 10) 별시문과에 장원급제, 1520년(중종 15) 동부승지, 1527년(중종 22) 홍문관 부제학을 거쳐 황해도 관찰사로 발탁되었으며, 이듬해 正朝使로 명나라에 다녀옴. 이후 경상도 관찰사, 형조참판, 대사헌, 한성부 부윤, 전라도관찰사 등을 역임.(《한국향토문화전자대전》 http://www.grandculture.net/ 참조)

두 소장본을 비교해 보았는데, 몇 가지 작은 차이점을 발견할 수 있었다. 국립중앙도서관 소장본은 앞부분 2쪽, 뒷부분 4쪽이 훼손되었고, 쪽에 따라 일부 글자가 훼손되어 있다. 공문서관 소장본은 권8의 중간 부분 2쪽 분량이 없다. 다만 양 기관에 소장된 판본을 검토하여 온전하게 복원할 수는 있는 상황이다. 판식사항은 두 판본 모두 四周雙邊, 有界, 10行 18字, 註雙行, 上下大黑口, 內向黑魚尾, 27.5×15.5cm이다. 매 권의 첫 쪽은 1행에 "博物志卷之○" 또는 "博物志卷第○", 2행에 "晉 司空 張華茂先撰", 3행에 "汝南 周日用等注"로 쓰였고 4행에서 본문을 시작한 점이 동일하다. 매 권의 마지막 쪽에는 "博物志卷之○" 또는 "博物志卷第○"로 끝나는 형식을 취한 것도 동일하다. 다만 卷第二의 첫 쪽으로 두 판본의 상이한 점을 보여준다.

국립중앙도서관 소장 《博物志》는 목차에서 ○外國, ○異人, ○異俗, ○異產의 형태를 보이나 일본 內閣文庫에 소장된 《博物志》에는 外國, 異人, 異俗, 異產의 형태로 ○의 부호가 없다. 이러한 형태는 매 권에서 동일하지는 않다. 국립중앙도서관에 소장된 《博物志》는 卷之一에서 卷第五까지는 ○의 부호가 있는 형태이나 이후 卷第六에서 卷之十까지는 ○의 부호가 없는 형태를 띠고 있으나, 일본 內閣文庫 소장 《博物志》는 매 권에서 ○의 부호가 없는 형태를 띠고 있다.[6]

2) 중국간본

현전하는 중국간본 《博物志》의 판본은 두 가지 계열이 있는데, 일반적으로 널리 통용되고 있는 판본인 通行本은 39개의 큰 항목으로 나뉘어져 있다. 通行本으로는 明 弘治 十八年(1505) 賀志同刻本(现 中國國家圖書館 소장), 明 吳琯(1546~?)이 편한 古今逸史本 등이 있다. 다른 하나는 큰 조목을 나눠 놓지 않고 배열순서가 通行本과는 다르나 내용은 같은 것으로 清 嘉慶 9年(1804) 黃丕烈(1763~1825)의 士禮居刊本, 道光年間 錢熙祚(1800~1844)가 編辑한 指海本 등이 있다.[7] 현대 시기에 출간한 것은 范寧의 《博物志校

6) 조선간본 《博物志》 十卷의 분석 내용은 鄭榮豪·閔寬東의 〈신 발굴 朝鮮刊本 《博物志》 연구〉(《中國小說論叢》 第59輯, 2019.12.) 111~113쪽의 내용을 참고.

7) 通行本에는 明 弘治 十八年(1505) 賀志同刻本(现 中國國家圖書館 소장), 明 吳琯(1546~?)이 편한 古今逸史本, 明 萬曆間 商濬(18?5~1966)의 稗海本, 清 宣統 3년(1911) 姚振宗이 撰한 快閣叢書本, 清 乾隆 7年(1872) 汪士漢이 輯한 秘書二十一種本, 清 同治 6年(1867) 崇文書局의 百子叢書本, 清

證》이 있다. 范寧은《博物志校證》(北京: 中華書局, 1980)은 秘書二十八種本을 저본으로 많은 증거를 수집하고 잘못된 것을 교정하고 빠진 부분을 보충하여, 현재 가장 완비된 판본으로 평가받는다.

중국간본 중 16, 7세기 판본으로는 明弘治乙丑(十八年, 1505)賀志同刊本, 明弘治十八年(1505)賀泰刻公文紙印本, 明弘治(1488 ~1505)明刻本, 明萬曆 31年(1603)胡文煥刊百家名書本, 明 萬曆間(1573~1620) 新安吳氏校刊本(古今逸史本), 明萬曆間會稽商氏刊本(稗海本), 明末武林何允中刊本(漢魏叢書本) 등이 있다. 이중 明弘治十八年(1505)賀泰刻公文紙印本, 明弘治(1488~1505)明刻本은 중국 국가도서관에 소장되어 있고 기타 판본은 대만 국가도서관에 소장되어 있다. 자세한 사항은 아래 목록을 참고할 수 있다.

〈16, 7세기 중국간본《博物志》 출판 목록〉

書名	出版事項	版式狀況	一般事項	所藏處/所藏番號
博物志十卷	張華撰, 明弘乙丑(十八年)賀志同刊本	10卷 二冊, 18.4×12.6 cm, 11行 23字, 左右雙欄, 版心白口, 雙魚尾, 上魚尾下方簡記書名·卷第「志一」, 藏印 : 「國立中央圖/書館收藏」朱文長方印	正文卷端題「博物志卷第一 金陵環湖葉氏 司空張華茂先撰 汝南周日用等注」 跋 : 「弘治乙丑春姑蘇都穆記	臺灣國家圖書館 310.2108563
博物志十卷	晉 張華 撰, 宋 周日用注, 宋 盧□ 注, 明萬曆31年(1603)胡文煥刊	10卷 一冊	百家名書本 嚴靈峰無求備齋諸子文庫	臺灣國家圖書館 004.9 嚴4317
博物志十卷	張華撰, 吳琯校, 明萬曆間(1573-1620), 新安吳氏校刊本		古今逸史	臺灣國家圖書館 308 15291-0008

乾隆間 紀昀 等이 編한 文淵閣四庫全書本 등이 있다. 통행본과 다른 판본들은 淸 嘉慶 9年(1804) 黃丕烈(1763~1825)의 士禮居刊本, 道光年間 錢熙祚(1800~1844)가 編輯한 指海本, 1937년 李調元(1734~1803)이 편찬한 叢書集成本, 1936년 吳汝霖(1935~) 등이 편한《四部備要》을 포함한 계열이다. 이 밖에도 說郛本, 廣漢魏叢書本, 格致叢書本, 二志合編本, 增訂漢魏叢書本, 秘書二十八種本, 紛欣閣叢書本 등의 판본이 있다고 전한다. 판본에 대한 것은 張華 撰, 林東錫 譯註,《박물지》(서울: 동서문화사, 2011.)의 '해제', 張華 撰, 김영식 譯,《박물지》(서울: 지만지, 2008.)의 '중국 최고의 백과사전, 박물지', 張華 撰, 范寧校證,《博物志校證》(北京: 中華書局, 1980.)의 '後記' 부분 등을 참고함.

書名	出版事項	版式狀況	一般事項	所藏處/所藏番號
博物志 十卷	(晉)張華撰, 刻書地 會稽, 刻書者 商濬, 刻書年 明萬曆		明萬曆間會稽商氏刊本(稗海)	臺灣國家圖書館 310.21 15278-0001
博物志 十卷	(晉)張華撰, 刊行地 武林, 刊行者 何允中, 刊寫年 明末	10卷 一冊, 19.2×14.2 cm, 9行 20字, 夾註雙行字數同, 版心白口, 單白魚尾, 上方記書名	明末武林何允中刊漢魏叢書本, 正文卷端題「博物志卷一 晉張華著武林翁立環閱」「管理中英庚/款董事會保/存文獻之章」朱文長方印·「仲若/所藏/圖籍」朱文方印·「國立中央/圖書館/藏書」朱文方印, (清)李文田手批	臺灣國家圖書館 310.21 08565
博物志 十卷	晉 張華撰, 宋 周日用注, 明弘治乙丑(十八年), 刊行地未詳, 刊行者未詳, 刊行年未詳	11行 23字, 白口, 左右雙邊	公文紙印本, 明馮舒手跋	中國國家圖書館 06950
博物志 十卷	晉 張華撰, 明刻本(1368-1644), 刊行地未詳, 刊行者未詳, 刊行年未詳	11行 23字, 白口, 左右雙邊		中國國家圖書館 18287
博物志 十卷	張華撰, 明刻本, 明弘治(1488-1505)	11行 23字		中國國家圖書館 CBM0482

중국 국가도서관에 소장되어 있는 公文紙印本(張華撰, 周日用等注)은 明 弘治 18年(1505)에 賀泰가 편한 것이다.[8] 이 책은 11行 23字, 白口(黑口라 기록된 것도 있음), 左右雙邊이며 "鐵琴銅劍樓"印이 찍혀 있다. 明 馮舒(1593~1645)[9]의 跋이 있는데, 말미에 "壬戌六月二十一日訒芝人識"이라 쓰여 있다. 그의 생존 시기 壬戌年은 明 天啓 2년

8) 公文紙印本은 판본학계와 목록학계에서 흔히 公文紙本·公牍紙本·文牍紙本·官册紙本이라고도 하며, 송·원·명 때 관헌에서 폐기한 공문 서책 장부나 개인 서신의 종이 뒷면에 인쇄한 고서적을 가리킨다. 賀泰는 吳縣 사람이다. 弘治 12 己未年(1499) 進士에 급제했다. 衢州府 推官을 거쳐 監察御史를 지냈다. 正德 6年(1511)에 巡按御史로 建陽에 갔을 때 《唐文鑑》 21卷을 建陽知縣 孫佐에게 校正하여 刊行토록 했다.

9) 馮舒의 字는 巳蒼, 號는 默庵·癸巳老人·孱守居士이다. 常熟 사람으로 明末 著名한 學者이자 藏書家이다.

(1622)이니, 이 해에 手記한 것으로 보인다. 明刻本(張華撰)은 明 弘治(1488~1505) 연간에 편찬된 것으로 보이며 11行 23字이다. 대만 국가도서관에 소장되어 있는 賀志同刊本(晉 張華撰)은 明 弘治 乙丑(十八年, 1505)年에 편찬되었고 2冊本이다. 刊行地 未詳이며, 朱筆校改, 卷端에 "博物志卷第一 金陵環湖葉氏 司空張華茂先撰 汝南周日用等注"라 쓰여 있고, "弘治乙丑春姑蘇都穆記" 跋이 있다. 판식사항은 18.4×12.6cm, 11行 23字, 左右雙欄, 版心白口, 雙魚尾, 上魚尾下方簡記書名·卷第「志一」, 「國立中央圖書館收藏」印이 있다.[10]

博物志卷之一
晉司空張華茂先撰
汝南周日用等注
余視山海經及禹貢爾雅說文地志雖曰悉備各有所不
載者作略說出所不見粗言遠方陳山川位象吉凶有徵
諸國境界犬牙相入春秋之後並相侵伐其土地不可具
詳其山川地澤略而言之正國十二博物之士覽而鑒焉
地理略自魏氏日已前夏禹治四方而制之
河圖括地象曰地南北三億三萬五千五百里地部之位起
形高大者有崑崙山廣萬里高萬一千里神物之所生聖
人仙人之所集也出五色雲氣五色流水其泉南流入中

中國國家圖書館 公文紙印本《博物志》卷一

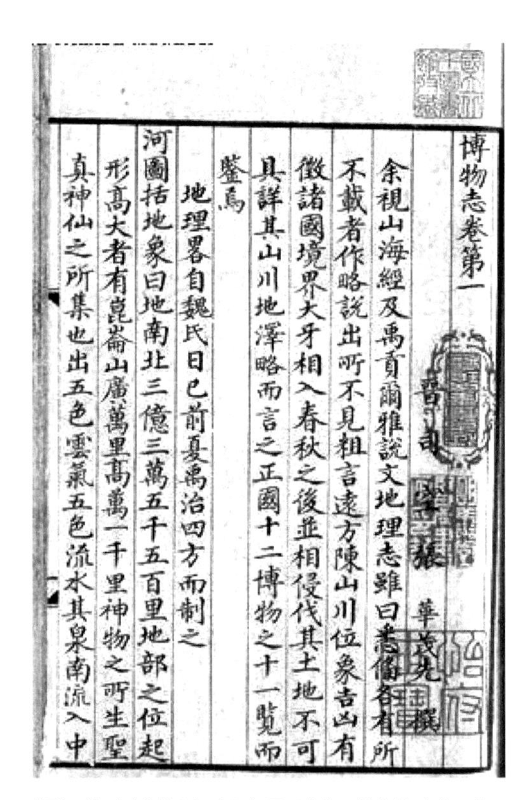

博物志卷第一
晉司空張華茂先撰
余視山海經及禹貢爾雅說文地理志雖曰悉備各有所
不載者作略說出所不見粗言遠方陳山川位象吉凶有
徵諸國境界犬牙相入春秋之後並相侵伐其土地不可
具詳其山川地澤略而言之正國十二博物之士覽而
鑒焉
地理畧自魏氏日已前夏禹治四方而制之
河圖括地象曰地南北三億三萬五千五百里地部之位起
形高大者有崑崙山廣萬里高萬一千里神物之所生聖
真神仙之所集也出五色雲氣五色流水其泉南流入中

대만 故宮博物院 賀志同刊本《博物志》卷一

10) 國立故宮博物院 圖書文獻處에 있는 賀志同刻本의 서지사항을 보면 "明版, 明弘治乙丑(十八年)賀志同刊本, 二冊, 國立中央圖書館典藏國立北平圖書館善本書目(000517863), 北平圖書館 移交(1985)"이라 되어 있다. 이 판본은 원래 臺灣 國立中央圖書館 所藏에 보관되어 있던 것을 故宮博物院으로 옮긴 것이다. 서지사항에 "明弘治乙丑(十八年, 1505)賀志同刊本, 2冊, 有國會圖書館攝製北平圖書館微捲(Roll 248), 微捲Roll 248有《皇明世說新語》·《唐摭言》·《續博物志》·《唐世說新語》·《清異錄》·《意林語要》·《蘇氏演義》, 本館前代管北平圖書館藏書, 已移置故宮博物院"이라 쓰여 있다. 이로 보면 원 소장처는 國立中央圖書館이었으나 후에 古書는 古宮博物院으로 이관되어 보관중인 것으로 보인다.

위는 中國國家圖書館 公文紙印本과 대만 故宮博物院 賀志同刊本《博物志》 卷一 첫 부분이다. 두 판본은 출판사항에 모두 1505년 출판된 것으로 기록되어 있지만 卷一의 1쪽을 보면 형식에 차이가 있다. 公文紙印本은 "晉司空張華茂先撰 汝南周日用等注"을 본문 시작 전에 기록했으나, 故宮博物院 소장 賀志同刊本은 "晉司空張華茂先撰"은 본문 시작 전, "汝南周日用等注"는 卷端에 기록했다. 그리고 11行 23字의 틀을 유지하면서 행에 따라 글자 수가 다른 것을 알 수 있다.

胡文煥刊百家名書本(晉 張華·宋 周日用·宋 盧□ 注)은 明 萬曆 31年(1603)에 편찬되었고 1冊으로 되어 있다. 이 책은 嚴靈峰無求備齋諸子文庫이며, 刊行者는 胡文煥이다. 또 新安吳氏校刊本(晉 張華撰, 明 吳琯校)은 明 萬曆(1573~1620) 연간에 편찬되었다. 刊行地는 新安, 刊行者는 吳琯으로 古今逸史本이라고도 한다. 그리고 會稽商氏刊本(晉 張華撰)은 明 萬曆 연간에 편찬되었고 刊行地는 會稽, 刊行者는 商濬이며 稗海本이라고도 한다. 그 외 武林何允中刊漢魏叢書本(晉 張華撰, 何允中刊)은 明末에 편찬되었고 漢魏叢書本이라고도 한다. 刊行地는 武林, 刊行者는 何允中이다. 卷 시작부분에 "博物志卷一 晉張華著武林翁立環閱"이라 쓰여 있다. 이 책은 1冊本으로 19.2×14.2cm, 9行 20字, 夾註雙行字數同, 版心白口, 單白魚尾로 되어 있다. 윗부분에 書名이 쓰여 있고, 「管理中英庚/款董事會保/存文獻之章」·「仲若/所藏/圖籍」·「國立中央/圖書館/藏書」 등의 도장이 찍혀 있고, 清代 李文田의 手批가 있다. 이로 보면 16, 7세기에 출판된 중국간본은 賀志同刊本, 公文紙印本, 胡文煥刊本(百家名書本), 新安吳氏校刊本(古今逸史本), 會稽商氏刊本(稗海本), 武林何允中刊漢魏叢書本(漢魏叢書本) 등 6종 이상임을 확인할 수 있다.

3) 일본간본

일본간본 중 16, 7세기 판본으로는 총 5종이 있는데, 京都山形屋七兵衛刊本, 據明嘉靖十年(1531)刻本重刻本, 京都伏見屋藤右衛門 重印本, 京都書林伏見屋藤右衛門 翻刻本, 京都伏見屋藤右衛門 重印本 등이 있다. 목록은 아래 표와 같다.

〈16, 7세기 일본간본《博物志》 출판 목록〉

書名	出版事項	版式狀況	一般事項	所藏處/所藏番號
博物志 十卷 續博物志十卷	晉 張華 撰, 宋 周日用 等注 宋 李石 撰續, 延寶 五年(1677)	4冊	京都山形屋七兵衞刊本	九大 六本松 082 C 521
博物志五卷 續博物志十卷	晉 張華 撰, 宋 周日用 等注, 宋 李石 撰續 天和三年(1683)	據明嘉靖十年(1531)刻本重刻, 3冊, 26.0×17.5cm	京都伏見屋藤右衞門 重印	實踐女子 山岸文庫 4562
博物志 十卷 續博物志十卷	晉 張華 撰, 宋 周日用 等注, 盧□ 注, 宋 李石 撰續, 天和三年(1683)	2冊 有批注	京都伏見屋藤右衞門 印本	東大総 鷗外文庫 (森林太郎氏) A90-2631, 國會 125-108
博物志 十卷 續博物志十卷	晉 張華 撰, 宋 周日用 等注, 宋 李石 撰續, 天和三年(1683)	京都伏見屋藤右衞門重印本, 4冊, 25.5×17.7cm, 單邊, 無界, 10行 18字, 線黑口, 雙魚尾, 內匡郭 20.1×13.9cm, 訓點本	印記「井上操印」	中央大 082-C52[11]
博物志 十卷 續博物志十卷	晉 張華 撰, 宋 周日用 等注, 宋 李石 撰續天和三年	重印本, 7冊, 有批注	京都伏見屋藤右衞門 印本	東大総 A90-2290·2291, 九大 六本松 082 C 521, 新潟大 佐野文庫 子 12·2·2 佐

延寶 五年(1677)에 출판된 京都山形屋七兵衞刊本《博物志》十卷,《續博物志》十卷은 4冊으로 九大 六本松에 소장되어 있다. 역시 延寶 五年에 출판된 據明嘉靖十年(1531)刻本重刻本《博物志》五卷은 1冊으로 東京都立 中央加賀文庫에 소장되어 있는

11) 이외 소장처는 東大総 A90-2633, 鷗外文庫(森林太郎氏) A90-2630, 宮城県図 青柳文庫 30479, 新潟大 子 12·2·3, 広島大 斯波 3·12·8, 中央大 082-C52, 一橋大 Ydmb : 4, 山口大 904/370/A1-A4(東研), 蓬左文庫 62·84, 高知大 小島, 京大人文研 東方 jpg 子-XII-2-1-B, 東京都立 中央 新収資料 和229, 東方 子-XII-2-1-B-1, 京大附図 4-47 ハ 1 등이 있다.

데,《博物志》 十卷 2冊 중 5卷 1冊만 남아있는 것인지 원래 5卷 1冊本으로 출판한 것인지는 알 수 없다.[12)]

天和 三年에 출판된 京都伏見屋藤右衛門 重印本《博物志》五卷《續博物志》十卷 3冊은 據明嘉靖十年刻本重刻으로 26.0× 17.5cm, 實踐女子 山岸文庫에 소장되어 있다. 이 책은 3책의 구성은《博物志》五卷 1책,《續博物志》十卷 2冊으로 보인다. 이 판본도 延寶五年에 출판된 據明嘉靖十年(1531)刻本重刻本《博物志》五卷처럼 서지사항이 자세하지 않아《博物志》十卷 2冊 중 5卷 1冊만 남아있는 것인지 원래 5卷 1冊本으로 출판한 것인지는 알 수 없으나, 두 판본 모두《博物志》1책을 분실한 것으로 추측된다.

天和 三年에 출판된 京都書林伏見屋藤右衛門 翻刻本《博物志》十卷《續博物志》十卷은 4冊이다. 서지사항은, 25.5×17.7cm, 單邊, 無界, 10行 18字, 線黑口, 雙魚尾, 內匡郭 20.1×13.9cm, 訓點本, 井上操印 인장, 批注가 있고, 東大総, 一橋大, 京大人文研東方, 高知大 小島, 新潟大 등에 소장되어 있다. 이 책은 京都伏見屋藤右衛門 重印本《博物志》十卷《續博物志》十卷은 天和 三年에 출판되었고 7冊으로 批注가 있으며, 東大総, 九大 六本松, 新潟大 佐野文庫 등에 소장되어 있다.[13)] 이와 같이 일본간본은 延寶五年(1677) 4冊本, 天和 三年(1683) 4冊本, 天和 三年 7冊本 등 최소 3회 이상 출판 유통되었음을 알 수 있다.

---

12) 范寧은《博物志校證》(北京: 中華書局, 1980) 序文에서 日本刻本은 延寶 五年에 간행하였고, 明嘉靖辛卯刊本의 번각본이며《古今書刻》湖廣楚府本으로 의심된다고 밝히고 있다.《古今書刻》은 明 周弘祖(?~?)가 편찬한 것이며, 周弘祖는 湖廣 麻城(현 湖北 麻城) 사람으로 明 嘉靖 38年(1559) 進士에 합격한 문인이다. 湖廣楚府本의 출판년도는 기록이 없어 알 수 없으나 明 嘉靖 38年(1559) 이후로 추측된다.

13) 한·중·일 판본 및 서지사항 등에 대한 사항들은 국립중앙도서관, 규장각한국학연구원, 한국학중앙연구원, 百度, 臺灣 國家圖書館, 中國 國家圖書館, 臺灣 國立古宮博物院, 東京大學 東洋文化研究所, 日本國立國會圖書館 등을 검색하고 확보한 자료들을 참고함.

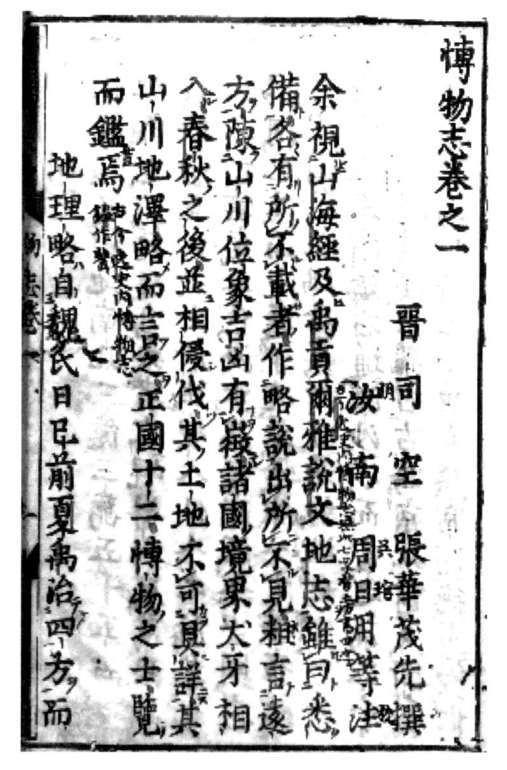

博物志卷之一
晉司空張華茂先撰
汝南周日用等注
余視山海經及禹貢爾雅說文地志雖曰悉
備各有所不載者作略說出所不見粗言遠
方陳山川位象吉凶有徵諸國境界犬牙相
入春秋之後並相侵伐其土地不可具詳其
山川地澤略而言之正國十二博物之士覽
而鑑焉 古今逸史內博物志鑑作鑒
地理略自魏氏日已前夏禹治四方而

일본 공문서관《博物志》卷一

博物志卷之一
晉司空張華茂先撰
汝南周日用等注
余視山海經及禹貢爾雅說文地志雖曰悉
備各有所不載者作略說出所不見粗言遠
方陳山川位象吉凶有徵諸國境界犬牙相
入春秋之後並相侵伐其土地不可具詳其
山川地澤略而言之正國十二博物之士覽
而鑑焉
地理略自魏氏日已前夏禹治四方而

국립중앙도서관《博物志》卷一

위의 사진은 일본 공문서관과 국립중앙도서관에 소장된 天和 三年(1683) 출판본의 卷一 첫 부분이다. 국립중앙도서관 소장본은 출판 당시의 상태로 보존되어 있으나 일본 공문서관 소장본은 후인이 기록한 글이 첨가되어 있다. "余視山海經~鑑焉" 다음에 "古今逸史內博物志鑑作鑒"이라는 기록을 보면 古今逸史本과 비교한 흔적임을 알 수 있는데, 실제로 卷十의 끝에 "右十卷古今逸史所載之博物志訂之"라고 밝히고 있어 古今逸史本에 의거 일부 글자를 수정했음을 알 수 있다.

2. 한·중·일《博物志》의 판본 및 내용 비교

한·중·일《博物志》의 판본 비교는 16, 7세기에 출판된 朝鮮刊本(公文書館本, 1505~1568)과 中國刊本(古今逸史本, 1585년 경) 및 日本刊本(天和三年本, 1683) 등 세 판본

을 기본 텍스트로 분석하였다. 아울러 조선간본은 국립중앙도서관 소장본과도 이동점을 비교 검토하며, 중국간본은 明弘治十八年(1505) 賀泰刻公文紙印本과도 비교 검토한다. 또한 현대에 출판된 范寧校證《博物志校證》(北京: 中華書局, 1980)과도 상호 비교하였다.

조선 출판본의 출판 시기와 비교적 가까운 판본이면서 中國 최초 刊本으로 알려진 賀志同刻本(1505)과 日本 최초 刊本인 延寶 五年本(1677, 范寧은 明 嘉靖 辛卯刊本을 翻刻한 것이라 함)은 자료 확보가 여의치 못해 비교 대상에서 제외하였다.

《博物志》의 목차는 한·중·일 판본 모두에서 이동점이 없이 동일하였다. 卷頭와 卷末, 그리고 卷一의 시작부분을 비교한 결과는 아래와 같다.

刊本 / 卷數	朝鮮刊本	中國刊本	日本刊本	備考
	公文書館本 (1505-1568)	古今逸史本 (1585년 경)	天和三年本 (1683)	博物志校證 (1980)
卷頭	-	-	正續博物志序 嘉靖辛卯良月下浣鏡湖居士崔世節介之書	崔世節湖廣楚府刻本跋 嘉靖辛卯良月下浣鏡湖居士崔世節介之跋
卷一	博物志卷之一 晉 司 空 張華茂先撰 汝 南 周日用等注 博物志卷第一	博物志第一 晉 張華撰 明 吳琯校 博物志第一	博物志卷之一 晉 司空 張華茂先撰 汝 南 周日用等注 博物志卷第一	博物志卷之一 晉 張華撰 宋 周日用等注
卷末	弘治乙丑年都穆記 博物志卷之十	博物志第十終	博物志卷之十 弘治乙丑年都穆記 博物志終	

비교 검토 결과, 卷頭에는 세 판본 중 일본간본만 서문이 있고, 卷末 부분은 조선간본과 일본간본에 跋文으로 "弘治乙丑年都穆記"가 있다. 그리고 조선간본과 일본간본은 周日用等이 注를 한 판본이고 중국간본은 吳琯이 校한 판본이다. 중국간본인 古今逸史本은 서문과 발문이 없고, 公文紙印本은 明弘治十八年(1505) 賀泰가 출판한 것인데 조선간본과 동일한 체제였다. 일본의 天和 三年本은 "正續博物志序"가 있는데, 서문 끝에 "嘉靖辛卯良月下浣鏡湖居士崔世節介之書"라 기록되어 있다. 이로 보면 서문은 嘉靖 辛卯 良月下浣(1531년 중종 26년 시월 하순)에 鏡湖居士 崔世節이 쓴 것임을 알 수 있다. 이 "正續

博物志序"는 일본 공문서관과 국립중앙도서관에 소장본 모두 동일하다. 다만 공문서관 소장본은 卷十의 내용이 끝난 후, "右十卷古今逸史所載之博物志訂之. 丙辰十月 林祭酒一見朱了."이 2행 필사체로 쓰여 있다. 이는 후인이 古今逸史에 의해 수정하고 이를 밝히고 있는 내용이다.[14)]

그런데 崔世節의 글이 판본에 따라 序와 跋로 다르다는 것을 확인할 수 있다. "1. 한·중·일《博物志》의 서지사항 및 출판현황"에서 언급한 바 있는 조선간본인 성암고서박물관 소장본 線裝 10卷1冊本은 嘉靖辛卯 鏡湖居士 崔世節의 跋이 있다. 그리고 范寧校證《博物志校證》 후미에는 〈前人刻本序跋〉 중 《古今書刻》 湖廣楚府本의 "崔世節湖廣楚府刻本跋"이 있고, 끝에 "嘉靖辛卯良月下浣鏡湖居士崔世節介之跋"이라 기록되어 있다. 일본의 天和 三年本은 "正續博物志序", "嘉靖辛卯良月下浣鏡湖居士崔世節介之書"라 기록되어 있는데, 성암고서박물관 소장본과 范寧校證《博物志校證》에는 "嘉靖辛卯良月下浣鏡湖居士崔世節介之跋"이라 기록되어 판본에 따라 序文과 跋文으로 나뉘고 있다. 序文과 跋文으로 달리 출판된 것은 판본이 다른 것이 분명하지만, 跋文으로 출판된 《古今書刻》 湖廣楚府本과 성암고서박물관 소장본은 동일계열의 판본인지 확인이 필요한 실정이나 아쉽게도 필자는 아직 확인을 못한 상태다.

이로 보아 일본 天和 三年本은 "正續博物志序"가 있고, 성암고서박물관 소장본과 湖廣楚府刻本은 跋文이 있으니, 출판 국가와 시기에 따라 다르게 나타남을 알 수 있다. 그래서 일본 天和 三年本의 "正續博物志序"와 范寧校證《博物志校證》(中華書局, 1980)의 "崔世節湖廣楚府刻本跋"을 비교해 보면 다음과 같다.

14) 원래 이 논문을 기획할 당시는 일본 공문서관 소장 天和三年本을 주 텍스트로 삼아 상호 비교하고자 하였으나, 공문서관 소장본이 후인에 의해 일부 글자가 수정된 것을 알고 국립중앙도서관 소장 天和三年本을 주 텍스트로 삼아 비교를 진행하고 공문서관본은 참고로 비교 검토하였다.

일본 天和 三年本(1631)	范寧《博物志校證》(1980)의《古今書刻》湖廣楚府本
正續博物志序 余曾見事文類聚及諸家註中有出博物志者思欲 一見全書以廣見聞者久矣歲戊子冬以賀**正赴** 天朝行至**山海關**以張華李石兩志來賣者遂購得 之萬里行邁無暇寓目挈而東歸居閑處獨披**閱**再 三天地之高厚日月之晦明四方人物之不同昆**虫** **艸**木之**微**妙者無不備載**自**昔物理之難究者盡在 胸中開豁無**碍**正如披雲霧覩靑天可樂也然常以 未獲廣布未與人共之爲嫌今年**謬應** 朝命出按湖南巡**到帶**方乃與主倅共論幽**灝**語及 博物志遂以兩帙囑之俾鋟諸梓閱數月功訖倩工 印之從容蘊繹前日未盡料理者融會無餘不知我 爲張李張李爲我也世之博雅君子如以**沉**之筆談 段之雜俎**粗參**而考之則其於硏**窮**衆理何有哉 嘉靖辛卯良月下浣鏡湖居士崔世節介之書.	崔世節湖廣楚府刻本跋 余曾見事文類聚及諸家**注**中有**引**《博物志》者, 思欲 一見全書以廣見聞者久矣. 歲戊子冬, 以賀**正朝天**. 朝行至**山海**, **賈**以張華·李石兩志來賣者, 遂購得之, 萬里行邁, 無暇寓目, 挈而東歸, 居閑處獨, 披**覽**再 三. 天地之高厚, 日月之晦明, 四方人物之不同, 昆 **蟲草**木之**淑**妙者, 無不備載. **其**昔物理之難究者盡 在胸中, 開豁無**礙**, 正如披雲霧覩靑天, 可樂也. 然 常以未獲廣布, 未與人共之爲嫌. 今年**春謬膺**朝命, 出按湖南. 巡**行帝**方, 乃與主倅共論幽**灝**?, 語及《博 物志》, 遂以兩帙囑之, 俾鋟諸梓. 閱數月功訖, 倩工 印之. 從容蘊繹, 前日未盡料理者融會無餘, 不知我 爲張·李·張·李爲我也. 世之博雅君子, 如以**沈**之 《筆談》·段之《雜俎》**參**而考之, 則其於硏**察**衆理何 有哉. 嘉靖辛卯良月下浣鏡湖居士崔世節介之跋.

양 판본의 序와 跋을 비교한 결과, 일부 글자에서 차이를 보이지만 필자의 작성의도가 달라지는 것은 없다. 내용에 따르면, 正朝使로 중국에 가던 중 산해관에 이르러《博物志》와《續博物志》를 구매하였고, 귀국 후 전라도관찰사로 있을 때 여러 목수에게 부탁하여 수개월 후 판각을 마치고 인쇄한 것임을 알 수 있다. 실제로 崔世節(?~1535)은 조선 연산군 및 중종 시기 문인관료로 1528년(중종 22) 正朝使로 명나라를 왕래한 적이 있다. 이때《博物志》를 구매하여 읽고 귀국하여 전라도관찰사 시절에 출판한 것으로 보인다.

두 판본의 序와 跋을 비교해 보면, 일부 글자의 出入과 異同이 있음을 확인할 수 있다.《古今書刻》湖廣楚府本을 편찬한 周弘祖의 활동 시기는 과거에 합격한 1559년 이후이고, 최세절의 서문에 나타난 嘉靖 辛卯 良月 下浣은 1531년이며, 1531년은 崔世節의 만년시기이다. 필자의 견해로는 두 사람이 활동한 시기를 고려한다면 崔世節이 편찬한 서적이 明으로 역 유입되었고, 이를 모본으로 재편찬한 것으로 판단된다.

또한 판본에 따라 각 卷를 표기하는 것이 약간 차이가 있다. 조선간본과 일본간본은 매 권의 첫 쪽은 1행에 "博物志卷之○" 또는 "博物志卷第○", 2행에 "晉 司空 張華茂先撰", 3행에 "汝南 周日用等注"로 되어 있고 4행에서 본문을 시작하였다. 그리고 매 권의 마지막 쪽에는 "博物志卷之○" 또는 "博物志卷第○"로 끝나는 형식을 취했다. 반면 중국의 古今

逸史本은 "博物志卷第○" 형식만을 활용하였고, 公文紙印本은 조선간본과 같은 형식을 취했다. 范寧校證《博物志校證》(中華書局, 1980)은 매권 서두에 "博物志卷之○"의 형식만을 취했다.

아래는 卷一~卷十에서 판본별로 차이를 보인 조목 가운데 특이한 것 중 일부를 추출하여 정리한 것이다. 더 자세한 내용은 제2부에서 확인할 수 있다.

刊本 / 卷數	朝鮮刊本	中國刊本	日本刊本	備考
	公文書館本 (1505~1568)	古今逸史本 (1585년 경)	天和三年本 (1683)	博物志校證 (1980)
	地理略自魏氏目己前夏禹治四方而制之 -魏, 前枕黃河, 背**障**水~	地理略自魏氏目己前夏禹治四方而制之 -魏, 前枕黃河, 背**漳**水~	地理略自魏氏目己前夏禹治四方而制之 -魏, 前枕黃河, 背**障**水~	地理略自魏氏目己前夏禹治四方而制之 -魏, 前枕黃河, 背**漳**水~
卷一	山 -漢北廣遠~周日用曰~**北**地見有蘇~	山 -漢北廣遠~周日用曰~**此**地見有蘇~	○山 -漢北廣遠~周日用曰~**北**地見有蘇~	山 -漢北廣遠~周日用曰~**此**地見有蘇~
	五方人民 -東南之人食水産~龜蛤螺**蛤**~**食陸者**~	五方人民 -東南之人食水産~龜蛤螺**蚌**~**食陸畜者**~	○五方人民 -東南之人食水産~龜蛤螺**蛤**~**食陸者**~	五方人民 -東南之人食水産~龜蛤螺**蚌**~**食陸畜者**~
	外國 -結胸國~能爲飛**三**~**楊**破其車~ -穿胸國~二龍**昇**去~	外國 -結胸國~能爲飛**車**~**湯**破其車~ -穿胸國~二龍**昇**去~	○外國 -結胸國~能爲飛**三**~**揚**破其車~ -穿胸國~二龍**昇**去~	外國 -結胸國~能爲飛**車**~**湯**破其車~ -穿胸國~二龍**升**去~
卷二	異人 -東方有螳螂~**天**竺·岐首~	異人 -東方有螳螂~**大**竺·岐首~	○異人 -東方有螳螂~**天**竺·岐首~	異人 -東方有螳螂~**大**竺·岐首~
	異俗 -越之東有~(注)是以**知**蠻夷~應**乃**然也. -交州夷名曰俚子, 俚子**屍**長~卽**膖**脹~	異俗 -越之東有~(注)是以**而**蠻夷~應**不**然也. -交州夷名曰俚子, 俚子**弓**長~卽**膨**脹~	○異俗 -越之東有~(注)是是以**知**蠻夷~應**乃**然也. -交州夷名曰俚子, 俚子**屍**長~卽**膖**脹~	異俗 -越之東有~(注)是以**而**蠻夷~應**不**然也. -交州夷名曰俚子, 俚子**弓**長~卽**膨**脹~

刊本 / 卷數	朝鮮刊本	中國刊本	日本刊本	備考
	公文書館本 (1505~1568)	古今逸史本 (1585년 경)	天和三年本 (1683)	博物志校證 (1980)
卷三	異獸 -魏武伐冒頓經白狼山峰獅子使格之見一物從竹中出如貍上帝車軛上獅子將至便跳上獅子頭獅子伏不敢起逐殺之得獅子還至四十里雞犬皆無鳴吠. -昔日南貢~草長**中間**其~流涕**矣**	異獸 없음 -昔日南貢~草長**史問**其~流涕	○異獸 -魏武伐冒頓經白狼山峰獅子使格之見一物從竹中出如貍上帝車軛上獅子將至便跳上獅子頭獅子伏不敢起逐殺之得獅子還至四十里雞犬皆無鳴吠. -昔日南貢~**臥草人問**其~流涕**矣**	異獸 없음 -昔日南貢~草長**史問**其~流涕
	異鳥 -越地深山~明日便**息**急~若有穢**要**~	異鳥 -越地深山~明日便**宜**急~若有穢**惡**~	○異鳥 -越地深山~明日便**息**急~若有穢**要**~	異鳥 -越地深山~明日便**宜**急~若有穢**惡**~
	異蟲 -江南山谿中水射**上**蟲~(注)以鷄腸草**揚**塗~以是類**之**必有之.	異蟲 -江南山谿中水射**上**蟲~(注)以鷄腸草**搗**塗~以是類**知**必有之.	○異蟲 -江南山谿中水射**工**蟲~(注)以鷄腸草**揚**塗~以是類**之**必有之.	異蟲 -江南山谿中水射**上**蟲~(注)以鷄腸草**搗**塗~以是類**知**必有之.
卷四	物性 -龜三千歲**旋於卷耳之上.**	物性 -龜三千歲**游于莲葉,巢于卷耳之上.**	○物性 -龜三千歲**旋於卷耳之上.**	物性 -龜三千岁**游于莲葉,巢于卷耳之上.**
卷五	方士 -魏武帝~(주)~如**因**左~不合**親**之矣~ -皇甫隆~體欲**嘗**~藏.**詳別**~	方士 -魏武帝~(주)~如**囚**左~不合**親**之矣~ -皇甫隆~體欲**常**~藏.**別**~	方士 -魏武帝~(주)~如**囚**左~不合**親**之矣~ -皇甫隆~體欲**嘗**~藏.**詳別**~	方士 -魏武帝~(주)~如**因**左~不合**村**之矣~ -皇甫隆~體欲**常**~藏.**別**~
	服食 -鮫法服~(주)周日用曰, **又一法**臈~	服食 -鮫法服~(주)周日用曰, **一說**臈~	服食 -鮫法服~(주)周日用曰, **又一法**臈~	服食 -鮫法服~(주)周日用曰, **一說**臈~
	辨方士 -漢淮南王~(주)~**淮揚**境內~唯老**耻**~女道二謝~ -文典論云~穀**服**茯苓~補**道**之術~	辨方士 -漢淮南王~(주)~**維陽**境內~唯老**聃**~女道**士**謝~ -文典論云~穀**食**茯苓~補**導**之術~	辨方士 -漢淮南王~(주)~**淮揚**境內~唯老**耻**~女道**士**謝~ -文典論云~穀**服**茯苓~補**道**之術~	辨方士 -漢淮南王~(주)~**維陽**境內~唯老**聃**~女道**士**謝~ -文典論云~穀**食**茯苓~補**導**之術~
卷六	人名攷	人名攷	人名攷	人名考

刊本 / 卷數	朝鮮刊本	中國刊本	日本刊本	備考
	公文書館本 (1505~1568)	古今逸史本 (1585년 경)	天和三年本 (1683)	博物志校證 (1980)
	-蔡邕~體**陋**躁~	-蔡邕~體**貌**躁~	-蔡邕~體**陋**躁~	-蔡邕~體**貌**躁~
	文籍攷 -余友下~**溥爲且**城~	文籍攷 -余友下~**南郡宜**城~	○文籍攷 -余友下~**溥爲且**城~	文籍考 -余友下~**南郡宜**城~
	地理攷 -始皇陵~如堰**土屋**~(주)~山**者**, 從難~	地理攷 -始皇陵~如堰**土屋**~(주)~山■, 從難~	地理攷 -始皇陵~如堰**土屋**~(주)~山**者**, 從難~	地理考 -始皇陵~如堰**(土屋)**~(주)~山**麓**, 從難~
	樂攷 -漢末喪亂無**盆**石之~得**朴**夔舊法~	樂攷 -漢末喪亂無**金**石之~得**杜**夔舊法~	樂攷 -漢末喪亂無**盆**石之~得**杜**夔舊法~	樂考 -漢末喪亂無**金**石之~得**杜**夔舊法~
	器名攷 -寶劒~皆楚**石**王者**作**.	器名攷 -寶劒~皆楚王者	器名攷 -寶劒~皆楚**石**王者**作**.	器名攷 -寶劒~皆楚王者.
卷七	異聞 -澹臺子~千金之璧**于**河~左**操**璧~璧**于**河伯~ -東阿王~馬**祓**, **莞**朝~**十古**夜~	異聞 -澹臺子~千金之璧**于**河~左**摻**璧~璧**于**河伯~ -東阿王~馬**沉** **訢**朝~**七日**夜~	異聞 -澹臺子~千金之璧**于**河~左**操**璧~璧**于**河伯~ -東阿王~馬**祓**, **莞**朝~**十古**夜~	異聞 -澹臺子~千金之璧**於**河~左**摻**璧~璧**於**河伯~ -東阿王~馬**沉**, **訢**朝~**七日**夜~
卷八	史補 -大姒夢見~樹之子闕**聞**~自發之生**于**~ -孔子東遊~**矣**兩小兒~(주)**日**當中向**地**者~其炎**陳**可~豈聖人**青**對乎?	史補 -大姒夢見~樹之子闕**聞**~自發之**夫**生**於**~ -孔子東遊~**謂**兩小兒~(주)**且**當中向**熱**者~其炎**涼**可~豈聖人**肯**對乎?	史補 -大姒夢見~樹之子闕**其**~自發之生**于**~ -孔子東遊~**矣**兩小兒~(주)**日**當中向**地**者~其炎**陳**可~豈聖人**青**對乎?	史補 -大姒夢見~樹之子闕**聞**~自發之**夫**生**於**~ -孔子東遊~**謂**兩小兒~(주)**日**當中向**熱**者~其炎**涼**可~豈聖人**肯**對乎?
卷九	雜說上 -箕子居朝鮮, 其後**伐燕**~**黑色**~ -著一千歲~每**日**望浴著~ -春秋書~衰病之徵.	雜說上 -箕子居朝鮮, 其後**伐燕**~**墨色**~ -著一千歲~每**日**望浴著~ -春秋書~衰病之徵.	○雜說上 -箕子居朝鮮, 其後**燕伐**~**黑色**~ -著一千歲~每**月**望浴著~ -春秋書~衰病之徵**也**.	雜說上 -箕子居朝鮮, 其後**伐燕**~**墨色**~ -著一千歲~每**日**望浴著~ -春秋書~衰病之徵.
卷十	雜說下 -婦人妊娠未~(주)定母	雜說下 -婦人妊娠未~(주)定母	雜說下 -婦人妊娠未~(주)定母	雜說下 -婦人妊娠未~(주)定母

刊本 / 卷數	朝鮮刊本	中國刊本	日本刊本	備考
	公文書館本 (1505~1568)	古今逸史本 (1585년 경)	天和三年本 (1683)	博物志校證 (1980)
	年**日月**~**過奇則爲男過**~爲女**復**卽~ -婦人**妊身**不~(주)謂**衺**亂之年~子因**之**氣也.~**感於**惡則惡~	年**月日**~遇遇~爲女**後**卽~ -婦人**妊娠**不~(주)謂**錯**亂之年~子因**之**氣也.~惡則惡~	年**日月**~**過奇則爲男過**~爲女**復**卽~ -婦人**妊身**不~(주)謂**衺**亂之年~子因**之**氣也.~**感於**惡則惡~	年**月日**~遇遇~爲女**後**卽~ -婦人**妊娠**不~(주)謂**錯**亂之年~子因**父**氣也.~惡則惡~

내용을 검토한 결과는 진한 글자들의 차이와, 卷三에서 하나의 조목의 유무, 卷八의 2쪽 분량의 유무이다. 위의 비교결과로 보면 조선간본과 기타 판본들의 글자에서 다른 글자가 다수 보인다. 그런데 일본 공문서관 소장 天和三年本(1683)의 卷十 후미에는 “右十卷古今逸史所載之博物志訂之. 丙辰十月 林祭酒一見朱了”이란 기록이 있는데, 이는 판각자가 아닌 후인이 자필로 쓴 것으로, 古今逸史本에 의해 수정한 것이라 밝히고 있다. 이 때문에 국립중앙도서관 소장 天和三年本과 일본 공문서관 天和三年本을 세세히 비교해 본 결과, 일본 공문서관 소장 天和三年本은 국립중앙도서관 소장 天和三年本과 대체로 일치했으나, 여러 조목에서 글자를 수정한 것이 있었다. 수정한 글자들을 古今逸史本과 비교한 결과 일치함을 확인할 수 있었다. 그리고 조선간본에만 卷八의 2쪽 분량이 없는 것을 확인하기 위해 국립중앙도서관 소장 조선간본과 공문서관 소장 조선간본을 비교한 결과, 국립중앙도서관 소장본에는 이 부분이 온전하게 남아있어 전체를 복원할 수 있는 상황이었다.

국립중앙도서관 소장 조선간본 《博物志》와 일본간본인 天和三年本(1683) 《博物志》가 일치하는 점이 있는데, 목차 앞에 ○의 부호를 사용했다는 점이다. 하지만 국립중앙도서관 소장 《博物志》는 卷之一에서 卷第五까지는 ○의 부호가 있는 형태이나 이후 卷之六에서 卷之十까지는 ○의 부호가 없는 형태를 띠고 있으나, 天和三年本(1683) 《博物志》는 卷之一에서 卷第九까지는 ○의 부호가 있고 卷之十만 ○의 부호가 없는 형태를 띠고 있다. 天和三年本도 중앙도서관 소장본과 일본 공문서관 소장본이 서로 달랐다. 중앙도서관 소장 天和三年本은 목차 앞의 ○의 부호가 卷五부터 卷八, 卷十에는 없었다. 이처럼 부호의 표기는 일률적이지 않은 것을 고려하면 후인이 가미한 것으로 보인다.

각 권에서 크게 차이가 나는 것은 卷三 異獸의 “魏武伐冒頓經白狼山峰獅子使格之見

一物從竹中出如貍上帝車軛上獅子將至便跳上獅子頭獅子伏不敢起逐殺之得獅子還至四十里雞犬皆無鳴吠."의 조목이 조선간본과 天和三年本에 보인다. 중국간본인 古今逸史本에는 이 조목이 없으나 公文紙印本에는 존재한다. 이는 吳琯이 교정을 하여 古今逸史本을 편찬할 때 이 조목을 제외한 것인지 아니면 그가 모본으로 삼은 판본에 이 조목이 없었던 것인지는 확인하지 못했다. 그리고 공문서관 소장 조선간본 卷八의 "詹何以獨~割粒" 이후 2쪽 분량이 없으나, 중앙도서관 소장 조선간본은 이 부분이 온전히 존재하고, 古今逸史本, 公文紙印本 및 天和三年本 역시 이상이 없는 것으로 보아 공문서관본은 製冊 시의 착오인 듯하다. 또 특이한 것은 중앙도서관 소장 조선간본만이 卷四의 마지막 부분에 "西洋國有地膏塗之銅鐵環年久自磨者則還復如古取氷法六月極炎之時取水煎陽入小瓶中墜沉井自然成氷"이 필사체로 추가되어 있는 점이다. 公文紙印本의 경우, 공문지의 후면에 인쇄한 관계로 쪽에 따라 글자가 겹치게 보이는 것이 있으며, 탈각된 글자가 종종 있고 고자, 속자, 약자 등 이체자가 많이 활용된 점도 특이한 점이다.

각 국의 판본에 차이가 나는 것은 저본과 출판 시기와 관련이 있는 것으로 보인다. 즉 조선간본과 일본간본이 대체로 유사한 것은 天和三年本(1683)은 시기가 古今逸史本(1585 경)에 비해 백여 년이 늦으나 崔世節의 序가 있는 조선간본을 저본으로 출판한 것에 기인한 것으로 보인다. 중국간본인 古今逸史本(1585 경)은 公文書館 소장 조선간본(1505~1568)과 50여 년 전후의 시간적 차이가 나지만 吳琯이 교정을 한 데에 그 원인이 있으며, 이후 중국의 간본은 거의 차이가 없다고 볼 수 있다. 왜냐하면 현대에 范寧이 校證한 《博物志校證》(中華書局, 1980)의 내용도 古今逸史本과 거의 차이가 없기 때문이다.

이상의 논점을 종합하면 다음과 같다.

朝鮮刊本(公文書館本, 1505~1568)과 中國刊本(古今逸史本, 1585년 경) 및 日本刊本(天和三年本, 1683) 등 세 판본을 기본 텍스트로 비교하고, 국립중앙도서관에 소장된 조선간본, 明弘治十八年(1505) 賀泰刻公文紙印本, 현대에 출판된 范寧校證《博物志校證》(中華書局, 1980)과도 상호 비교하여 이동점을 살펴본 결과는 다음과 같다.

첫째, 조선간본은 1505년 賀志同刻本이 중국에서 출판된 이후 곧바로 조선에 유입되었고, 중종 26년인 1531년 崔世節의 "正續博物志序"가 있는 嘉靖辛卯本과 卷末에 "弘治乙丑年都穆記"가 있는 1568년 이전 출판본 등 적어도 2회 이상 출판 유통되었음을 확인할 수 있다. 중국간본은 賀志同刻本, 公文紙印本, 胡文煥刊本(百家名書本), 新安吳氏校

刊本(古今逸史本), 會稽商氏刊本(稗海本), 武林何允中刊漢魏叢書本(漢魏叢書本) 등 6종 이상이었다. 일본간본은 延寶 五年(1677) 4冊本, 天和 三年(1683) 4冊本, 天和 三年 7冊本 등 최소 3회 이상 출판 유통되었음을 알 수 있었다.

둘째, 비교 판본 중 일본간본만 卷頭에 崔世節의 "正續博物志序" 서문이 있고, 조선간본과 일본간본은 卷末 부분에 跋文으로 "弘治乙丑年都穆記"가 있다. 조선간본과 일본간본은 周日用等이 注를 한 판본이고, 중국간본인 古今逸史本은 吳琯이 校正한 판본이다. 公文紙印本은 明弘治十八年(1505) 賀泰가 출판한 것으로 周日用等이 注를 했다. 古今逸史本은 서문과 발문이 없고, 公文紙印本은 조선간본과 체재와 내용에서 거의 일치하고 卷十 끝과 都穆記 사이에 明 天啓 2년 壬戌年(1622) 馮舒의 手跋이 있다. 天和三年本에 있는 조선 중기 문인인 崔世節의 序에 의하면, 1531년(중종 26) 崔世節이《博物志》의 서문을 쓰고 출판하였다는 것을 알 수 있고, 이 판본이 일본에 전파된 후 150여년 후에 覆刻되었다는 점을 알 수 있게 해준다. 하지만 안타깝게도 현재까지 崔世節의 "正續博物志序"가 있는 조선 출판 판본은 확인할 수 없는 상황이다.

셋째,《古今書刻》湖廣楚府本의 "崔世節湖廣楚府刻本跋", "嘉靖辛卯良月下浣鏡湖居士崔世節介之跋"이란 기록과 天和年本의 "正續博物志序", "嘉靖辛卯良月下浣鏡湖居士崔世節介之書"라는 기록을 비교해본 결과,《古今書刻》湖廣楚府本을 편찬한 周弘祖의 활동 시기는 과거에 합격한 1559년 이후이고, 최세절의 서문에 나타난 嘉靖 辛卯年(1531)은 崔世節의 만년시기이니, 두 사람이 활동한 시기를 고려한다면 崔世節이 편찬한 서적이 明으로 역 유입되었고, 이를 모본으로 재편찬한 것으로 판단된다.

넷째, 판본에 따라 각 卷를 표기하는 것이 약간 차이가 있는데, 조선간본과 일본간본은 매 권의 첫 쪽은 1행에 "博物志卷之○" 또는 "博物志卷第○", 2행에 "晉 司空 張華茂先撰", 3행에 "汝南 周日用等注"로 되어 있고 4행에서 본문을 시작하였다. 매 권의 마지막 쪽에는 "博物志卷之○" 또는 "博物志卷第○"로 끝나는 형식을 취했다. 반면 중국의 古今逸史本은 "博物志卷第○" 형식만을 활용하였고, 公文紙印本은 조선간본과 같은 형식을 취했다. 范寧校證《博物志校證》(中華書局, 1980)은 매권 서두에 "博物志卷之○"의 형식만을 취했다. 또한 국립중앙도서관 소장 조선간본과 일본간본은 목차 앞에 "○山"과 같은 형식으로 ○를 가미하였으나, 일률적이지 않은 것을 보면 후인이 표기한 것으로 보인다.

다섯째, 卷三 異獸의 "魏武伐冒頓~雞犬皆無鳴吠."의 조목이 조선간본과 天和三年本, 公文紙印本에 존재하나 古今逸史本에는 이 조목이 없다. 공문서관 소장 조선간본 卷八의

"詹何以獨~割粒" 이후 2쪽 분량이 없는데 기타 판본에 모두 존재하는 것으로 보아 製冊 시의 착오로 판단된다. 중앙도서관 소장 조선간본만이 卷四의 마지막 부분에 "西洋國有地膏塗之銅鐵環年久自磨者則還復如古取氷法六月極炎之時取水煎陽入小瓶中堅沉井自然成氷"이 手記로 추가되어 있다. 公文紙印本은 공문지의 후면에 인쇄한 관계로 쪽에 따라 글자가 겹치게 보이고, 脫刻된 글자가 종종 있고 古字, 俗字, 略字 등 異體字가 다수 활용되었다.

第二部

朝鮮 出版本 《博物志》의 原文

朝鮮 出版本 博物志

晉 司 空 張華茂先撰

汝 南 周日用等注

博物志目錄

晉 司 空 張華茂先撰

汝 南 周日用等注

藥物

藥論

食忌

藥術

戱術

卷第五

方士

服食

辨方士

卷第六

人名攷

文籍攷

地理攷

典禮攷

樂攷

服飾攷

器名攷

物名攷

卷第七

異聞

卷第八

史補

卷之九

雜說上

卷之十

雜說下

跋文：弘治乙丑春二月工部主事姑蘇都穆記

博物志卷之一[1)]

余[2)]視《山海經[3)]》及《禹貢》·《爾雅》·《說[4)]文》·地志[5)], 雖[6)]曰悉備, 各有所不載者, 作略說[7)]. 出所不見, 粗言遠[8)]方, 陳[9)]山川位象, 吉凶有徵[10)]. 諸國境界, 犬牙相入. 春秋之後, 並相侵伐. 其土地不可具詳, 其山川地澤, 略而言之, 正國十二. 博[11)]物之士, 覽[12)]而鑑[13)]焉.

---

1) 博物志卷之一: 조본과 일본은 동일하며, 각 卷마다 형식이 일정하지 않아 '博物志卷之○'과 '博物志卷第○'의 형식을 혼용하고 있으며, 卷之一과 卷之十 이외 모두 卷第○의 형식을 사용함. 고금일사본은 博物志第○의 형식을 사용했고 교증본은 博物志卷之○의 형식을 취함. 朝本과 공문지인본은 卷末에 弘治乙丑年都穆記가 있으며, 日本은 卷頭에 嘉靖辛卯良月下浣鏡湖居士崔世節介之書가 있고, 권말에 弘治乙丑年都穆記가 있음. 국립중앙도서관 소장 조선간본은 앞 2쪽 분량 훼손. 博: 조본·일본 愽, 각 권 표기에 보이는 이체자 愽은 이하 동일하여 반복 서술하지 않음. 조본과 일본은 晉 司 空 張華茂先撰 汝 南 周日用等注, 고금일사본은 晉 張華撰 明 吳琯校, 교증본은 晉 張華撰 宋 周日用等注. 等조: 본·일본 等과 荨 혼용, 각 권의 注者의 표기에 보이는 이체자 荨은 이하 동일하여 반복 서술하지 않음.

2) 余: 조본·일본 徐

3) 經: 조본·일본 経

4) 說: 조본·일본·공문지인본 說, 고금일사본 說, 교증본 説

5) 《禹貢》은 《尙書》 夏書의 편명, 《說文》은 《說文解字》, 地志는 《地理志》를 말함.

6) 雖: 조본·일본 雖.

7) 說: 조본·일본·공문지인본 說, 고금일사본 說, 교증본 説

8) 遠: 조본·일본 遠, 고금일사본 遠, 遠 혼용.

9) 陳: 조본·일본·고금일사본 陳

10) 徵: 조본·일본·고금일사본 徴

11) 博: 조본·일본 愽

12) 覽: 조본·일본 覧 고금일사본 覧

13) 鑑: 조본·일본 鑑, 고금일사본 鑒, 공문지인본·교증본 鑒. 역주본 鑒. 林東錫 역주본은 范寧의 《博物志校證》을 근거로 하고, 唐久寵의 《博物志校釋》(臺灣學生書局, 1980)을 참증하고, 祝鴻傑의 《博物志全譯》(貴州人民出版社, 1992)을 참고하였다고 밝히고 있음.

【地理略, 自魏氏日[14]巳[15]前, 夏禹治四方而制之】

《河圖[16]括地象》曰[17]: 地南[18]北三億三萬五千五百里. 地部[19]之位起[20]形高[21]大者有崐[22]崙山[23], 廣萬里, 高[24]萬一千里, 神物之所生, 聖人仙人之所集也. 出五色雲氣, 五色流[25]水, 其泉[26]南[27]流[28]入中國[29], 名曰河也. 其山中應于[30]天, 最居[31]中, 八十城布繞之, 中國東南[32]隅[33], 居其一分, 是奸[34]城也.

---

14) 魏氏日: 林東錫 역주본은 魏氏目의 오류로 봄. 魏: 조본·일본·고금일사본 魏

15) 巳: 일본·공문지인본·고금일사본 巳, 교증본 已

16) 圖: 조본·일본 圗, 고금일사본 圖

17)《河圖括地象》曰: 林東錫 역주본《河圖》括地象曰. 河圖는 漢代 緯書의 일종, 括地象은《河圖》중의 한 篇.(張華撰·林東錫譯註,《박물지》, 동서문화사, 2011, 51쪽 참조.)

18) 南: 조본·일본 南, 고금일사본 南

19) 部: 역주본 祇.

20) 起: 조본·일본 起

21) 高: 조본·일본·공문지인본 髙

22) 崐: 일본·조본 崐, 공문지인본·고금일사본·교증본 崑.

23) 崐崙山: 역주본 昆侖山

24) 高: 조본·일본·공문지인본 髙

25) 流: 조본·일본 流

26) 泉: 역주본 白水, 원래 泉水라 함.

27) 南: 조본·일본 南, 고금일사본 南

28) 流: 조본·일본 流

29) 中國: 中原지역. 나라 이름이 아니다.

30) 于: 교증본 於. 조본·일본 于, 於 혼용, 고금일사본·공문지인본은 이하 모두 于. 역주본 이하 모두 於

31) 居: 조본·일본 居

32) 南: 조본·일본 南, 고금일사본 南

33) 隅: 조본·일본·고금일사본 隅

34) 奸: 역주본 好로 수정.

中國之城, 左濱[35]海, 右通流[36]沙[37], 方而言之, 萬五千里. 東至蓬萊[38], 西至隴[39]右, 右跨[40]京北[41], 前及衡[42]岳[43], 堯[44]舜土萬里, 時七千里. 亦無常[45], 隨[46]德劣優也.

堯[47]別九州, 舜爲十二.

秦[48], 前有藍[49]田之鎭[50], 後有胡苑之塞, 左崤函, 右隴[51]蜀, 西通流[52]沙[53], 險[54]阻[55]之國也.

蜀漢之土與[56]秦[57]同域, 南[58]跨邛[59]笮, 北阻褒[60]斜, 西郎[61]隈[62]礙[63], 隔[64]

---

35) 濱: 조본·일본 濵
36) 流: 조본·일본 流
37) 沙: 조본·일본·고금일사본 沙, 조본·일본 沙, 沙 혼용.
38) 萊: 조본·일본 萊
39) 隴: 조본·일본 隴, 고금일사본 隴
40) 跨: 조본·일본 跨, 고금일사본 跨
41) 右跨京北: 역주본 後跨荊北
42) 衡: 조본·일본 衡, 고금일사본 衡
43) 岳: 조본·일본·고금일사본·공문지인본·교증본 모두 岳, 嶽 혼용.
44) 堯: 조본·일본 堯, 고금일사본 堯, 고금일사본 堯, 堯 혼용.
45) 時七千里. 亦無常: 역주본 及湯時七千里. 此後亦無常.
46) 隨: 조본·일본·고금일사본 隨
47) 堯: 조본·일본 堯, 고금일사본 堯, 고금일사본 堯, 堯 혼용.
48) 秦: 조본·일본 秦
49) 藍: 조본·일본 藍
50) 鎭: 조본·일본 鎭
51) 隴: 조본·일본 隴, 고금일사본 隴
52) 流: 조본·일본 流
53) 沙: 조본·일본·고금일사본 沙, 조본·일본 沙, 沙 혼용.
54) 險: 조본·일본 險, 고금일사본 險, 조본·일본 險, 險, 險 혼용.
55) 阻: 조본·일본 阻, 고금일사본 阻
56) 與: 조본·일본 與
57) 秦: 조본·일본 秦

以劒[65]閣, 窮險[66]極峻, 獨守之國也.

周在中樞[67], 西阻崤谷, 東望荊山, 南[68]面[69]少室, 北有太嶽, 三河之分, 雷風[70]所起, 四險[71]之國也[72].

魏[73], 前枕黃河, 背障[74]水, 瞻[75]王屋, 望梁山, 有藍[76]田之寶[77], 浮池之淵.

趙[78], 東臨[79]九州, 西瞻恒嶽, 有沃瀑[80]之流[81]. 飛壺[82]・井陘[83]之險[84], 至

---

58) 南: 조본・일본 南, 고금일사본 南
59) 邛: 조본・일본・고금일사본 邛
60) 褒: 고금일사본 褒
61) 卽: 조본・일본 即, 고금일사본 卽
62) 隈: 조본・일본・고금일사본 隈
63) 西卽隈礙: 역주본 西得隈碍
64) 隔: 조본・일본 隔, 고금일사본 隔
65) 劒: 교증본・역주본 劍
66) 險: 조본・일본 險, 고금일사본 險, 조본・일본 險, 險, 險 혼용. 역주본 驗. 險의 誤記로 보임.
67) 樞: 조본・일본 樞
68) 南: 조본・일본 南, 고금일사본 南
69) 面: 고금일사본 面
70) 雷風: 格致叢書本 風雷. 역주본 風雨
71) 險: 조본・일본 險, 고금일사본 險, 조본・일본 險, 險, 險 혼용.
72) 獨守之國也: 역주본 獨守之國. 武王克殷, 定鼎郟鄏以爲東都.
73) 魏: 조본・일본・고금일사본 魏
74) 障: 조본・일본 障, 고금일사본・교증본・역주본 漳.
75) 瞻: 조본・일본 瞻
76) 藍: 조본・일본 藍
77) 寶: 조본・일본 寶
78) 趙: 조본・일본 趙, 고금일사본 趙
79) 臨: 조본・일본 臨, 臨 혼용, 고금일사본 臨, 臨 혼용.
80) 瀑: 조본・일본・고금일사본 瀑
81) 流: 조본・일본 流
82) 壺: 조본・일본 壺
83) 陘: 고금일사본 陘

于[85]潁[86]陽[87]·涿鹿之野.

燕[88], 却背沙[89]漠, 進臨[90]易水, 西至君都, 東至於[91]遼, 長蛇[92]帶[93]塞, 險[94]陸[95]相乘[96]也.

齊, 南[97]有長城·巨防·陽[98]關之險[99]. 北有河·濟, 足以爲固[100]. 越[101]海而東, 通于[102]九夷, 西界岱[103]嶽·配林之險[104], 坂固之國也.

魯[105], 前有淮水, 後有岱[106]嶽·蒙·羽之向, 洙·泗之流[107]. 大野廣土, 曲

---

84) 險: 조본·일본 險, 고금일사본 險, 조본·일본 險, 險, 險 혼용.
85) 于: 교증본 於.
86) 潁: 조본·일본·고금일사본 潁
87) 陽: 조본·일본·고금일사본 陽, 陽 혼용.
88) 燕: 조본·일본 燕, 고금일사본 燕, 燕 혼용.
89) 沙: 조본·일본·고금일사본 沙, 조본·일본 沙, 沙 혼용.
90) 臨: 조본·일본 臨, 臨 혼용, 고금일사본 臨, 臨 혼용.
91) 於: 고금일사본 於
92) 蛇: 고금일사본 蛇
93) 帶: 조본·일본 帶
94) 險: 조본·일본 險, 고금일사본 險, 조본·일본 險, 險, 險 혼용.
95) 陸: 조본·일본·고금일사본 陸
96) 乘: 조본·일본 乘, 고금일사본 乘
97) 南: 조본·일본 南, 고금일사본 南
98) 陽: 조본·일본·고금일사본 陽, 陽 혼용.
99) 險: 조본·일본 險, 고금일사본 險, 조본·일본 險, 險, 險 혼용.
100) 固: 고금일사본 固과 固 혼용.
101) 越: 조본·일본 越, 고금일사본 越
102) 于: 교증본 於.
103) 岱: 조본·일본 岱, 岱 혼용.
104) 險: 조본·일본 險, 고금일사본 險, 조본·일본 險, 險, 險 혼용.
105) 魯: 조본·일본 魯, 고금일사본 魯
106) 岱: 조본·일본 岱, 岱 혼용.
107) 流: 조본·일본 流

皐尼[108]丘.

宋, 北有泗水, 南[109]迄睢濄, 有孟諸之澤·碭山之塞也.

楚[110], 後背方城, 前及衡[111]嶽, 左則彭蠡, 右則九疑, 有江漢之流[112], 實險[113]阻之國也.

南[114]越之國, 與[115]楚[116]爲鄰[117]. 五嶺已[118]前至于[119]南[120]海, 負[121]海之邦. 交趾[122]之土, 謂之南[123]裔.

吳[124], 左洞庭, 右彭蠡[125], 後濱長江, 南[126]至豫章, 水戒險[127]阻之國也.

東越[128]通海, 處[129]南[130]北尾閭之間[131]. 三江流[132]入南[133]海, 通東治,

---

108) 尼: 고금일사본 𡰥

109) 南: 조본·일본 南, 고금일사본 南

110) 楚: 조본·일본 楚

111) 衡: 조본·일본 衡, 고금일사본 蠡 衡

112) 流: 조본·일본 流

113) 險: 조본·일본 險, 고금일사본 險, 조본·일본 險, 險, 險 혼용.

114) 南: 조본·일본 南, 고금일사본 南

115) 與: 조본·일본 與

116) 楚: 조본·일본 楚

117) 鄰: 역주본 隣.

118) 已: 고금일사본 巳.

119) 于: 교증본 於

120) 南: 조본·일본 南, 고금일사본 南

121) 負: 고금일사본 負

122) 趾: 조본·일본 趾

123) 南: 조본·일본 南, 고금일사본 南

124) 吳: 조본·일본 吳, 吳 혼용

125) 蠡: 조본·일본·고금일사본 蠡

126) 南: 조본·일본 南, 고금일사본 南

127) 險: 조본·일본 險, 고금일사본 險, 공문지인본 險, 조본·일본 險, 險, 險 혼용.

128) 越: 조본·일본 越, 고금일사본 越

129) 處: 조본·일본 處, 고금일사본 處, 處, 處, 處 혼용.

嵩[134]海深, 險絶之國也.

衛[135], 南[136]跨[137]于[138]河, 北得洪[139]水, 南[140]過[141]漢上, 左通魯澤, 右指[142]黎[143]山.

讚[144]曰

地理廣大 四海八方 遐[145]遠[146]別域 略以難詳

侯[147]王設險 守固保疆 遠[148]遮[149]川塞 近備城隍[150]

司察奸[151]非, 禁禦不良 勿恃危阨[152] 恣其[153]淫[154]荒[155]

---

130) 南: 조본·일본 南, 고금일사본 南

131) 間: 조본·일본 间, 間 혼용.

132) 流: 조본·일본 流

133) 南: 조본·일본 南, 고금일사본 南

134) 嵩: 역주본 山高. 조본·일본·고금일사본 嵩

135) 衛: 조본·일본 衛, 衛 혼용, 고금일사본 衛

136) 南: 일본만 유일하게 國, 조본 南, 고금일사본 南

137) 跨: 조본·일본 跨, 고금일사본 跨

138) 于: 교증본 於

139) 洪: 고금일사본 洪

140) 南: 조본·일본 南, 고금일사본 南

141) 過: 조본·일본·고금일사본 過

142) 指: 조본·일본 指

143) 黎: 조본·일본·고금일사본 黎, 조본·일본 黎, 黎 혼용.

144) 讚: 조본·일본 讃

145) 遐: 조본·일본 遐

146) 遠: 조본·일본 遠, 고금일사본 遠, 遠 혼용.

147) 侯: 조본 侯, 侯, 侯 혼용, 일본 侯, 侯, 侯, 侯 혼용, 고금일사본 侯, 侯 혼용.

148) 遠: 조본·일본 遠, 고금일사본 遠, 遠 혼용.

149) 遮: 조본·일본 遮

150) 隍: 조본·일본 隍, 공문지인본·고금일사본·교증본·역주본 堭

151) 奸: 공문지인본 姦

152) 阨: 조본·일본 阨, 고금일사본 阨

無德[156]則敗 有德則昌 安屋猶懼 乃可不亡[157]

進用忠良[158] 社稷永[159]康 教民[160]以孝 舜化以彰[161].

【地】[162]

天地初不足, 故女媧[163]氏練五色石以補其闕, 斷[164]鼇[165]足以立四極. 其後共[166]工氏與[167]顓頊爭[168]帝, 而怒觸不周之山, 折天柱, 絶地維. 故天後傾西北, 日月星辰[169]就焉; 地不滿東南[170], 故百川水注焉.

崑崙山北, 地轉下三千六百里, 有八玄幽都, 方二十萬里. 地下有四柱, 四

---

153) 其: 고금일사본 其

154) 淫: 조본·일본 淫

155) 荒: 고금일사본 荒

156) 德; 조본·일본 德

157) 亡: 조본·일본 亡, 亾 혼용, 고금일사본 亾

158) 良: 일본·공문지인본, 고금일사본·교증본 直

159) 永: 조본·일본 永, 고금일사본 永

160) 民: 고금일사본·공문지인본 民

161) 彰: 고금일사본 彰

162) 地: 목차의 표기 방식에서 중앙도서관 소장 조선간본과 일본 天和 三年本은 '○地' 형식을 취하나, 목차에 따라 ○가 없는 경우도 있음.

163) 媧: 조본·일본·고금일사본 媧

164) 斷: 조본·일본 断

165) 鼇: 고금일사본 鼇

166) 共: 고금일사본 共

167) 與: 조본·일본 與

168) 爭: 조본·일본·공문지인본 争

169) 辰: 조본·일본 辰, 고금일사본 辰, '辰'을 포함한 글자 역시 동일.

170) 南: 조본·일본 南, 고금일사본 南

柱廣十萬里. 地有三千六百軸, 犬牙相擧[171].

泰山一曰天孫, 言爲天帝孫也. 主召人魂[172]魄[173]. 東方萬物始成, 知人生命之長短.

《考靈耀[174]》曰 : 地有四遊, 冬[175]至地上北而西三萬里, 夏至地下南[176]而東三萬里, 春秋二分其中矣. 地常動不止, 譬如人在舟而坐, 舟行[177]而人不覺[178]. 七戎六蛮[179], 九夷八狄, 形總[180]而言之, 謂之四海. 言皆近海, 海之言晦[181]昏無所覩也.

地以名山爲[182]輔佐, 石爲之骨[183], 川爲之脉[184], 草木爲之毛, 土爲之肉. 三尺以上爲糞[185], 三尺以下爲地.

【山】

---

171) 擧: 조본·일본 舉, 고금일사본·공문지인본 舉
172) 魂: 조본·일본·고금일사본·공문지인본 䰟
173) 魄: 조본·일본·고금일사본·공문지인본 魄
174) 靈耀: 조본·일본 靈耀
175) 冬: 고금일사본 冬
176) 南: 조본·일본 南, 고금일사본 南
177) 行: 조본·일본 行
178) 覺: 조본·일본 覺
179) 蛮: 고금일사본 蠻
180) 總: 조본·일본 總
181) 晦: 고금일사본 晦
182) 爲: 조본·일본 為
183) 骨: 조본·일본·고금일사본 骨
184) 脉: 조본·일본 脉
185) 糞: 고금일사본 糞

五嶽 ： 華[186) · 岱[187) · 恒 · 衡[188) · 嵩[189).

按北太行[190)山而北去, 不知山所限[191)極處[192). 亦如東海不知所窮盡也.

石者, 金之根甲. 石精流[193)以生水, 水生木, 木含[194)火.

【水】

漢北廣遠[195), 中國人尠[196)有至北海者. 漢使驃騎將[197)軍霍去病北伐單[198)于, 至瀚海而還[199), 有北海[200)明矣.[周日用曰 : 余[201)聞北海, 言蘇武[202)牧羊之所去, 年德甚邇[203), 柢[204)一池, 號[205)北海. 蘇[206)武[207)牧羊, 常在於是耳. 北[208)地見有蘇武[209)湖,

---

186) 華: 고금일사본 華

187) 岱: 조본 · 일본 岱, 岱 혼용.

188) 衡: 조본 · 일본 衡, 고금일사본 衡

189) 嵩: 조본 · 일본 · 고금일사본 嵩

190) 行: 조본 · 일본 行

191) 限: 조본 · 일본 · 고금일사본 限

192) 處: 조본 · 일본 處, 고금일사본 處, 處, 處, 處 혼용.

193) 精流: 조본 · 일본 精流, 고금일사본 流精

194) 含: 고금일사본 含

195) 遠: 조본 · 일본 遠, 고금일사본 遠, 遠 혼용.

196) 尠: 조본 · 일본 · 고금일사본 尠

197) 騎將: 조본 · 일본 騎将, 고금일사본 騎將

198) 單: 고금일사본 單

199) 還: 조본 · 일본 · 고금일사본 還

200) 海: 고금일사본 海

201) 余: 조본 · 일본 余

202) 武: 조본 · 일본 武

203) 邇: 조본 · 일본 邇

204) 柢: 조본 · 일본 · 고금일사본 柢

非北溟[210]之海.]

漢使張騫渡西海, 至大秦[211]. 西海之濱[212], 有小崑崙, 高[213]萬仞[214], 方八百里. 東海廣漫, 未聞有渡者.

南[215]海短狄[216], 未及西南[217]夷以窮斷. 今[218]渡南[219]海至交趾[220]者, 不絶也.

《史記封禪書》云 : 威宣 · 燕[221]昭遣人乘[222]舟入海, 有蓬萊[223] · 方丈[224] · 瀛州三神山, 神人所集. 欲採仙藥, 蓋[225]言先有至之者. 其鳥獸[226]皆白, 金銀爲宮闕, 悉在渤海中, 去人不遠[227].

---

205) 號: 조본·일본 號, 고금일사본 號
206) 蘇: 조본·일본 蘇
207) 武: 조본·일본 武
208) 北: 조본·일본 北, 고금일사본 此
209) 武: 조본·일본 武
210) 溟: 조본·일본·고금일사본 溟
211) 秦: 조본·일본 秦
212) 濱: 조본·일본·고금일사본 濵, 고금일사본 濱, 濵 혼용.
213) 高: 조본·일본·공문지인본 高
214) 仞: 조본·일본 '仞', '仭' 혼용, 고금일사본 仞
215) 南: 조본·일본 南, 고금일사본 南
216) 狄: 조본·일본 狄
217) 南: 조본·일본 南, 고금일사본 南
218) 今: 조본·일본 今, 고금일사본 今
219) 南: 조본·일본 南, 고금일사본 南
220) 趾: 조본·일본 趾
221) 燕: 조본·일본 燕, 고금일사본 燕과 燕 혼용.
222) 乘: 조본·일본 乘, 고금일사본 乘
223) 萊: 조본·일본 萊
224) 丈: 조본·일본 丈
225) 蓋: 조본·일본·고금일사본 盖, 盖는 蓋의 속자.
226) 獸: 조본·일본 獸, 獸, 獸, 獸 혼용.

四瀆河出崑崙墟[228], 江出岷山, 濟出王屋, 淮出桐栢[229].

八流[230]亦出名山 : 渭出鳥鼠[231], 漢出嶓冢, 洛出熊[232]耳, 涇出少[233]室, 汝出燕[234]泉, 泗出涪尾, 沔出月台, 沃出太山. 水有五色, 有濁有淸. 汝南[235]有黃水[236], 華山有黑[237]水 · 泞水. 淵[238]或生明珠而岸不枯, 山澤通氣, 以興[239]雷雲, 氣觸石, 膚[240]寸而合, 不崇朝以雨.

江河水亦[241], 名曰泣血. 道路涉骸[242], 於河以處[243].

【山水捴[244]論】

五嶽視三公, 四瀆視諸侯[245], 諸侯[246]賞封內名山者, 通靈助[247]化, 位相亞

---

227) 遠: 조본·일본 逺, 고금일사본 逺, 遠 혼용.

228) 墟: 조본·일본 墟, 고금일사본 墟

229) 栢: 柏의 속자. 고금일사본 柏

230) 流: 조본·일본 流

231) 鼠: 조본·일본·고금일사본 鼠

232) 熊: 조본·일본 熊

233) 少: 조본·일본 少

234) 燕: 조본·일본 燕, 고금일사본 燕과 燕 혼용.

235) 南: 조본·일본 南, 고금일사본 南

236) 水: 고금일사본 氷

237) 黑: 조본·일본 黒, 고금일사본 黑

238) 淵: 조본·일본 淵渊, 고금일사본 淵

239) 興: 조본·일본 興

240) 膚: 조본·일본 膚

241) 亦: 고금일사본 赤

242) 骸: 조본·일본 骸

243) 處: 조본·일본 處, 고금일사본 處也. 고금일사본 処, 處, 處, 處 혼용.

244) 捴: 조본·일본 捴, 고금일사본 總

也. 故地動臣叛[248], 名山崩, 王道訖, 川竭[249]神去, 國隨[250]已亡[251]. 海投九仞之魚, 流[252]水涸, 國之大誠也. 澤浮舟, 川水溢[253], 臣盛君衰[254], 百川沸騰[255], 山冢卒崩, 高[256]岸爲谷, 深谷爲陵[257], 小人握命[258], 君子陵遲, 白黑不別, 大亂[259]之徵也.

《援神契》曰 : 五嶽之神聖, 四瀆之精仁, 河者水之伯, 上應天漢[260]. 太山, 天帝孫也, 主召人魂[261]. 東方萬物始成, 故知人生命之長短.

【五方人民】

東方少陽[262], 日月所出, 山谷淸, 其人佼好.

---

245) 侯: 조본 侯, 侯, 侯 혼용, 일본 侯, 侯, 侯, 侯 혼용, 고금일사본 侯, 侯 혼용.

246) 侯: 조본 侯, 侯, 侯 혼용, 일본 侯, 侯, 侯, 侯 혼용, 고금일사본 侯, 侯 혼용.

247) 助: 조본·일본 助

248) 叛: 조본·일본 叛

249) 竭: 조본·일본·고금일사본 竭

250) 隨: 조본·일본·고금일사본 隨

251) 亡: 조본·일본 亡, 亾 혼용, 고금일사본 亾

252) 流: 조본·일본 流

253) 溢: 조본·일본·고금일사본 溢

254) 衰: 조본·일본·고금일사본 衰

255) 騰: 조본·일본 騰

256) 高: 조본·일본·공문지인본 高

257) 陵: 조본·일본·고금일사본 陵

258) 命: 조본·일본 命

259) 亂: 조본·일본 亂, 고금일사본 亂

260) 漢: 조본·일본·고금일사본 漢

261) 魂: 조본·일본·고금일사본 䰟

262) 陽: 조본·일본·고금일사본 陽, 陽 혼용.

西方少陰[263], 日月所入, 其土窈冥[264], 其人高[265]鼻·深目·多毛.

南[266]方太陽[267], 土下水淺, 其人大口多傲.

北方太陰[268], 土平廣深, 其人廣面縮頸[269].

中央四析, 風雨交, 山谷峻, 其人端正.

南[270]越[271]巢居, 北朔穴[272]居, 避寒暑也.

東南[273]之人食水産, 西北之人食陸[274]畜. 食水産者, 龜[275]蛤螺蛤[276]以爲珍味, 不覺其腥臊[277]也 ; 食陸[278]者[279], 狸兎[280]鼠雀以爲珍味, 不覺其膻也.

有山者採, 有水者漁. 山氣多男, 澤氣多女. 平衍[281]氣仁, 高[282]凌氣犯, 叢[283]林氣躄, 故擇其所居. 居在高[284]中之平, 下中之高[285], 則産好人.

---

263) 陰: 조본·일본 陰, 陰, 陰, 陰 혼용, 고금일사본 陰, 陰 혼용.

264) 冥: 조본·일본 冥, 고금일사본 冥

265) 高: 조본·일본·공문지인본 高

266) 南: 조본·일본 南, 고금일사본 南

267) 陽: 조본·일본·고금일사본 陽, 陽 혼용.

268) 陰: 조본·일본 陰, 陰, 陰, 陰 혼용, 고금일사본 陰, 陰 혼용.

269) 頸: 조본·일본 頸

270) 南: 조본·일본 南, 고금일사본 南

271) 越: 조본·일본 越, 고금일사본 越

272) 穴: 조본·일본 穴

273) 南: 조본·일본 南, 고금일사본 南

274) 陸: 조본·일본·고금일사본 陸

275) 龜: 조본·일본 龜, 고금일사본 龜

276) 蛤: 조본·일본 蛤, 고금일사본 蚌

277) 臊: 조본·일본 臊

278) 陸: 조본·일본·고금일사본 陸

279) 食陸者: 조본·일본 食陸者, 고금일사본 食陸畜者

280) 兎: 조본·일본·고금일사본 兎

281) 衍: 조본·일본 衍

282) 高: 조본·일본·공문지인본 高

居無近絶溪, 群塚[286]狐蟲之所近, 此則死氣陰[287]匿之處[288]也.

山居之民[289]多癭腫疾, 由於飮泉之不流[290]者. 今荊南[291]諸山郡東多此疾瘇[292]. 由踐[293]土之無鹵者, 今江外諸山縣偏多此病也.[盧[294]氏曰 : 不然也. 有[295]山南[296]人有之, 北人及吳[297]楚[298]無此病, 蓋[299]南[300]出黑水, 水土然也. 如是不流[301]泉井界, 尤無此病也.]

【物産】

地性含水土山泉者, 引地氣也. 山有沙[302]者生金, 有穀[303]者生玉. 名山生

283) 叢: 조본·일본 菆

284) 高: 조본·일본·공문지인본 髙

285) 高: 조본·일본·공문지인본 髙

286) 群塚: 고금일사본 羣冢

287) 陰: 조본·일본 陰, 隂, 陰, 陰 혼용, 고금일사본 陰, 陰 혼용.

288) 處: 조본·일본 處, 고금일사본 處, 處, 處, 處 혼용.

289) 民: 고금일사본·공문지인본 民

290) 流: 조본·일본 流

291) 南: 조본·일본 南, 고금일사본 南

292) 瘇: 일본 瘴

293) 踐: 조본·일본 践

294) 盧: 조본·일본 盧

295) 有: 고금일사본 在

296) 南: 조본·일본 南, 고금일사본 南

297) 吳: 조본·일본 吴, 呉 혼용

298) 楚: 조본·일본 楚

299) 蓋: 조본·일본·고금일사본 盖, 盖는 蓋의 속자.

300) 南: 조본·일본 南, 고금일사본 南

301) 流: 조본·일본 流

神芝, 不死之草. 上芝爲車馬[304], 中芝爲人形, 下芝爲六畜. 土山多雲, 鐵山多石. 五土所宜, 黃白宜種禾, 黑墳宜麥黍[305], 蒼赤宜菽芋, 下泉宜稻[306], 得其宜, 則利百倍.

和氣相感則生朱草. 山出象車, 澤出神馬, 陵出黑丹[307], 阜出土怪[308]. 江南[309]大貝, 海出明珠, 仁主壽[310]昌, 民[311]延壽命, 天下太平.

名山大川, 孔穴[312]相內, 和氣所出, 則生石脂[313]·玉膏[314], 食之不死, 神龍靈龜[315]行[316]於穴[317]中矣.

神宮在高[318]石沼中, 有神人, 多麒麟, 其芝神草有英泉, 飮之, 服三百歲[319]乃覺, 不死. 去瑯琊四萬五千里. 三珠樹生赤水之上.

員[320]丘山上有不死樹, 食之乃壽. 有赤泉, 飮之不老. 多人[321]蛇[322], 爲人

---

302) 沙: 조본·일본·고금일사본 沙, 조본·일본 沙, 沙 혼용.

303) 穀: 조본·일본 穀, 穀 혼용, 고금일사본 穀, 穀 혼용.

304) 馬: 조본·일본·공문지인본 馬

305) 黍: 조본·일본 黍

306) 稻: 조본·일본 稻

307) 丹: 일본 舟

308) 怪: 조본·일본 恠

309) 南: 조본·일본 南, 고금일사본 南

310) 壽: 조본·일본 壽

311) 民: 고금일사본·공문지인본 民

312) 穴: 조본·일본 穴

313) 脂: 조본·일본·고금일사본 脂

314) 膏: 조본·일본 膏

315) 龜: 조본·일본 龜, 고금일사본 龜

316) 行: 조본·일본 行

317) 穴: 조본·일본 穴

318) 高: 조본·일본·공문지인본 高

319) 歲: 조본·일본 歲

320) 員: 조본·일본 負, 공문지인본 負

害, 不得居也.

博物志卷第一[323]

321) 人: 고금일사본 大

322) 蛇: 조본·일본·고금일사본 虵, 조본·일본 虵, 蛇 혼용.

323) 博物志卷第一: 일본, 조본 동일. 고금일사본 博物志第一, 이하 각 卷 동일.

博物志卷第二

【外國】

夷海內西北有軒轅[1]國，在窮山之際[2]，其不壽者八百歲．渚沃之野，鸞自舞，民[3]食鳳[4]卵[5]，飮甘露．

白民[6]國，有乘[7]黃，狀如狐，背上有角，乘[8]之壽三千歲．

君子國，人衣冠帶[9]劍，使兩虎[10]，民[11]衣野絲[12]，好禮讓，不爭．土千里，多熏華之草．民[13]多疾風氣，故人不番息，好讓，故爲君子國．

三苗國，昔[14]唐堯[15]以天下讓於虞[16]，三苗之民[17]非之．帝殺，有苗之民

---

1) 轅: 조본·일본·고금일사본 轅
2) 際: 조본·일본 際, 고금일사본 際
3) 民: 고금일사본·공문지인본 民
4) 鳳: 조본·일본 鳳, 고금일사본 鳳
5) 卵: 조본 卵, 기타 판본 卵. 조본 卵, 卵 혼용, 일본 卵, 卵 혼용.
6) 民: 고금일사본·공문지인본 民
7) 乘: 조본·일본 乘, 고금일사본 乘
8) 乘: 조본·일본 乘, 고금일사본 乘
9) 帶: 조본·일본 帶
10) 虎: 조본·일본 虎, 고금일사본 虎, 조본·일본 虎 혼용, 고금일사본 虎 혼용.
11) 民: 고금일사본·공문지인본 民
12) 絲: 조본·일본 絲, 絲, 絲 혼용, 고금일사본 絲, 絲 혼용
13) 民: 고금일사본·공문지인본 民
14) 昔: 고금일사본 昔
15) 堯: 조본·일본 堯, 고금일사본 堯, 고금일사본 堯, 堯 혼용.
16) 於虞: 조본·일본 虞於, 고금일사본 於
17) 民: 고금일사본·공문지인본 民

叛[18], 浮入南[19]海, 爲三苗國.

驩[20]兜[21]國, 其民[22]盡似仙人. 帝堯[23]司徒. 驩[24]兜[25]民[26]常捕海島中, 人面鳥口, 去南[27]國萬六千里, 盡似仙人也.

大人國, 其人孕三十六年, 生白頭, 其兒則長大, 能乘[28]雲而不能走[29], 蓋[30]龍類. 去會稽四萬六千里.

厭光國民[31], 光出口中, 形盡[32]似猿猴[33], 黑色.

結胸[34]國, 有滅蒙鳥. 奇[35]肱民[36]善爲拭扛, 以殺百禽, 能爲飛三[37], 從[38]風遠[39]行[40]. 湯時西風至, 吹其車至豫州. 楊[41]破其車, 不以視民[42], 十年東

---

18) 叛: 조본·일본 叛

19) 南: 조본·일본 南, 고금일사본 南

20) 驩: 조본·일본 驩, 고금일사본 驩

21) 兜: 조본·일본 兜, 고금일사본 兜

22) 民: 고금일사본 民

23) 堯: 조본·일본 堯, 고금일사본 堯, 堯 혼용.

24) 驩: 조본·일본 驩, 고금일사본 驩

25) 兜: 조본·일본 兜, 고금일사본 兜

26) 民: 고금일사본·공문지인본 民

27) 南: 조본·일본 南, 고금일사본 南

28) 乘: 조본·일본 乘, 고금일사본 乘

29) 走: 고금일사본 走

30) 蓋: 조본·일본·고금일사본 盖, 盖는 蓋의 속자.

31) 民: 고금일사본·공문지인본 民

32) 盡: 조본·일본 盡

33) 猿猴: 조본·일본 猿猴, 고금일사본 猿猴

34) 胸: 조본·일본·고금일사본 胷

35) 奇: 조본·일본 奇

36) 民: 고금일사본·공문지인본 民

37) 三: 고금일사본 車

38) 從: 조본·일본 從

39) 遠: 조본·일본 遠, 고금일사본 遠, 遠 혼용.

風至, 乃復[43]作車遣返, 而其國去玉門關[44]四萬里.

羽民[45]國, 民[46]有翼[47], 飛不遠[48], 多鸞[49]鳥, 民[50]食其卵[51]. 去九疑四萬三千里.

穿胸[52]國, 昔[53]禹平天下, 會[54]諸侯[55]會稽之野, 防風氏後到, 殺之. 夏德之盛, 二龍降之. 禹使范成光御之, 行[56]域外. 既周而還至南[57]海, 經[58]房風, 房風之神二臣以塗[59]山之戮[60], 見禹使, 怒而射之, 迅風雷雨, 二龍昇[61]去. 二臣恐[62], 以刃[63]自貫其心而死. 禹哀之, 乃拔[64]其刃療以不死之草, 是爲穿

---

40) 行: 조본·일본 行

41) 楊: 조본·일본 揚, 고금일사본 湯

42) 民: 고금일사본·공문지인본 民

43) 復: 조본·일본 復, 고금일사본 復

44) 關: 조본·일본 關

45) 民: 고금일사본·공문지인본 民

46) 民: 고금일사본·공문지인본 民

47) 翼: 조본·일본 翼, 고금일사본 翼

48) 遠: 조본·일본 遠, 고금일사본 遠, 遠 혼용.

49) 鸞: 조본·일본 鸞

50) 民: 고금일사본·공문지인본 民

51) 卵: 조본 卵, 卵 혼용, 일본 卵, 卵 혼용.

52) 胸: 조본·일본·고금일사본 胷

53) 昔: 고금일사본 昔

54) 會: 조본·일본·고금일사본 會

55) 侯: 조본 侯, 侯, 侯 혼용, 일본 侯, 侯, 侯, 侯 혼용, 고금일사본 侯, 侯 혼용.

56) 行: 조본·일본 行

57) 南: 조본·일본 南, 고금일사본 南

58) 經: 조본·일본 經

59) 塗: 조본·일본 塗

60) 戮: 조본·일본 戮

61) 昇: 교증본 升

62) 恐: 조본·일본 恐

胸民[65].

交趾[66]民[67]在穿胸[68]東.

孟舒[69]國民[70], 人首鳥身. 其先主爲霅氏, 訓百禽, 夏後之世, 始食卵[71]. 孟舒去之, 鳳[72]凰[73]隨[74]焉[75].

【異人】

《河圖[76]玉板》云: 龍伯國人長三十丈[77], 生萬八千歲而死. 大秦[78]國人長十丈[79], 中秦[80]國人長一丈[81], 臨[82]洮人長三丈[83]五尺.

---

63) 刃: 조본·일본·고금일사본 刄

64) 拔: 조본 㧞, 일본 拔

65) 民: 고금일사본·공문지인본 民

66) 趾: 조본·일본 趾

67) 民: 고금일사본·공문지인본 民

68) 胸: 조본·일본·고금일사본 胷

69) 舒: 조본·일본 舒

70) 民: 고금일사본·공문지인본 民

71) 卵: 조본 夘, 조본 夘, 夘 혼용, 일본 夘, 卵 혼용.

72) 鳳: 조본·일본 鳯, 고금일사본 鳯

73) 凰: 고금일사본·교증본 皇

74) 隨: 조본·일본·고금일사본 隨

75) 焉: 조본·일본 焉

76) 圖: 조본·일본 圗, 고금일사본 圖

77) 丈: 조본·일본 丈

78) 秦: 조본·일본 秦

79) 丈: 조본·일본 丈

80) 秦: 조본·일본 秦

81) 丈: 조본·일본 丈

禹致宰臣於會稽[84], 防風氏後至, 戮而殺之, 其骨專車. 長狄喬如, 身橫九畝[85], 長五丈[86]四尺, 或長十丈[87].

秦[88]始皇二十六年, 有大人十二見于臨[89]洮, 長五丈[90], 足迹六尺. 東海之外, 大荒[91]之中, 有大人國僬僥[92]氏, 長三丈[93].《詩含神霧》

曰: 東北極人長九丈.[94]

東方有螗螂, 沃焦. 防風氏長三丈[95]. 短人處[96]九寸. 遠[97]夷之名雕題·黑齒·穿胸[98]·檐[99]耳·天竺[100]·岐[101]首.

子利國, 人一手二足, 拳反曲.

無啓民[102], 居穴[103]食土, 無男女. 死埋之, 其心不朽, 百年還化爲人. 細

---

82) 臨: 조본·일본 臨, 臨 혼용, 고금일사본 臨, 臨 혼용.
83) 丈: 조본·일본 丈
84) 稽: 고금일사본 稽
85) 畝: 조본·일본 畝, 고금일사본 畝, 畝
86) 丈: 조본·일본 丈
87) 丈: 조본·일본 丈
88) 秦: 조본·일본 秦
89) 臨: 조본·일본 臨, 臨 혼용, 고금일사본 臨, 臨 혼용.
90) 丈: 조본·일본 丈
91) 荒: 고금일사본 荒
92) 僬僥: 조본·일본·고금일사본 僬僥
93) 丈: 조본·일본 丈
94) 曰: 東北極人長九丈.: 교증본은 앞 항목에 연결.
95) 丈: 조본·일본 丈
96) 處: 조본·일본 處, 고금일사본 処, 處, 處, 處 혼용.
97) 遠: 조본·일본 遠, 고금일사본 遠, 遠 혼용.
98) 胸: 조본·일본·고금일사본 胷
99) 檐: 조본·일본 檐
100) 天竺: 조본·일본 天竺, 고금일사본·교증본 大竺
101) 岐: 조본·일본 岐, 고금일사본 岐

民[104], 其肝不朽, 百年而化爲人. 皆穴[105]居處[106], 二國同類也.

蒙雙[107]民[108], 昔[109]高[110]陽[111]氏有同産而爲夫婦[112], 帝放之此野, 相抱[113]而死, 神鳥以不死草覆之, 七年男女皆活, 同頸[114]二頭·四手, 是蒙雙[115]民[116].

有一國亦在海中, 純女無男. 又說[117]得一布衣, 從[118]海浮出, 其身如中國人衣, 兩袖長二丈[119]. 又得一破船, 隨[120]波出在海岸邊[121], 有一人項中復[122]有面, 生得, 與[123]語不相通, 不食而死. 其地皆在沃沮東大海中.

南[124]海外有鮫[125]人, 水居如魚, 不廢織績, 其眼[126]能泣珠.

---

102) 民: 고금일사본·공문지인본 民

103) 穴: 조본·일본 穴

104) 民: 고금일사본·공문지인본 民

105) 穴: 조본·일본 穴

106) 處: 조본·일본 處, 고금일사본 處, 處, 處, 處 혼용.

107) 雙: 조본·일본·고금일사본 雙

108) 民: 고금일사본·공문지인본 民

109) 昔: 고금일사본 昔

110) 高: 조본·일본·공문지인본 高

111) 陽: 조본·일본·고금일사본 陽, 陽 혼용.

112) 婦: 조본·일본 婦

113) 抱: 조본 抱, 고금일사본 抱, 기타 판본 抱

114) 頸: 조본·일본 頸

115) 雙: 조본·일본·고금일사본 雙

116) 民: 고금일사본·공문지인본 民

117) 說: 조본·일본·공문지인본 說, 고금일사본 說, 교증본 說

118) 從: 조본·일본 從

119) 丈: 조본·일본 丈

120) 隨: 조본·일본·고금일사본 隨

121) 邊: 조본·일본 邊

122) 復: 조본·일본 復, 고금일사본 復

123) 與: 조본·일본 與

嘔絲[127]之野，有女子方跪[128]，據[129]樹而嘔絲[130]，北海外也.

江陵有猛人，能化爲虎[131]，俗又云[132]虎[133]化爲人，好著紫葛[134]人，足無踵[135].

日南[136]有野女，群[137]行[138]見丈[139]夫，狀皛目，裸袒無衣禣.

【異俗】

越[140]之東有駭[141]沐之國，其長子生則解而食之，謂之宜弟[142]．父死則其母而棄[143]之，言鬼妻不可與[144]同居.[周日用曰：旣其母爲鬼妻，則其爲鬼子，亦合

124) 南: 조본·일본 **南**, 고금일사본 **南**

125) 鮫: 조본·일본 **鮫**, 고금일사본 鮫

126) 眼: 조본 **眼**, 고금일사본 **眼**, 기타 판본 眼

127) 絲: 조본·일본 絲, **絲**, **絲** 혼용, 고금일사본 **絲**, **絲** 혼용

128) 跪: 조본·일본 **跪**

129) 據: 조본·일본 **據**, 고금일사본 **據**

130) 絲: 조본·일본 絲, **絲**, **絲** 혼용, 고금일사본 **絲**, **絲** 혼용

131) 虎: 조본·일본 虎, *虎* 혼용, 고금일사본 **虎**, **虎** 혼용.

132) 云: 고금일사본·교증본 曰

133) 虎: 조본·일본 虎, *虎* 혼용, 고금일사본 **虎**, **虎** 혼용.

134) 葛: 조본·일본 **葛**, 고금일사본 **葛**

135) 踵: 조본·일본 **踵**

136) 南: 조본·일본 **南**, 고금일사본 **南**

137) 群: 고금일사본 **羣**

138) 行: 조본·일본 **行**

139) 丈: 조본·일본 **丈**

140) 越: 조본·일본 **越**, 고금일사본 **越**

141) 駭: 조본·일본 **駭**

142) 弟: 조본·일본 **弟**, 고금일사본 **弟**

棄[145]之矣. 是以知[146]蠻[147]夷於禽獸[148]犬豖一等矣. 禽獸[149]犬豖之徒猶應乃[150]然也.]

楚[151]之南[152]有炎人之國, 其親戚[153]死, 朽之肉而棄[154]之, 然後埋其骨, 乃爲孝也.

秦[155]之西有義渠國, 其親戚死, 聚柴積而焚之勳[156]之, 卽[157]烟[158]上謂之登遐[159], 然後爲孝. 此上以爲政, 下以爲俗, 中國未足爲非也. 此事見《墨[160]子》.[周日用曰 : 此[161]事無幾[162]佛國[163]之法且如是乎? 中國之徒, 亦如此也.]

荊[164]州極西南[165]界[166]至蜀, 諸民[167]曰獠[168]子, 婦[169]人妊娠[170]七月而

---

143) 棄: 조본·일본 弃, 고금일사본 棄

144) 與: 조본·일본 㒷

145) 棄: 조본·일본 弃, 고금일사본 棄

146) 知: 고금일사본·교증본 而

147) 蠻: 조본·일본 蛮

148) 獸: 조본·일본 獸, 獸, 獸, 獸 혼용.

149) 獸: 조본·일본 獸, 獸, 獸, 獸 혼용.

150) 乃: 고금일사본·교증본 不

151) 楚: 조본·일본 楚

152) 南: 조본·일본 南, 고금일사본 南

153) 戚: 조본·일본 戚

154) 棄: 조본·일본 弃, 고금일사본 棄

155) 秦: 조본·일본 秦

156) 勳: 조본·일본 勳, 고금일사본 勳

157) 卽: 조본·일본 即, 고금일사본 卽

158) 烟: 고금일사본 煙

159) 遐: 조본·일본 遐

160) 墨: 조본·일본 墨, 고금일사본 墨

161) 此: 조본·일본 此

162) 幾: 조본·일본 幾

163) 國: 조본·일본 国

164) 荊: 조본·일본 荆, 고금일사본 荆

165) 南: 조본·일본 南, 고금일사본 南

產. 臨[171]水生兒, 便置[172]水中. 浮則取養[173]之, [174]沉便棄[175]之, 然千百多浮. 旣[176]長, 皆拔去上齒牙各一, 以爲身飾.

毋丘儉[177]遣王頒追高[178]句麗[179]王宮, 盡沃沮東界, 問其耆老, 言國人常乘[180]船捕魚, 遭風吹, 數[181]十日, 東得一島, 上有人, 言語不相曉. 其俗常以七夕取童女沉海.

交州夷[182]名曰俚子. 俚子屍[183]長數[184]尺, 箭長尺餘[185], 以燋[186]銅爲鏑, 塗毒藥於鏑鋒, 中人卽[187]死, 不時斂[188]藏[189], 卽[190]膨[191]脹沸爛, 須[192]臾燋[193]

166) 界: 조본·일본 畍
167) 民: 고금일사본·공문지인본 民
168) 獠: 고금일사본 獠
169) 婦: 조본·일본 婦
170) 娠: 조본·일본 娠, 고금일사본 娠
171) 臨: 조본·일본 臨, 臨 혼용, 고금일사본 臨, 臨 혼용.
172) 置: 조본·일본 置, 고금일사본 置
173) 養: 조본·일본 養, 고금일사본 養
174) 沉: 고금일사본 沈
175) 棄: 조본·일본 弃, 고금일사본 棄
176) 旣: 조본·일본 既, 고금일사본 旣
177) 儉: 조본·일본 儉
178) 高: 조본·일본·공문지인본 髙
179) 麗: 조본·일본 麗
180) 乘: 조본·일본 乘, 고금일사본 乗
181) 數: 조본·일본 數
182) 夷: 조본 夷, 일본 夷
183) 屍: 고금일사본 弓, 교증본 弓
184) 數: 조본·일본 數, 數, 數, 数 혼용.
185) 餘: 조본·일본·공문지인본 餘, 고금일사본 餘
186) 燋: 조본·일본 燋
187) 卽: 조본·일본 即, 고금일사본 卽
188) 斂: 조본·일본 歛, 고금일사본 斂

煎都盡, 唯骨耳. 其俗誓[194]不以此藥治語人. 治之, 飮婦[195]人月水及糞汁. 時有差[196]者. 唯射猪[197]犬者, 無他, 以其食糞[198]故也. 燋[199]銅者, 故燒器. 其長老唯別燋[200]銅聲[201], 以物杵之, 徐[202]聽[203]其聲[204], 得燋[205]毒[206]者, 偏鑿[207]取以爲箭鏑.

景初中, 蒼[208]梧吏到京, 云: "廣州西南[209]接交州數[210]郡, 桂林 · 晉[211]興[212] · 寧浦間人有病將[213]死, 便有飛蟲大如小麥, 或云有甲, 在舍上. 人氣

---

189) 藏: 조본· 일본 藏, 고금일사본 藏
190) 卽: 조본· 일본 即, 고금일사본 卽
191) 膨: 조본· 일본 膨
192) 須: 조본· 일본 湏
193) 燋: 조본· 일본 燋
194) 誓: 조본· 일본 誓, 고금일사본 誓
195) 婦: 조본· 일본 婦
196) 差: 조본· 일본 差
197) 猪: 조본· 일본 猪
198) 糞: 고금일사본 糞
199) 燋: 조본· 일본 燋
200) 燋: 조본· 일본 燋
201) 聲: 조본· 일본 聲, 고금일사본 聲
202) 徐: 조본· 일본 徐
203) 聽: 조본· 일본 聽
204) 聲: 조본· 일본 聲, 聲 혼용, 고금일사본 聲
205) 燋: 조본· 일본 燋
206) 毒: 조본· 일본· 고금일사본 毒
207) 鑿: 조본· 일본 鑿, 고금일사본 鑿
208) 蒼: 조본· 일본 蒼, 고금일사본 蒼
209) 南: 조본· 일본 南, 고금일사본 南
210) 數: 조본· 일본 數, 數, 數, 数 혼용.
211) 晉: 조본· 일본 晉
212) 興: 조본· 일본 興

絶, 來食亡[214]者. 雖復[215]撲殺有斗[216]斛, 而來[217]者如風雨, 前後相尋[218]續, 不可斷截, 肌肉都盡, 唯餘[219]骨在, 更去盡. 貧家無相纏[220]者, 或殯殮[221]不時, 皆受此弊[222]. 有物力者, 則以衣服[223]布帛五六重裹[224]亡[225]者. 此蟲惡[226]梓木氣, 卽[227]以板鄣防左右, 幷以作器, 此蟲便不敢[228]近也. 入交界更無, 轉近郡亦有, 但微[229]少耳."

【異産】

漢武[230]帝時, 弱[231]水西國有人乘[232]毛車以渡弱水來獻[233]香者, 帝謂是常

---

213) 將: 조본·일본 將, 将, 將, 将 혼용, 고금일사본 將
214) 亡: 조본·일본 亡, 亾 혼용, 고금일사본 亾
215) 復: 조본·일본 復, 고금일사본 復
216) 斗: 고금일사본 斗
217) 來: 조본·일본 来
218) 尋: 조본·일본 尋
219) 餘: 조본·일본·공문지인본 餘, 고금일사본 餘
220) 纏: 조본·일본 纒, 고금일사본 纏
221) 殯殮: 조본·일본 殯殮, 고금일사본 殯
222) 弊: 조본·일본 弊
223) 服: 조본·일본 服, 服 혼용, 고금일사본 服
224) 裹: 조본·일본 褁
225) 亡: 조본·일본 亡, 亾 혼용, 고금일사본 亾
226) 惡: 조본·일본 悪
227) 卽: 조본·일본 即, 고금일사본 卽
228) 敢: 조본·일본 敢
229) 微: 조본·일본 微
230) 武: 조본·일본 武
231) 弱: 일본 弱

香, 非中國之所乏, 不禮其使. 留久[234]之, 帝幸[235]上林苑, 西使千[236]乘[237]輿聞, 并[238]奏其香. 帝取之看[239], 大如鷰[240]卵[241], 三枚, 與[242]棗相似. 帝不悅[243], 以付外庫. 後長安中大疫, 宮中皆疫病. 帝不擧[244]樂, 西使乞見, 請燒所貢香一枚, 以辟疫[245]氣. 帝不得已, 聽之, 宮中病者登日並差. 長安百里[246]咸聞香氣, 芳積九月餘[247]日, 香由不歇[248]. 帝乃厚禮發遣餞送[249].

一說[250]漢制獻[251]香不滿[252]斤, 西使臨[253]去, 乃發香氣如大豆者, 拭著宮門, 香氣聞長安數[254]十里, 經[255]數[256]日乃歇.

---

232) 乘: 조본·일본 乘, 고금일사본 乗
233) 獻: 조본·일본 献, 猷 혼용.
234) 久: 조본·일본 久
235) 幸: 조본·일본 幸
236) 千: 일본·고금일사본 干
237) 乘: 조본·일본 乘, 고금일사본 乗
238) 并: 일본 於, 공문서관 소장 일본 并으로 수정.
239) 看: 조본·일본 看
240) 鷰: 일본 조본과 동일 鷰, 고금일사본 薁, 교증본 燕
241) 卵: 조본 夘과 夘 혼용, 일본 夘과 卵 혼용.
242) 與: 조본·일본·공문지인본 輿
243) 悅: 조본·일본 悅
244) 擧: 조본·일본 擧
245) 疫: 고금일사본 疫
246) 長安百里: 일본 조본과 동일, 기타 판본 長安中百里.
247) 餘: 조본·일본·공문지인본 餘, 고금일사본 餘
248) 歇: 조본·일본 歇
249) 餞送: 조본·일본 餞送
250) 說: 조본·일본·공문지인본 說, 고금일사본 說, 교증본 説
251) 獻: 조본·일본 猷, 献 혼용.
252) 滿: 조본·일본 滿
253) 臨: 조본·일본 臨, 臨 혼용, 고금일사본 臨, 臨 혼용.
254) 數: 조본·일본 數, 數, 數, 数 혼용.

漢武[257]帝時, 西海國有獻[258]膠[259]五兩者, 帝以付外庫. 餘[260]膠半兩, 西使佩以自隨[261]. 後從武[262]帝射於甘泉宮, 帝弓弦斷, 從[263]者欲更張弦, 西使乃進, 乞以所送餘[264]香膠[265]續之, 座上左右莫[266]不怪. 西使乃以口濡膠[267]爲以注斷弦兩頭, 相連注弦, 遂相著. 帝乃使力士各引其一頭, 終不相離. 西使曰 : "可以射." 終日不斷, 帝大怪, 左右稱奇[268], 因名曰續弦膠[269].

《周書》曰 : 西域獻[270]火浣布, 昆吾氏獻[271]切玉刀. 火浣布汚[272]則燒之則潔[273], 刀切玉如臘[274]. 布, 漢世有獻[275]者, 刀則未聞.

魏[276]文帝黃初三年, 武[277]都西都尉王褒[278]獻[279]石膽二十斤, 四年, 獻[280]

---

255) 經: 조본·일본 経

256) 數: 조본·일본 数, 數, 数, 数 혼용.

257) 武: 조본·일본 武

258) 獻: 조본·일본 獻, 献 혼용.

259) 膠: 조본·일본·고금일사본 膠

260) 餘: 조본·일본·공문지인본 餘, 고금일사본 餘

261) 隨: 조본·일본·고금일사본 隨

262) 武: 조본·일본 武

263) 從: 조본·일본 従

264) 餘: 조본·일본·공문지인본 餘, 고금일사본 餘

265) 膠: 조본·일본·고금일사본 膠

266) 莫: 조본·일본 莫

267) 膠: 조본·일본·고금일사본 膠

268) 奇: 조본·일본 竒

269) 膠: 조본·일본·고금일사본 膠

270) 獻: 조본·일본 獻, 献 혼용.

271) 獻: 조본·일본 獻, 献 혼용.

272) 汚: 조본·일본 汙, 고금일사본 汙

273) 潔: 조본·일본 絜

274) 臘: 조본·일본 臈, 고금일사본 臈, 교증본 臈

275) 獻: 조본·일본 獻, 献 혼용.

276) 魏: 조본·일본·고금일사본 魏

三斤.

臨[281]邛[282]火井一所, 從[283]廣五尺, 深二[284]三丈[285]. 井在縣南[286]百里. 昔[287]時人以竹木投以取火, 諸葛[288]丞相往視之, 後火轉盛熱[289], 盆蓋[290]井上, 煮[291]鹽[292]得鹽[293]. 入以家火卽[294]滅, 訖今不復[295]燃[296]也. 酒泉延[297]壽縣南[298]山名火泉, 火出如炬.

徐[299]公曰: 西域使王暢說[300]石流[301]黃出足彌[302]山, 去高[303]昌八百里, 有

---

277) 武: 조본·일본 武
278) 褒: 고금일사본 褎
279) 獻: 조본·일본 獻, 献 혼용.
280) 獻: 조본·일본 獻, 献 혼용.
281) 臨: 조본·일본 臨, 臨 혼용, 고금일사본 臨, 臨 혼용.
282) 邛: 조본·일본·고금일사본 邛
283) 從: 조본·일본 従
284) 二: 조본 三, 일본·고금일사본·교증본 二
285) 丈: 조본·일본 丈
286) 南: 조본·일본 南, 고금일사본 南
287) 昔: 고금일사본 昔
288) 葛: 조본·일본 葛, 고금일사본 葛
289) 熱: 조본·일본 熱
290) 蓋: 조본·일본 盖, 고금일사본 蓋, 고금일사본 盖, 蓋 혼용, 盖는 蓋의 속자.
291) 煮: 조본·일본 煑
292) 鹽: 조본·일본 塩, 고금일사본 鹽
293) 鹽: 조본·일본 塩
294) 卽: 조본·일본 即, 고금일사본 卽
295) 復: 조본·일본 復, 고금일사본 復
296) 燃: 조본·일본 燃
297) 延: 고금일사본 延
298) 南: 조본·일본 南, 고금일사본 南
299) 徐: 조본·일본 徐
300) 說: 조본·일본 說, 고금일사본 說, 교증본 説

石流[304]黃數[305]十丈[306], 從[307]廣五六十畝[308]. 有取[309]流[310]黃晝視孔中, 上狀如烟[311]而高[312]數[313]尺. 夜[314]視皆如燈光明, 高[315]尺餘[316], 暢所親見之也. 言時氣不和, 皆往保此山.

博物志卷第二[317]

---

301) 流: 조본·일본 流
302) 彌: 조본 弥, 弥, 일본 弥, 弥
303) 高: 조본·일본·공문지인본 髙
304) 流: 조본·일본 流
305) 數: 조본·일본 數, 數, 數, 数 혼용.
306) 丈: 조본·일본 丈
307) 從: 조본·일본 従
308) 畝: 조본·일본 畒, 고금일사본 畒, 畆
309) 取: 조본·일본 取
310) 流: 조본·일본 流
311) 烟: 고금일사본 煙, 同字
312) 高: 조본·일본·공문지인본 髙
313) 數: 조본·일본 數, 數, 數, 数 혼용.
314) 夜: 조본·일본 夜
315) 高: 조본·일본·공문지인본 髙
316) 餘: 조본·일본·공문지인본 餘, 고금일사본 餘
317) 博物志卷第二: 고금일사본 博物志第二, 공문지인본 博物志二卷終

博物志卷第三

【異獸】

漢武[1]帝時, 大苑之北胡人有獻[2]一物, 大如狗, 然聲[3]能驚人, 雞犬聞之皆走[4], 名曰猛獸[5]. 帝見之, 怪其細小. 及出苑[6]中, 欲使虎[7]狼食之. 虎[8]見此獸[9]卽[10]低頭着[11]地, 帝爲反[12]觀[13], 見虎[14]如此, 欲謂下頭作勢[15], 起[16]搏殺之. 而此獸[17]見虎[18]甚喜, 舐唇[19]搖尾, 徑[20]往[21]虎[22]頭上立, 因搦虎[23]

---

1) 武: 조본·일본 武
2) 獻: 조본·일본 獻, 献 혼용. 공문지인본 獻
3) 聲: 조본·일본 聲, 聲 혼용, 고금일사본 聲, 공문지인본 还
4) 走: 고금일사본 走
5) 獸: 조본·일본 獸, 獸, 獸, 獣 혼용.
6) 苑: 조본·일본 苑, 고금일사본 苑, 공문지인본 苑
7) 虎: 조본·일본 虎, 虎 혼용, 고금일사본 虎, 虎 혼용. 공문지인본 虎
8) 虎: 조본·일본 虎, 虎 혼용, 고금일사본 虎, 虎 혼용. 공문지인본 虎
9) 獸: 조본·일본 獸, 獸, 獸, 獣 혼용. 공문지인본 獸
10) 卽: 조본·일본 即, 고금일사본 卽
11) 着: 조본·일본 着, 고금일사본 著
12) 反: 조본·일본 反
13) 觀: 조본·일본 観
14) 虎: 조본·일본 虎, 虎 혼용, 고금일사본 虎, 虎 혼용. 공문지인본 虎
15) 勢: 조본·일본 势
16) 起: 조본·일본 起, 고금일사본 起
17) 獸: 조본·일본 獸, 獸, 獸, 獣 혼용. 공문지인본 獸
18) 虎: 조본·일본 虎, 虎 혼용, 고금일사본 虎, 虎 혼용.
19) 唇: 조본·일본 唇, 고금일사본 脣, 공문지인본 唇
20) 徑: 조본·일본 徑, 공문지인본 徑

面[24], 虎[25]乃閉目低頭, 匍匐不敢動, 搦鼻下去, 下去之後, 虎[26]尾下頭去, 此獸[27]雇[28]之, 虎[29]輒[30]閉目.

後魏[31]武[32]帝伐冒頓, 經[33]白狼山, 逢師[34]子. 使人格之, 殺傷[35]甚衆[36], 王乃自率常從[37]軍數[38]百擊之, 師[39]子哮吼奮[40]起, 左右咸驚. 王忽見一物從[41]林中出, 如狸, 起上王車軛, 師[42]子將[43]至, 此獸[44]便跳起上[45]師[46]子頭

---

21) 往: 조본·일본 徃
22) 虎: 조본·일본 虎, 虎 혼용, 고금일사본 虎, 虎 혼용, 공문지인본 虎
23) 虎: 조본·일본 虎, 虎 혼용, 고금일사본 虎, 虎 혼용, 공문지인본 虎
24) 面: 공문지인본 靣
25) 虎: 조본·일본 虎, 虎 혼용, 고금일사본 虎, 虎 혼용, 공문지인본 虎
26) 虎: 조본·일본 虎, 虎 혼용, 고금일사본 虎, 虎 혼용, 공문지인본 虎
27) 獸: 조본·일본 獸, 獸, 獣 혼용.
28) 雇: 조본·일본 雇, 고금일사본 顧, 교증본 顧
29) 虎: 조본·일본 虎, 虎 혼용, 고금일사본 虎, 虎 혼용.
30) 輒: 조본·일본 輙, 고금일사본 輙
31) 魏: 조본·일본·고금일사본 魏
32) 武: 조본·일본 武
33) 經: 조본·일본 経
34) 師: 조본 師, 일본 獅, 고금일사본·교증본 師
35) 傷: 조본·일본 傷, 고금일사본 傷
36) 衆: 조본·일본 衆
37) 從: 조본·일본 從
38) 數: 조본·일본 數, 數, 數, 数 혼용.
39) 師: 조본 師, 일본 獅, 고금일사본·교증본 師
40) 奮: 조본·일본 奮
41) 從: 조본·일본 從
42) 師: 조본 師, 일본 獅, 고금일사본·교증본 師
43) 將: 조본·일본 將, 将, 將, 将 혼용, 고금일사본 將
44) 獸: 조본·일본 獸, 獸, 獣 혼용.
45) 上: 교증본 在
46) 師: 조본 師, 일본 獅, 고금일사본·교증본 師

上, 卽[47]伏不敢起. 於是遂殺之, 得師子一. 還, 來至洛陽[48], 三千里雞犬皆伏, 無鳴吠.

魏[49]武[50]伐冒頓, 經[51]白狼山, 逢獅子, 使格之, 見一物, 從竹中出, 如貍, 上帝車軛[52]上, 獅子將至, 便跳上獅子頭, 獅子伏不敢起, 遂殺之, 得獅子還[53], 至四十里, 雞犬皆無鳴吠.[54]

九守[55]有神牛, 乃生谿上, 黑出時共鬪[56], 卽[57]海沸, 黃或出鬪[58], 岸上家牛皆怖, 人或遮[59]則霹靂, 號[60]曰神牛.

昔[61]日南[62]貢四象, 各有雌雄. 其一雄死於九眞[63], 乃至南[64]海百有餘[65]日, 其雌塗土著身, 不飮食, 空草, 長中間[66]其所以, 聞之輒[67]流[68]涕[69]矣.

---

47) 卽: 조본·일본 即, 고금일사본 卽
48) 陽: 조본·일본·고금일사본 陽, 陽 혼용.
49) 魏: 조본·일본·고금일사본 魏
50) 武: 조본·일본 武
51) 經: 조본·일본 経
52) 軛: 조본·일본 軛
53) 還: 조본·일본 還, 還 혼용, 고금일사본 還, 공문지인본 还
54) 魏武伐冒頓～皆無鳴吠: 고금일사본·교증본 缺, 역주박물지 缺
55) 守: 일본 조본과 동일, 고금일사본·교증본 眞
56) 鬪: 조본·일본 鬪, 고금일사본 鬪
57) 卽: 조본·일본 即, 고금일사본 卽
58) 鬪: 조본·일본 鬪, 고금일사본 鬪
59) 遮: 조본·일본 遮
60) 號: 조본·일본 號, 고금일사본 號
61) 昔: 고금일사본 昔
62) 南: 조본·일본 南, 고금일사본 南
63) 眞: 조본·일본 眞, 眞 혼용, 고금일사본 眞, 眞 혼용, 교증본 真
64) 南: 조본·일본 南, 고금일사본 南
65) 餘: 조본·일본·공문지인본 餘, 고금일사본 餘
66) 草, 長中間: 일본 臥, 草人問, 고금일사본·교증본 草, 長史問

越[70]巂[71]國有牛, 稍割取肉, 牛不死, 經[72]日肉生如故.

大宛國有汗血馬, 天馬種, 漢·魏[73]西域時有獻[74]者.

文馬, 赤鬣[75]身白, 似若黃金, 名古[76]黃之乘[77], 復[78]薊之露犬也. 能飛食虎[79]豹.

蜀山南[80]高[81]山上, 有物如獼猴[82]. 長七尺, 能人行[83], 健走[84], 名曰猴[85]玃[86], 一名化, 或曰猳[87]玃. 同行[88]道婦[89]女有好者, 輒[90]盜之以去, 人不得

---

67) 輒: 조본·일본 輙, 고금일사본 輙

68) 流: 조본·일본 流

69) 涕: 조본·일본 涕

70) 越: 조본·일본 越, 고금일사본 越

71) 巂: 고금일사본 雋

72) 經: 조본·일본 經

73) 魏: 조본·일본·고금일사본 魏

74) 獻: 조본·일본 猷, 献 혼용.

75) 鬣: 조본·일본 鬣, 고금일사본 鬣

76) 古: 교증본 吉, 기타 판본 古

77) 乘: 조본·일본 乗, 고금일사본 乗

78) 復: 조본·일본 復, 고금일사본 復

79) 虎: 조본·일본 虎, 虎 혼용, 고금일사본 虎, 虎 혼용.

80) 南: 조본·일본 南, 고금일사본 南

81) 高: 조본·일본·공문지인본 髙

82) 獼猴: 조본·일본 猕猴, 고금일사본 獼猴

83) 行: 조본·일본 行

84) 走: 고금일사본 走

85) 猴: 고금일사본 猴

86) 玃: 조본·일본·고금일사본 玃

87) 猳: 고금일사본 猳

88) 行: 조본·일본 行

89) 婦: 조본·일본 婦

90) 輒: 조본·일본 輙, 고금일사본 輙

知. 行[91]者或每遇其旁[92], 皆以長繩[93]相引, 然故不免. 此得男女氣, 自死, 故取男也取去爲室家, 其年少者終身不得還. 十年之後, 形皆類之, 意亦迷惑, 不復[94]思歸[95]. 有子者輒[96]俱送還其家, 產子皆如人, 有不食養[97]者, 其母輒[98]死, 故無敢不[99]養[100]也. 及[101]長, 與[102]人不[103]異[104], 皆以楊[105]爲姓[106], 故[107]今蜀中西界多謂楊率皆猳玃·化[108]之子孫, 時時相有玃爪者[109]也.

小山有獸[110], 其形如鼓, 一足如蠡[111]. 澤有委蛇[112], 狀[113]如轂[114], 長如

91) 行: 조본·일본 行
92) 旁: 고금일사본 旁
93) 繩: 조본·일본 絕, 고금일사본 繩
94) 復: 조본·일본 復, 고금일사본 復
95) 歸: 조본·일본 歸
96) 輒: 조본·일본 輙, 고금일사본 輙
97) 養: 조본·일본 養, 고금일사본 養
98) 輒: 조본·일본 輙, 고금일사본 輙
99) 敢不: 일본·고금일사본 조본과 동일, 교증본 不敢
100) 養: 조본·일본 養, 고금일사본 養
101) 及: 일본·고금일사본 조본과 동일, 교증본 乃
102) 與: 조본·일본 與
103) 不: 일본 조본과 동일, 고금일사본·교증본 無
104) 異: 고금일사본 異
105) 楊: 조본·일본 楊
106) 姓: 조본 姓
107) 故: 조본 故
108) 化: 교증본 [馬]化
109) 者: 교증본 없음.
110) 獸: 조본·일본 獸, 獸, 獸, 獸 혼용.
111) 蠡: 조본·일본·고금일사본 蠡
112) 蛇: 고금일사본 虵
113) 狀: 조본 狀, 일본 狀
114) 轂: 조본·일본 轂, 고금일사본 轂

轅[115], 見之者霸.

猩猩[116]若黃狗, 人面能言.

【異鳥】

崇丘山有鳥, 一足, 一翼, 一目, 相得而飛, 名曰虻[117], 見則吉良, 乘[118]之壽千歲[119].

比翼鳥, 一靑一赤, 在參[120]嵎山.

有鳥如烏, 又[121]首, 白喙[122], 赤足, 曰精衛[123]. 故精衛[124]常取西山之木石, 以塡[125]東海.

越[126]地深山有鳥, 如鳩[127], 靑色, 名曰治鳥. 穿大樹作巢如升器, 其戶口徑[128]數[129]寸, 周飾以土堊, 赤白相次, 狀如射侯[130]. 伐木見此[131]樹, 卽[132]

115) 轅: 조본·일본·고금일사본 轅

116) 猩: 조본·일본 猩, 猩 혼용.

117) 虻: 조본·일본·고금일사본 虻, 蝱과 同字.

118) 乘: 조본·일본 乘, 고금일사본 乗

119) 歲: 조본·일본 歳

120) 參: 조본·일본 叅

121) 又: 일본 人, 고금일사본·교증본 文

122) 喙: 조본·일본·고금일사본 喙

123) 衛: 조본·일본 衛, 衛 혼용, 고금일사본 衛

124) 衛: 조본·일본 衛, 衛 혼용, 고금일사본 衛

125) 塡: 조본·일본 塡, 고금일사본 塡, 교증본 填

126) 越: 조본·일본 越, 고금일사본 越

127) 鳩: 고금일사본 鳩

128) 徑: 조본·일본 徑, 공문지인본 徑

129) 數: 조본·일본 數, 數, 數, 数 혼용.

避之去. 或夜冥[133], 人不見鳥, 鳥亦知人不見己也, 鳴曰"咄咄去!" 明日便息[134]急[135]上樹去; "咄咄下去!" 明日便宜急下. 若[136]使去但言笑而不已者, 可止伐也. 若有穢[137]要[138]及犯其止者, 則虎[139]通夕來守, 人不知者卽[140]害[141]人. 此鳥白日見其形, 鳥也; 夜聽[142]其鳴, 人也. 時觀樂便作人悲喜, 形長三尺, 澗中取石蟹就人火間炙之, 不可犯也. 越[143]人謂此鳥爲越[144]祝之祖.

【異蟲】

南[145]方有落頭蟲, 其頭能飛. 其種人常有所祭祀號[146]曰蟲落, 故因取之

130) 侯: 조본 侯, 㑨, 俟 혼용, 일본 侯, 侯, 俟, 侯 혼용, 고금일사본 矦, 侯 혼용.
131) 此: 조본·일본 此, 此 혼용.
132) 卽: 조본·일본 即, 고금일사본 卽
133) 冥: 일본 조본과 동일, 고금일사본·교증본 冥
134) 息: 일본 조본과 동일, 고금일사본·교증본 宜
135) 急: 조본·일본 急
136) 若: 조본·일본 若
137) 穢: 조본·일본 穢
138) 要: 일본 조본과 동일, 고금일사본·교증본 惡
139) 虎: 조본·일본 虎, 虎 혼용, 고금일사본 虎, 虎 혼용.
140) 卽: 조본·일본 即, 고금일사본 卽
141) 害: 조본·일본 害
142) 夜聽: 조본·일본 夜聽, 고금일사본 聽
143) 越: 조본·일본 越, 고금일사본 越
144) 越: 조본·일본 越, 고금일사본 越
145) 南: 조본·일본 南, 고금일사본 南
146) 號: 조본·일본 號 고금일사본 號

焉. 以其飛因服147)便去, 以耳爲翼, 將148)曉還, 復149)著體150), 吳151)時往往得此人也.

江南152)山谿中水射上153)蟲, 甲類也, 長一二寸, 口中有弩154)形, 氣射人影, 隨155)所著處156)發瘡, 不治則殺人. 今鸜157)螋蟲溺人影, 亦隨158)所著處159)生瘡.[盧氏曰: 以鷄160)腸161)草揚162)塗, 經163)日卽164)愈. 周日用曰: 萬物皆有所相感, 愚聞以霹靂木擊鳥影, 其鳥應時落地, 雖未嘗試, 以是類之必有之.]

螋165)蛇166)秋月毒盛, 無所蜇螫, 嚙草木以泄其167)氣, 草木卽168)死. 人樵169)採, 設爲草木所傷170)刺者亦殺人, 毒治於螋171)齧, 謂之蛇172)迹也.

---

147) 服: 조본·일본 服, 服 혼용, 고금일사본 服
148) 將: 조본·일본 將, 將, 將, 將 혼용, 고금일사본 將
149) 復: 조본·일본 復, 고금일사본 復
150) 體: 조본·일본 體, 공문지인본 体
151) 吳: 조본·일본 吳, 吳 혼용, 공문지인본 吳
152) 南: 조본·일본 南, 고금일사본 南
153) 上: 일본 工
154) 弩: 고금일사본 弩
155) 隨: 조본·일본·고금일사본 隨
156) 處: 조본·일본 處, 고금일사본 處, 處, 處, 處 혼용.
157) 鸜: 조본·일본 鸜, 고금일사본 鸜
158) 隨: 조본·일본·고금일사본 隨
159) 處: 조본·일본 處, 고금일사본 處, 處, 處, 處 혼용.
160) 鷄: 조본·일본 鷄, 고금일사본·교증본 雞
161) 腸: 조본·일본 腸, 腸 혼용.
162) 揚: 조본·일본 揚, 揚 혼용, 고금일사본 搗
163) 經: 조본·일본 經
164) 卽: 조본·일본 即, 고금일사본 卽
165) 螋: 조본·일본 螋, 고금일사본 螋
166) 蛇: 고금일사본 蛇
167) 其: 고금일사본 其
168) 卽: 조본·일본 即, 고금일사본 卽

華[173]山有蛇[174]名肥遺, 六足四翼, 見則天下大旱.

常山之蛇[175]名率[176]然, 有兩頭, 觸其一頭, 頭至; 觸其中, 則兩頭俱至. 孫武[177]以喩善用兵者.

【異魚】

南[178]海有鰐[179]魚, 狀似鼉[180], 斬其頭而乾[181]之, 去齒而更生, 如此者三乃上[182].

東海中[183]有牛半體魚, 其形狀如牛, 剝[184]其皮懸[185]之, 潮水至則毛起, 潮去則毛伏.

---

169) 樵: 조본·일본·고금일사본 樵

170) 傷: 조본·일본 傷, 고금일사본 傷

171) 螋: 조본·일본 螋, 고금일사본 螋

172) 蛇: 고금일사본 蛇

173) 華: 고금일사본 華

174) 蛇: 고금일사본 蛇

175) 蛇: 고금일사본 蛇

176) 率: 고금일사본·교증본 率, 공문지인본 후인 수정 率.

177) 武: 조본·일본 武

178) 南: 조본·일본 南, 고금일사본 南

179) 鰐: 조본·일본 鰐, 고금일사본 鰐

180) 鼉: 조본·일본 鼉, 고금일사본 鼉

181) 乾: 조본·일본 乾

182) 上: 일본 조본과 동일, 고금일사본·교증본 止. 중앙도서관 소장 조본은 止로 공문서관 소장 조본과 상이함.

183) 東海中: 고금일사본·교증본 東海

184) 剝: 조본·일본 剝

185) 懸: 고금일사본 懸, 懸 혼용.

東海蛟錯魚, 生子, 子驚, 還入母腸[186], 尋復[187]出.

吳[188]王江行[189]食鱠[190], 有餘[191], 棄[192]於中流[193], 化爲魚. 今魚中有名吳[194]王鱠[195]餘[196]者, 長數[197]寸, 大者如筋[198], 猶有鱠[199]形.

廣陵陳登食膾[200]作病, 華他[201]下之, 膾[202]頭皆成蟲[203], 尾猶是膾[204].

東海有物, 狀如凝[205]血, 從[206]廣數[207]尺, 方員, 名曰鮓魚, 無頭目處[208]所, 內無藏[209], 衆[210]蝦[211]附[212]之, 隨[213]其東西. 人煮[214]食之.

---

186) 腸: 조본·일본 腸, 腸 혼용.
187) 復: 조본·일본 復, 고금일사본 復
188) 吳: 조본·일본 吳, 呉 혼용.
189) 行: 조본·일본 行
190) 鱠: 조본·일본·고금일사본 鱠
191) 餘: 조본·일본·공문지인본 餘, 고금일사본 餘
192) 棄: 조본·일본 棄, 弃 혼용, 고금일사본 棄
193) 流: 조본·일본 流
194) 吳: 조본·일본 吳, 呉 혼용.
195) 鱠: 조본·일본·고금일사본 鱠
196) 餘: 조본·일본·공문지인본 餘, 고금일사본 餘
197) 數: 조본·일본 數, 數, 數, 数 혼용.
198) 筋: 고금일사본·교증본 箸
199) 鱠: 조본·일본·고금일사본 鱠
200) 膾: 조본·일본·고금일사본 膾
201) 他: 고금일사본·교증본 佗
202) 膾: 조본·일본·고금일사본 膾
203) 蟲: 조본·일본 虫, 고금일사본 蟲
204) 膾: 조본·일본·고금일사본 膾
205) 凝: 조본·일본·고금일사본 凝
206) 從: 조본·일본 從
207) 數: 조본·일본 數, 數, 數, 数 혼용.
208) 處: 조본·일본 處, 고금일사본 處, 處, 處, 處 혼용.
209) 藏: 조본·일본 藏, 고금일사본 藏

【異草木】

太原晋陽[215]以化生屛風草.

海上有草焉, 名蒒[216]. 其實食之大如麥[217], 七月稔[218]熟, 名曰自然谷, 或曰禹餘[219]粮[220].

堯[221]時有屈佚草, 生於庭[222], 佞[223]人入朝, 則屈而指[224]之. 一名指[225]佞草.

右詹山, 帝女化爲詹草, 其葉[226]欝[227]茂, 其花[228]黃, 實如豆, 服[229]者媚於人.

止些[230]山, 多竹, 長千仞[231], 鳳[232]食其實. 去九疑[233]萬八千里.

---

210) 衆: 조본·일본 衆, 고금일사본 衆

211) 蝦: 고금일사본 蝦

212) 附: 조본·일본·고금일사본 附

213) 隨: 조본·일본·고금일사본 隨

214) 煮: 조본·일본 煮

215) 陽: 조본·일본·고금일사본 陽, 陽 혼용.

216) 蒒: 조본·일본 蒒, 고금일사본 篩, 공문지인본 蒒

217) 大如麥: 고금일사본·교증본·공문지인본 如大麥

218) 稔: 조본·일본 稔, 고금일사본 稔

219) 餘: 조본·일본·공문지인본 餘, 고금일사본 餘

220) 粮: 고금일사본 糧, 粮과 同字.

221) 堯: 조본·일본·고금일사본 堯, 고금일사본 堯, 堯 혼용.

222) 庭: 조본 庭, 일본 庭, 고금일사본 庭

223) 佞: 고금일사본 佞, 佞 혼용, 佞은 佞의 俗字.

224) 指: 조본·일본 指

225) 指: 조본·일본 指

226) 葉: 조본·일본 葉

227) 欝: 조본·일본 欝, 고금일사본 鬱, 교증본 鬱

228) 花: 조본·일본 花, 고금일사본 華, 교증본 蕚 공문지인본 華

229) 服: 조본·일본 服, 服 혼용, 고금일사본 服

230) 些: 고금일사본 些

231) 仞: 조본·일본·고금일사본 仞

江南[234]諸山郡中, 大樹斷倒者, 經[235]春夏生菌, 謂之椹[236]. 食之有味, 而忽毒殺, 人云此物往往自有毒者, 或云蛇[237]所著之. 楓樹生者啖[238]之, 令人笑不得止, 治之, 飮土漿[239]卽[240]愈.

博物志卷第三

232) 鳳: 조본·일본 鳳, 고금일사본 鳳, 공문지인본 鳳
233) 疑: 조본·고금일사본 疑, 일본 疑
234) 南: 조본·일본 南, 고금일사본 南
235) 經: 조본·일본 經
236) 椹: 조본·일본 椹
237) 蛇: 고금일사본 蛇
238) 啖: 고금일사본 啖
239) 漿: 조본·일본 漿, 고금일사본 漿, 공문지인본 漿
240) 卽: 조본·일본 即, 고금일사본 卽

博物志卷第四

【物性】

九竅者胎化, 八竅者卵[1]生, 龜[2]鼈[3]皆此類, 咸[4]卵[5]生影伏.

白鷁[6]雄雌相視則孕. 或曰雄鳴上風, 則雌孕.

兎舐毫[7]望[8]月而孕, 口中吐子, 舊有此說[9], 余[10]司[11]所見也.

大腰無雄, 龜[12]鼉[13]類也. 無雄, 與[14]蛇[15]通氣則孕. 細腰無雌, 蜂類也.

取桑蠶[16]則阜螽子呪而成子, 《詩》云"螟蛉之子, 蜾蠃負之"是也.

蠶三化, 先孕而後交. 不可[17]者亦産子, 子後爲蟞, 皆無眉[18]目, 易傷[19],

---

1) 卵: 조본·일본 夘, 조본 夘, 夘 혼용, 일본 夘, 卵 혼용.

2) 龜: 조본·일본 龜, 고금일사본 龜

3) 鼈: 조본·일본 鼈, 고금일사본 鼈

4) 咸: 고금일사본·교증본 或

5) 卵: 조본 夘, 夘 혼용, 일본 夘, 卵 혼용.

6) 鷁: 조본·일본 鷁, 고금일사본 鷁

7) 兎舐毫: 조본 兎舐毫, 일본 兎舐毫, 고금일사본 兎舐毫, 교증본 兎舐毫

8) 望: 고금일사본 望

9) 說: 조본·일본·공문지인본 說, 고금일사본 說, 교증본 説

10) 余: 조본·일본 余

11) 司: 일본 固, 고금일사본·교증본 自

12) 龜: 조본·일본 龜, 고금일사본 龜

13) 鼉: 조본·일본 鼉, 고금일사본 鼉

14) 與: 조본·일본 與

15) 蛇: 고금일사본 虵

16) 蠶: 조본·일본 蚕, 고금일사본 蠶

17) 可: 고금일사본·교증본 交

收[20]採亦薄.

鳥雌雄不可別, 翼右掩左, 雄; 左掩右, 雌. 二足而翼謂之禽, 四足而毛謂之獸[21].

鵲[22]巢門戶背太歲, 得非才智也.

鸐[23]雉長毛, 雨雪[24], 惜其尾, 栖高[25]樹杪, 不敢下食, 往往餓死. 時魏[26]景初中天下所說[27].

鸛[28], 水鳥也. 伏卵[29]時, 卵[30]冷則不沸, 取礜[31]石用[32]繞卵, 以時助燥氣. 故方術[33]家以鸛巢中礜石.

山雞有美[34]毛, 自愛其色, 終日映水, 目眩則溺死.[35]

龜[36]三千歲旋於, 卷耳之上.[37]

---

18) 眉: 고금일사본 着

19) 傷: 조본·일본 傷, 고금일사본 傷

20) 收: 조본 収, 일본 収, 고금일사본 收

21) 獸: 조본·일본 獸, 獸, 獸, 獣 혼용.

22) 鵲: 고금일사본 鵲

23) 鸐: 조본·일본 鸐, 고금일사본 鸐

24) 雪: 조본·일본 雪

25) 高: 조본·일본·공문지인본 髙

26) 魏: 조본·일본·고금일사본 魏

27) 說: 조본·일본·공문지인본 說, 고금일사본 說, 교증본 説

28) 鸛: 조본·일본 鸛, 鸛 혼용, 고금일사본 鸛

29) 卵: 조본 夘, 夘 혼용, 일본 夘, 卵 혼용.

30) 卵: 조본 夘, 夘 혼용, 일본 夘, 卵 혼용.

31) 礜: 조본·일본 礜

32) 用: 조본·일본 用, 고금일사본·교증본 周

33) 術: 조본·일본 術, 고금일사본 術

34) 美: 조본·일본 美

35) 山雞有美毛～目眩則溺死: 교증본은 앞 항목에 연결.

36) 龜: 조본·일본 龜, 고금일사본 龜

屠鼉[38], 解[39]其肌肉, 唯腸[40]連其頭, 而經[41]日不死, 猶能齧物. 鳥往食之, 則爲所得. 漁者或以張鳥, 神蛇[42]復[43]續.

蠐螬以背行[44], 快於足用.

《周官》云: "狢不渡汶水, 鸜不渡濟水." 魯[45]國無鸜鵒, 來巢, 記異也.

橘渡江北, 化爲枳. 今之江東, 甚有枳橘.

百足一名馬蚿, 中斷成兩段[46], 各行[47]而去.

【物理】

凡月暈, 隨[48]灰畫之, 隨[49]所畫而闕. [《淮南[50]子》云 : "未詳其法."]

麒麟鬪而日蝕[51], 鯨魚死則彗星出, 嬰皃[52]號婦[53]乳出.

---

37) 旋於, 卷耳之上: 고금일사본·교증본 游于蓮葉, 巢于卷耳之上.

38) 鼉: 조본·일본 鼉, 고금일사본 鼉

39) 解: 고금일사본 觧

40) 腸: 조본·일본 膓, 腸 혼용.

41) 經: 조본·일본 経

42) 蛇: 고금일사본 虵

43) 復: 조본·일본 復, 고금일사본 復

44) 行: 조본·일본 行

45) 魯: 조본·일본 魯, 고금일사본 魯

46) 段: 조본·일본 叚, 고금일사본 叚

47) 行: 조본·일본 行

48) 隨: 조본·일본·고금일사본 隨

49) 隨: 조본·일본·고금일사본 隨

50) 南: 조본·일본 南, 고금일사본 南

51) 蝕: 조본·일본 蝕, 고금일사본 蝕

52) 皃: 조본·일본 皃

《莊[54]子》云[55)]:"地三年種蜀黍, 其後七年多蛇[56)]."

積艾草, 三年後燒, 津液[57)]下流[58)]成鈆[59)]錫, 已試, 有驗[60)].

煎麻油, 水氣盡, 無烟, 不復[61)]沸則還冷, 可內手攪之. 得水則焰[62)]起, 散卒不滅. 此亦試之有驗.

庭州灞水, 以金銀鐵器盛[63)]之皆漏, 唯瓠[64)]葉則不漏.

龍肉以醢漬之, 則文章生.

積油滿萬石, 則自然生火. 武[65)]帝泰始中武[66)]庫火, 積油所致.

【物類】

燒鈆[67)]錫成胡粉, 猶類也.

燒丹朱成水銀, 則不類, 物同類異用者.

---

53) 婦: 조본·일본 婦
54) 莊: 조본·일본 莊, 고금일사본 莊
55) 云: 고금일사본·교증본 曰
56) 蛇: 고금일사본 蛇
57) 液: 조본·일본 液, 고금일사본 液
58) 流: 조본·일본 流
59) 鈆: 鉛의 俗字.
60) 驗: 조본·일본 驗, 騐 혼용
61) 復: 조본·일본 復, 고금일사본 復
62) 焰: 조본·일본 焰, 고금일사본 焰
63) 盛: 고금일사본 盛
64) 瓠: 조본·일본 瓠, 고금일사본 瓠
65) 武: 조본·일본 武
66) 武: 조본·일본 武
67) 鈆: 고금일사본·교증본 鉛

○石 魏[68]文帝[69]所記諸物相似亂者:

武[70]夫怪石似美玉 蛇[71]牀亂蘼蕪

薺苨亂人參[72] 杜衡[73]亂細辛

雄黃似石流[74]黃

鯿魚相亂，以有大小相異

敵休亂門冬 百部似門冬

房葵似狼毒 鉤吻草與[75]荇華相似

拔[76]揳與[77]萆薢[78]相似，一名狗[79]脊.

【藥物】

烏[80]頭·天雄·附子，一物，春秋冬夏採各異也.

遠[81]志，苗曰小草，根曰遠[82]志.

---

68) 魏: 조본·일본·고금일사본 魏

69) ○石 魏文帝: 교증본 魏文帝

70) 武: 조본·일본 武

71) 蛇: 고금일사본 虵

72) 參: 조본·일본 参

73) 衡: 조본·일본 衡, 고금일사본 衡

74) 流: 조본·일본 流

75) 與: 조본·일본 與

76) 拔: 일본 拔, 고금일사본 拔

77) 與: 조본·일본 與

78) 萆薢: 조본·일본 萆薢

79) 狗: 조본 狗, 狗 혼용.

80) 烏: 조본 烏, 일본 烏

81) 遠: 조본·일본 遠, 고금일사본 遠, 遠 혼용.

芎藭[83], 苗曰江蘺, 根曰芎藭.

菊有二種, 苗花如一, 唯味小異, 苦者不中食.

野葛[84]食之殺人. 家葛[85]種之三年, 不收, 後旅生亦不可食.

《神仙傳》云:“松柏脂[86]入地千年化爲茯苓, 茯苓化爲琥珀.” 珀琥一名江珠. 今泰山出茯苓而無琥珀, 益州永昌出琥[87]珀而無茯苓. 或云[88]燒蜂巢所作. 未詳此二說[89].

地黃藍[90]首斷心分根菜[91]種皆生. 女蘿寄生兎絲[92], 兎絲[93]寄生木上, 生根不著地.

堇花朝生夕死.

【藥論】

《神農經[94]》曰: 上藥養[95]命, 謂五石之練[96]形, 六芝之延年也. 中藥養[97]性,

---

82) 遠: 조본·일본 逺, 고금일사본 逺, 遠 혼용.

83) 芎藭: 조본·일본 芎窮, 고금일사본 芎藭

84) 葛: 조본·일본 葛, 고금일사본 葛

85) 葛: 조본·일본 葛, 고금일사본 葛

86) 脂: 조본·일본·고금일사본 脂

87) 琥: 조본·일본 琥, 고금일사본 琥, 琥 혼용.

88) 云: 조본·일본 去, 고금일사본·교증본 云

89) 說: 조본·일본·공문지인본 說, 고금일사본 說, 교증본 説

90) 藍: 조본·일본 藍

91) 菜: 조본·일본 菜

92) 絲: 조본·일본 絲, 絲, 絲 혼용, 고금일사본 絲, 絲 혼용.

93) 絲: 조본·일본 絲, 絲, 絲 혼용, 고금일사본 絲, 絲 혼용.

94) 經: 조본·일본 經

95) 養: 조본·일본 養, 고금일사본 養

合歡[98]蠲忿, 萱草忘憂. 下藥治病, 謂大黃除[99]實, 當歸止痛[100]. 夫命之所以延, 性之所以利, 痛之所以止, 當其藥應以痛也. 偉[101]其藥, 失其應, 卽[102]怨天尤[103]人, 設[104]鬼神矣[105].

《神農經[106]》曰: 藥物有大毒不可入口鼻[107]耳目者, 卽[108]殺人. 一曰鉤吻.[盧氏曰: 陰[109]也. 黃精不相連, 根苗獨生者是也. 二曰鴟[110], 狀如雌鷄[111], 生中山. 三曰陰[112]命, 赤色著木, 懸[113]其子山[114]海中. 四曰內童, 狀如鵝[115], 亦生海中. 五曰鴆[116], 羽如雀, 黑頭赤喙[117], 亦曰蝺虵, 生海中, 雄曰蜥, 雌曰蝺蜥也.][118]

---

96) 練: 조본·일본 練
97) 養: 조본·일본 養, 고금일사본 養
98) 歡: 조본·일본 歡
99) 除: 조본·일본 除, 고금일사본 除
100) 痛: 조본·일본 痛
101) 偉: 고금일사본·교증본 違
102) 卽: 조본·일본 即, 고금일사본 卽
103) 尤: 조본·일본 尤
104) 設: 고금일사본 設
105) 矣: 고금일사본 矣
106) 經: 조본·일본 經
107) 鼻: 조본·일본 鼻, 고금일사본 鼻
108) 卽: 조본·일본 即, 고금일사본 卽
109) 陰: 조본·일본 陰, 陰, 陰, 陰 혼용, 고금일사본 陰, 陰 혼용.
110) 鴟: 조본·일본 鴟, 고금일사본 鴟
111) 鷄: 조본·일본 鷄, 고금일사본·교증본 雞
112) 陰: 조본·일본 陰, 陰, 陰, 陰 혼용, 고금일사본 陰, 陰 혼용.
113) 懸: 고금일사본 懸, 懸 혼용.
114) 山: 조본은 원래 出이나 山으로 수정한 흔적이 있음. 중앙도서관 조본 山, 일본 出
115) 鵝: 조본·일본 鵝, 고금일사본 鵞
116) 鴆: 조본 鴆, 일본 鴆
117) 喙: 조본·일본 喙
118) 일본은 "二曰鴟, 狀如雌鷄, 生中山. 三曰陰命, 赤色著木, 懸其子山海中. 四曰內童, 狀

《神農經[119]》曰: 藥種有五物; 一曰狼毒, 占斯解[120]之; 二曰巴豆, 藿[121]汁解之; 三曰黎[122]盧, 湯解之; 四曰天雄, 烏頭大豆解[123]之; 五曰班茅, 戎鹽[124]解之. 毒采[125]害, 小兒乳汁解, 先食飮二升.

【食忌】

人啖豆三年, 則身重行[126]止難[127].

啖楡則眠, 不欲覺.

啖麥稼, 令人力健行[128].

飮眞[129]茶, 令人少眠.

人常食小豆, 令人肥肌麄[130]燥.

食蕎麥令人骨節斷解.

人食鷰[131]肉, 不可入水, 爲蛟[132]龍所[133]呑.

如鵝, 亦生海中. 五曰鳩, 羽如雀, 黑頭赤喙, 亦曰螭蛫, 生海中, 雄曰蛴, 雌曰螭蛴也."
부분이 본문으로 처리됨.

119) 經: 조본·일본 経

120) 解: 조본·일본 觧, 고금일사본 觧

121) 藿: 조본·일본 藿

122) 黎: 조본·일본·고금일사본 黎, 조본·일본 黎, 黎 혼용.

123) 解: 고금일사본 觧, 觧 혼용.

124) 鹽: 조본·일본 塩

125) 采: 일본 菜

126) 行: 조본·일본 行

127) 難: 조본·일본 難

128) 行: 조본·일본 行

129) 眞: 조본·일본 真, 真 혼용, 고금일사본 眞, 眞 혼용, 교증본 真

130) 麄: 교증본 粗

人食冬葵, 爲狗所齧, 瘡不差或致死.

馬食穀[134], 則足重不能[135]行[136].

鴈[137]食粟, 則翼重不能飛.

【藥術[138]】

胡粉·白石灰[139]等以水和之, 塗鬢鬚[140]不白. 塗訖著油, 單裹令溫煖, 候[141]欲燥[142]未燥間洗之. 湯則不得著晚, 則多折, 用暖湯洗訖, 澤塗之. 欲染, 當熟[143]洗, 鬢鬚有膩[144]不著藥, 臨[145]染時, 亦當拭鬚燥溫之.

陳葵子微[146]火炒, 令爆[147]咤, 散著熟地, 遍蹋之, 朝種暮生, 遠[148]不過[149]

---

131) 鷰: 고금일사본 鷰

132) 蛟: 고금일사본 蛟

133) 所: 고금일사본 所

134) 穀: 조본·일본 穀, 穀 혼용, 고금일사본 穀, 穀 혼용.

135) 能: 고금일사본 能, 能 혼용.

136) 行: 조본·일본 行

137) 鴈: 조본·일본 鴈, 고금일사본 雁, 교증본 雁

138) 術: 조본·일본 術, 고금일사본 術, 術 혼용.

139) 灰: 조본·일본 灰

140) 鬢鬚: 조본·일본 鬢鬚, 고금일사본 鬢鬚

141) 候: 조본·일본 候, 고금일사본 候

142) 燥: 조본·일본 燥

143) 熟: 조본·일본 熟

144) 膩: 조본·일본 膩, 고금일사본 膩

145) 臨: 조본·일본 臨, 臨 혼용, 고금일사본 臨, 臨 혼용.

146) 微: 조본·일본 微, 고금일사본 微

147) 爆: 조본·일본 爆

148) 遠: 조본·일본 遠, 고금일사본 遠, 遠 혼용.

經[150]宿[151]耳.

陳葵子秋種, 覆蓋[152], 令經[153]冬不死, 春有子也.[周日用曰 : 愚聞熟地梢[154]生菜蘭, 擣石流[155]黃篩[156]於其上, 以盆覆之, 卽時可待. 又以變[157]白牡丹爲五色, 皆以沃其根, 以紫草汁則變之紫, 紅花[158]汁則變紅, 並未試, 於理可爲[159]. 此出《爾[160]雅》.]

燒馬蹄羊[161]角成灰, 春夏散著濕地, 生羅[162]勒.

蟹漆[163]相合成爲《神仙藥服[164]食方》云.

【戲[165]術】

削木令圓[166], 擧以向日, 以艾於後成其影, 則得火.

---

149) 過: 조본·일본·고금일사본 過

150) 經: 조본·일본 経

151) 宿: 조본·일본·고금일사본 宿

152) 蓋: 조본·일본 盖, 고금일사본 葢, 고금일사본 盖, 葢 혼용, 盖는 蓋의 속자.

153) 經: 조본·일본 経

154) 梢: 고금일사본 植, 교증본 植

155) 流: 조본·일본 流

156) 篩: 조본·일본 篩

157) 變: 조본·일본 変

158) 花: 조본·일본 花

159) 爲: 고금일사본·교증본 焉

160) 爾: 조본 尔, 일본 尒

161) 羊: 고금일사본 羊

162) 羅: 고금일사본 羅

163) 蟹漆: 조본 蟹漆, 일본 蟹漆

164) 服: 조본·일본 服, 服 혼용, 고금일사본 服

165) 戲: 조본·일본 戱, 고금일사본 戲

166) 圓: 조본·일본·고금일사본 圓

取火法, 如用珠取火, 多有說[167]者, 此未試.

《神農本草》云: 雞卵[168]可作琥珀, 其法取伏卵[169]段黃白渾雜者煮, 及尚軟隨[170]意刻作物, 以苦酒漬數[171]宿, 既堅[172], 內著粉中, 佳者乃亂眞[173]矣. 此世所恒用, 作無不成者.

燒白石作白灰, 既訖, 積著地, 經[174]日都冷, 遇雨及水澆[175]卽[176]更燃, 煙焰[177]起.

五月五日埋蜻蜓頭於西向戶下, 埋至三日不食則化成青眞[178]珠. 又云埋於正中門.

蜥蜴[179]或名蝘蜓[180]. 以器養[181]之, 以朱砂, 體盡赤, 所食滿七斤, 治擣萬[182]杵, 點[183]女人支體, 終年不滅. 唯房室事則滅, 故號守宮.《傳》云[184]: "東方朔語漢武[185]帝, 試之有驗."

---

167) 說: 조본·일본·공문지인본 說, 고금일사본 說, 교증본 説

168) 卵: 조본 夘, 夘 혼용, 일본 夘, 卵 혼용.

169) 卵: 조본 夘, 夘 혼용, 일본 夘, 卵 혼용.

170) 隨: 조본·일본·고금일사본 隨

171) 數: 조본·일본 數, 數, 數, 数 혼용.

172) 堅: 조본·일본 堅

173) 眞: 조본·일본 眞, 真 혼용, 고금일사본 眞, 眞 혼용, 교증본 真

174) 經: 조본·일본 經

175) 澆: 조본·일본·고금일사본 澆

176) 卽: 조본·일본 即, 고금일사본 卽

177) 煙焰: 조본·일본 煙熖, 고금일사본 煙焰, 교증본 烟焰

178) 眞: 조본·일본 眞, 真 혼용, 고금일사본 眞, 眞 혼용, 교증본 真

179) 蜥蜴: 조본·일본 蜥蜴, 고금일사본 蜥蜴, 교증본 蜥蜴

180) 蜓: 조본·일본·고금일사본 蜓

181) 養: 조본·일본 養, 고금일사본 養

182) 萬: 조본·일본 萬

183) 點: 조본·일본 點

184) 云: 조본·일본 云

取鼈挫令如碁子大, 擣赤莧汁和合, 厚以茅苞, 五六日中作, 投池中, 經[186]旬鬻[187]鬻盡成鼈也.

博物志卷第四

---

185) 武: 조본·일본 武

186) 經: 조본·일본 経

187) 鬻: 조본·일본 鬻

博物志卷第五

【方士】

魏[1]武[2]帝好養[3]性法，亦解[4]方藥，招引四方之術士，如左元[5]放·華佗之徒，無不畢[6]至.[周日用曰：曹雖好奇[7]而心道異，如何招引方術之人乎？如因[8]左元放而兼見殺者，若非變化，已至滅身？故有道者不合親[9]之矣. 旣要試術，則可乎?]

魏[10]王所集方士名:

上黨[11]王眞[12]	隴[13]西封君達[14]
甘陵甘始	魯[15]女生
譙[16]國華佗字元化	東郭[17]延年

1) 魏: 조본·일본·고금일사본 䰟
2) 武: 조본·일본 武
3) 養: 조본·일본 養, 고금일사본 養
4) 解: 조본·일본 觧, 고금일사본 解
5) 元: 조본·일본 亢
6) 畢: 조본·일본 畢, 고금일사본 畢
7) 奇: 조본·일본 竒
8) 因: 고금일사본 囚
9) 親: 교증본 村
10) 魏: 조본·일본·고금일사본 䰟
11) 黨: 조본·일본 黨
12) 眞: 조본·일본 㒷, 真 혼용, 고금일사본 眞, 真 혼용, 교증본 真
13) 隴: 조본·일본 隴, 고금일사본 隴
14) 達: 조본·일본 達
15) 魯: 조본·일본 魯, 고금일사본 魯
16) 譙: 조본·일본 譙

唐雪　　冷壽光

河南[18]卜式　　張貂

薊子訓　　汝南[19]費長房

鮮奴辜　　魏[20]國軍吏河南[21]趙[22]聖卿[23]

陽[24]城郄儉[25]字孟節　　盧江左慈字元放

右十六人, 魏[26]文帝·東阿王·仲長統[27]所說[28], 皆能[29]斷穀[30]不食, 分形隱[31]沒[32], 出入不由門戶. 左慈能變[33]形, 幻人視聽[34], 厭刻鬼魅[35], 皆此類也.《周禮》所謂怪民[36],《王制》稱挾左道者也.

魏[37]時方[38]士, 甘陵甘始.

---

17) 郭: 조본·일본 郭

18) 南: 조본·일본 南, 고금일사본 南

19) 南: 조본·일본 南, 고금일사본 南

20) 魏: 조본·일본·고금일사본 魏

21) 南: 조본·일본 南, 고금일사본 南

22) 趙: 조본·일본 趙, 고금일사본 趙

23) 卿: 조본·일본 卿, 교증본 卿

24) 陽: 조본·일본·고금일사본 陽, 陽 혼용.

25) 儉: 조본·일본 儉

26) 魏: 조본·일본·고금일사본 魏

27) 統: 고금일사본 統

28) 說: 조본·일본·공문지인본 說, 고금일사본 說, 교증본 説

29) 能: 조본·일본 能, 能 혼용

30) 穀: 조본·일본 穀, 穀 혼용, 고금일사본 穀, 穀 혼용.

31) 隱: 조본·일본 隱, 고금일사본 隱

32) 沒: 고금일사본 没

33) 變: 조본·일본 變

34) 聽: 조본·일본 聽

35) 魅: 조본·일본 魅, 고금일사본 魅

36) 民: 고금일사본·공문지인본 民

盧江有左慈[39], 陽[40]城有郄儉. 始能行[41]氣導引, 慈曉房中之術[42], 善辟穀不食, 悉號二百歲人. 凡[43]如此之徒, 武[44]帝皆集之於魏[45], 不使遊散. 甘始孝[46]而少容, 冑[47]子建密[48]問其所行[49], 始言木綿[50]姓韓字世雄, 嘗與[51]師於南[52]海作金, 投[53]數[54]萬斤於海. 又取鯉魚一雙[55], 鯉遊行[56]沉[57]浮, 有若處[58]淵[59], 其無藥者已熟而食. 言此藥去此踰[60]遠[61]萬里, 已不可行[62], 不能

---

37) 魏: 조본·일본·고금일사본 魏

38) 方: 조본 方

39) 盧江有左慈: 교증본 앞 항목에 연결.

40) 陽: 조본·일본·고금일사본 陽, 陽 혼용.

41) 行: 조본·일본 行

42) 術: 고금일사본 術

43) 凡: 조본·일본·고금일사본 凡

44) 武: 조본·일본 武

45) 魏: 조본·일본·고금일사본 魏

46) 孝: 일본 老

47) 冑: 일본·고금일사본·교증본 曹

48) 密: 고금일사본 密

49) 行: 조본·일본 行

50) 木綿: 고금일사본·교증본 本師

51) 與: 조본·일본 與

52) 南: 조본·일본 南, 고금일사본 南

53) 投: 고금일사본 投

54) 數: 조본·일본 数, 数, 數 혼용.

55) 雙: 조본·일본·고금일사본 雙

56) 行: 조본·일본 行

57) 沉: 고금일사본 沈, 교증본 沈

58) 處: 조본·일본 處, 고금일사본 處, 處, 處, 處 혼용.

59) 處淵: 조본·일본 處淵

60) 踰: 조본·일본 踰, 교증본 踰

61) 遠: 조본·일본 遠, 고금일사본 遠, 遠 혼용.

62) 行: 조본·일본 行

得也.

皇甫隆[63]遇靑牛道士姓封名君達[64], 其餘[65]養[66]性法, 卽[67]可放用. 大略云: "體欲嘗[68]少, 勞無過[69]虛[70], 食去肥濃[71], 節酸鹹, 減思慮[72], 損[73]喜怒, 除馳[74]逐, 愼[75]房室. 施瀉[76]秋冬閉藏[77]." 詳[78]別篇. 武[79]帝行[80]之有效.

文帝《典論》曰: 陳思王曺[81]植[82]《辯道論》云: 世有吾王, 悉招至之 : 甘陵有甘始, 廬江有左慈, 陽[83]城有郄儉. 始能行[84]氣, 儉善辟穀[85], 悉號三百歲人. 自王與[86]太子及余[87]之兄弟[88], 咸以爲調笑, 不全信之. 然嘗試郄儉辟穀[89]

---

63) 隆: 조본 隆, 일본 隆, 고금일사본 隆
64) 達: 조본·일본 達
65) 餘: 조본·일본·공문지인본 餘, 고금일사본 餘
66) 養: 조본 養, 일본 養, 고금일사본 養
67) 卽: 조본·일본 即, 고금일사본 卽
68) 嘗: 고금일사본·교증본 常
69) 過: 조본·일본·고금일사본 過
70) 虛: 조본·일본 虛, 고금일사본 虛
71) 濃: 조본·일본 濃, 고금일사본 濃
72) 慮: 조본·일본 慮
73) 損: 조본·일본·고금일사본 損
74) 馳: 조본·일본 馳
75) 愼: 조본·일본 愼, 고금일사본 愼, 교증본 慎
76) 瀉: 조본 瀉, 일본 瀉, 고금일사본 瀉
77) 藏: 조본·일본 藏, 고금일사본 藏
78) 詳: 고금일사본·교증본 없음.
79) 武: 조본·일본 武
80) 行: 조본·일본 行
81) 曺: 일본·고금일사본·교증본 曹
82) 植: 조본·일본 植, 고금일사본 植, 교증본 植
83) 陽: 조본·일본·고금일사본 陽, 陽 혼용.
84) 行: 조본·일본 行
85) 穀: 조본·일본 穀, 穀 혼용, 고금일사본 穀, 穀 혼용.

百日, 猶與[90]寢處[91], 行[92]步起[93]居自若也. 夫人不食七日則死, 而儉乃能如是. 左慈脩[94]房中之術, 善[95]可以終命, 然非有至情, 莫[96]能行[97]也. 甘始老而少容, 自諸術士, 咸共[98]歸之, 王使郄孟節主領諸人.

近魏[99]明帝時, 河東有焦生者, 裸而不衣, 處[100]火不燋[101], 入水不凍. 杜恕爲太守, 親所呼見, 皆有實事.[周日用曰: 焦孝然邇[102]河居一菴, 大雪, 庵倒, 人已爲死, 而視之, 蒸氣於雪, 略[103]無變色. 時或折薪惠人而已, 故《魏[104]書》云: "自義[105]皇以來, 一人而已."]

潁[106]川陳元方·韓元長, 時之通才者. 所以並信有仙者, 其父時所傳聞. 河南[107]密縣有成公, 其人出行[108], 不知所至, 復[109]來還, 語其家云: "我得仙."

---

86) 與: 조본·일본 與
87) 余: 조본·일본 余
88) 弟: 조본·일본 弟, 고금일사본 弟
89) 穀: 조본·일본 穀, 榖 혼용, 고금일사본 榖, 穀 혼용.
90) 與: 조본·일본 與
91) 處: 조본·일본 䖏, 고금일사본 処, 處, 處, 處 혼용.
92) 行: 조본·일본 行
93) 起: 조본·일본 起, 고금일사본 起
94) 脩: 조본·일본 脩, 고금일사본 修, 교증본 修
95) 善: 고금일사본·교증본 없음.
96) 莫: 조본·일본 莫
97) 行: 조본·일본 行
98) 共: 고금일사본 共
99) 魏: 조본·일본·고금일사본 魏
100) 處: 조본·일본 䖏, 고금일사본 処, 處, 處, 處 혼용.
101) 燋: 조본·일본 燋
102) 邇: 조본·일본 邉, 고금일사본·교증본 邊
103) 略: 조본·일본 畧, 고금일사본 略
104) 魏: 조본·일본·고금일사본 魏
105) 義: 조본·일본 義, 고금일사본 義, 교증본 義
106) 潁: 조본·일본·고금일사본 頴

因與[110]家人辭訣而去, 其步漸高[111], 良久[112]乃沒而不見. 至令[113]密[114]縣傳其仙去. 二君以信有仙, 蓋[115]由此也.[周日用曰: 豈[116]惟三子乎?]

栢[117]譚《新論》說[118]方士有董仲君, 罪繫[119]獄, 佯死, 臭自陷[120]出, 旣而復[121]生.

黃帝問天老曰: "天地所生, 豈有食之令人不死者乎?" 天老曰: "太陽[122]之草, 名曰黃精, 餌而食之, 可以長生. 太陰[123]之草, 名曰鉤吻, 不可食, 入口立死. 人信鉤吻之殺人, 不信黃精之益壽, 不亦惑乎?"[周日用曰 : 草旣[124]殺人, 仍無益壽者也, 若殺人無驗[125], 則益壽不可信矣.]

---

107) 南: 조본·일본 南, 고금일사본 南

108) 行: 조본·일본 行

109) 復: 조본·일본 復, 고금일사본 復

110) 與: 조본·일본 與

111) 高: 조본·일본·공문지인본 高

112) 久: 조본·일본 久

113) 令: 조본 令, 일본 令, 고금일사본 令, 교증본 今

114) 密: 조본·일본·고금일사본 密

115) 蓋: 조본·일본 盖, 고금일사본 蓋, 고금일사본 盖, 蓋 혼용, 盖는 蓋의 속자.

116) 豈: 고금일사본 豈

117) 栢: 일본·고금일사본·교증본 桓

118) 說: 조본·일본·공문지인본 說, 고금일사본 說, 교증본 説

119) 繫: 조본·일본 繫, 고금일사본 繫

120) 陷: 조본·일본 陷, 고금일사본 陷

121) 復: 조본·일본 復, 고금일사본 復

122) 陽: 조본·일본·고금일사본 陽, 陽 혼용.

123) 陰: 조본·일본 陰, 陰, 陰, 陰 혼용, 고금일사본 陰, 陰 혼용.

124) 旣: 조본·일본 旣, 고금일사본 旣, 교증본 既

125) 驗: 조본·일본 驗

【服食】

左元放荒年[126]法: 擇[127]大豆麄細調匀, 必生熟[128]按之, 令有光, 煙氣徹豆心內. 先不食一日, 以冷水頓服[129]訖. 其魚肉菜果不得復[130]經[131]口, 渴卽[132]飮水, 愼[133]不可煖飮. 初小困, 十數[134]日後, 體力壯健, 不復[135]思食.

鮫[136]法服[137]三升爲劑, 亦當隨[138]入[139]先食多少[140]增損之. 盛[141]豊欲還者煮[142]葵子及脂[143]蘇, 服[144]肉羹[145]漸漸飮之, 須[146]豆下乃可食. 豆未盡[147]而以實物腸[148]塞, 則殺人矣. 此未試, 或可以然.[周日用曰; 又一法[149]臘[150]塗黏

126) 荒年: 고금일사본 荒年
127) 擇: 조본·일본 擇
128) 熟: 조본·일본 熟, 고금일사본 熟
129) 服: 조본·일본 服, 服 혼용, 고금일사본 服
130) 復: 조본·일본 復, 고금일사본 復
131) 經: 조본·일본 經
132) 卽: 조본·일본 即, 고금일사본 卽
133) 愼: 조본·일본 愼, 고금일사본 愼, 교증본 慎
134) 數: 조본·일본 數, 數, 数 혼용.
135) 復: 조본·일본 復, 고금일사본 復
136) 鮫: 조본·일본 鮫, 고금일사본 鮫
137) 服: 조본·일본 服, 服 혼용, 고금일사본 服
138) 隨: 조본·일본·고금일사본 隨
139) 隨入: 조본 隨入, 일본 常々, 고금일사본 隨入
140) 少: 고금일사본 少
141) 盛: 고금일사본 盛
142) 煮: 고금일사본 煮
143) 脂: 조본·일본·고금일사본 脂
144) 服: 조본·일본 服, 服 혼용, 고금일사본 服
145) 羹: 조본·일본 羹
146) 須: 조본·일본 湏
147) 盡: 조본·일본 盡

餠, 炙餠令熟[151], 卽[152]塗之, 以意量多少卽[153]食之, 如常渴卽[154]飮冷水, 忌熟[155]茶耳.]

《孔子家語》曰: "食水者乃耐寒[156]而苦浮, 食土者無心不息, 食木者多而不治, 食石者肥澤而不老, 食草者善走[157]而愚, 食桑者有緖而蛾[158], 食肉者勇而悍, 食氣者神明而壽, 食穀[159]者智慧[160]而夭, 不食者不死而神."《仙傳》曰: "雜[161]食者, 百病妖邪之所鍾焉."

西域有蒲萄[162]酒, 積年不敗, 彼俗云: "可十年飮之, 醉彌[163]月乃解."

所食逾少, 心開逾益, 所食逾多, 心逾塞, 年逾損焉.

【辨方士】

漢淮南[164]王謀反被誅, 亦云得道輕[165]擧.[周日用曰:《漢書》云: 淮南[166]自刑, 應

---

148) 腸: 조본·일본 膓, 腸 혼용.

149) 又一法: 고금일사본·교증본 一說

150) 臘: 조본·일본 臈, 고금일사본 臈, 교증본 臈

151) 熟: 조본·일본 熟, 고금일사본 熟, 교증본 熟

152) 卽: 조본·일본 即, 고금일사본 卽

153) 卽: 조본·일본 即, 고금일사본 卽

154) 卽: 조본·일본 即, 고금일사본 卽

155) 熟: 조본·일본 熟, 고금일사본 熟, 교증본 熟

156) 寒: 고금일사본 寒

157) 走: 고금일사본 走

158) 蛾: 고금일사본 蛾

159) 穀: 조본·일본 穀, 穀 혼용, 고금일사본 穀, 穀 혼용.

160) 慧: 조본·일본 慧, 고금일사본 慧 교증본 慧

161) 雜: 고금일사본 雜

162) 萄: 조본·일본 萄, 고금일사본 萄

163) 彌: 조본 弥, 일본 弥

164) 南: 조본·일본 南, 고금일사본 南

不然乎[167)]? 得道輕擧, 非虛事也. 至今淮[168)]揚[169)]境內, 馬迹猶[170)]存. 且日與[171)]成公同處[172)], 皆上品眞[173)]人耳. 旣談道德, 肯圖[174)]叛[175)]逆之事? 況恒行[176)]陰[177)]旨, 好書鼓, 不善弋獵[178)], 《淮南[179)]內書》言神仙黃白之術, 去反事遠[180)]矣. 夫古今書傳多黜[181)]仙道者, 慮帝王公侯[182)]廢[183)]萬機[184)], 而慕其道, 故急[185)]而不書, 唯老耻[186)]不可掩而云, 二百歲後, 西遊流[187)]少[188)], 不知所之. 庾[189)]書云蜀有女道二[190)]謝自然, 白日上昇, 此外歷代史籍未嘗[191)]言

---

165) 輕: 조본·일본 軽, 공문지인본 軽
166) 南: 조본·일본 南, 고금일사본 南
167) 乎: 조본·일본 乎
168) 淮: 고금일사본·교증본 維
169) 揚: 고금일사본 陽, 교증본 陽
170) 猶: 조본·일본·고금일사본 猶, 교증본 猶
171) 與: 조본·일본 與
172) 處: 조본·일본 處, 고금일사본 処, 處, 處, 處 혼용.
173) 眞: 조본·일본 真, 真 혼용, 고금일사본 真, 真 혼용, 교증본 真
174) 圖: 조본·일본 圗, 고금일사본 圖
175) 叛: 조본·일본 叛
176) 行: 조본·일본 行
177) 陰: 조본·일본 陰, 陰, 陰, 陰 혼용, 고금일사본 陰, 陰 혼용.
178) 獵: 조본·일본 獵, 고금일사본 獵
179) 南: 조본·일본 南, 고금일사본 南
180) 遠: 조본·일본 遠, 고금일사본 遠, 遠 혼용.
181) 黜: 조본·일본 黜
182) 侯: 조본 侯, 侯, 侯 혼용, 일본 侯, 侯, 侯, 侯 혼용, 고금일사본 侯, 侯 혼용.
183) 廢: 조본·일본 廢, 고금일사본 廢
184) 機: 조본·일본 機
185) 急: 조본·일본 急, 고금일사본 隱, 교증본 隱
186) 耻: 고금일사본·교증본 聃
187) 流: 조본·일본 流
188) 少: 조본·일본 少, 고금일사본 沙
189) 庾: 조본·일본 庾, 고금일사본 庾, 교증본 庚
190) 二: 조본 일본·고금일사본·교증본 士
191) 嘗: 조본·일본 嘗, 고금일사본 嘗

也.]

鉤[192]弋夫人被殺於雲陽[193], 而言尸解柩空.[周日用曰: 史云夫人被大風拔[194]樹, 揚沙[195]揭石, 亦不云尸解柩空.]

文[196]《典論》云: 議郞李覃學郄儉辟穀[197]服[198]茯苓, 飮水中不寒[199], 洩痢殆至殞[200]命. 軍祭酒弘農[201]董芬學甘始鴟視狼顧, 呼吸吐納, 爲之過[202]差, 氣閉不通, 良久[203]乃蘇[204]. 寺人嚴峻就左慈學補道[205]之術, 閹豎眞[206]無事於斯, 而逐聲[207]若[208]此[209].

又云: 王仲統云: 甘始·左元放·東郭延年, 行[210]容成御婦[211]人法, 並爲丞相所錄[212]. 間行[213]其術, 亦得其驗[214]. 降[215]就[216]道士劉景受雲[217]母九子

---

192) 鉤: 조본·일본 鈎
193) 陽: 조본·일본·고금일사본 陽, 陽 혼용.
194) 拔: 조본·일본 拔
195) 沙: 조본·일본·고금일사본 沙, 조본·일본 沙, 沙 혼용.
196) 文: 조본 중 공문서관 소장본은 글자가 명확치 않으나 중앙도서관 소장본은 文
197) 穀: 조본·일본 穀, 穀 혼용, 고금일사본 穀, 穀 혼용.
198) 服: 고금일사본·교증본 食
199) 不寒: 일본 丕塞
200) 殞: 조본·일본 殞
201) 農: 조본·일본 農, 고금일사본 農
202) 過: 조본·일본·고금일사본 過
203) 久: 조본·일본 久
204) 蘇: 조본·일본 蘇
205) 道: 고금일사본·교증본 導
206) 眞: 조본·일본 眞, 眞 혼용, 고금일사본 眞, 眞 혼용, 교증본 真
207) 聲: 조본·일본 聲, 聲 혼용, 고금일사본 聲
208) 若: 조본·일본 若
209) 此: 조본·일본 此
210) 行: 조본·일본 行
211) 婦: 조본·일본 婦
212) 錄: 조본·일본 錄, 교증본 録

元方, 年三百歲, 莫[218]之所在. 武[219]帝恒御此藥, 亦云有驗. 劉德[220]治淮南[221]王獄, 得《枕[222]中鴻[223]寶[224]祕[225]書》, 及子向咸[226]而奇[227]之. 信黃白之術可成, 謂神仙之道可致, 卒亦無驗, 乃以罹[228]罪也.[周日用曰: 神仙之道, 學之匪一朝一夕而可得. 黃白者也, 仍須[229]有分, 昇騰[230]者應須[231]有骨, 安可偶然而得效也.]

劉根不覺飢[232]渴. 或謂能忍[233]盈虛[234], 王仲都當盛夏之月, 十爐[235]火炙之不熱[236]; 當嚴冬之時, 裸之而不寒. 恒山君以爲性耐寒暑. 恒山以無仙道,

---

213) 行: 조본·일본 行

214) 驗: 조본·일본 騐

215) 降: 조본·일본·고금일사본 降

216) 就: 조본·일본 就

217) 雲: 조본·일본 雲

218) 莫: 조본·일본 莫

219) 武: 조본·일본 武

220) 德: 조본·일본 徳

221) 南: 조본·일본 南, 고금일사본 南

222) 枕: 조본·일본 枕

223) 鴻: 조본·일본 鸿

224) 寶: 조본·일본 寳, 공문지인본 宝

225) 祕: 고금일사본·교증본 秘

226) 咸: 일본 感

227) 奇: 조본·일본 竒

228) 罹: 조본·일본·고금일사본 罹

229) 須: 조본·일본 湏

230) 騰: 조본·일본 騰

231) 須: 조본·일본 湏

232) 飢: 조본·일본 飢, 고금일사본·교증본 饑

233) 忍: 조본·일본 忍

234) 虛: 고금일사본 虗, 교증본 虚

235) 爐: 조본·일본 爐, 고금일사본 鑪, 교증본 鑪

236) 熱: 조본·일본 熱, 고금일사본 熱

好奇[237]者爲之，前者已述焉.

司馬遷云: 無堯[238]以天下讓[239]許由事. 楊[240]雄亦云: 誇[241]大者爲之. 楊[242]雄又云: 無仙道. 栢[243]譚[244]亦國[245].

博物志卷之五

237) 奇: 조본·일본 竒
238) 堯: 조본·일본·고금일사본 尭, 고금일사본 垚, 垚 혼용.
239) 讓: 조본·일본 讓
240) 楊: 조본·일본 楊, 고금일사본 楊, 교증본 揚
241) 誇: 조본·일본·고금일사본 誇
242) 楊: 조본·일본 揚
243) 栢: 고금일사본栢, 교증본 桓
244) 譚: 조본·일본 譚
245) 國: 일본·고금일사본·교증본 同

博物志卷第六

【人名攷[1]】

昔[2]彼高[3]陽[4], 是生伯鯀, 布土, 取帝之息壤[5], 以塡[6]洪[7]水.

殷[8]三仁: 微[9]子 · 箕子 · 比干.

文王四友: 南[10]宮括 · 散宜[11]生 · 閎[12]夭 · 太顚[13], 仲尼[14]四友: 顔淵[15] · 子貢 · 子路 · 子張.

曺[16]參[17]字敬伯[18].

---

1) 攷: 교증본 考
2) 昔: 고금일사본 㫺
3) 高: 조본 · 일본 · 공문지인본 髙
4) 陽: 조본 · 일본 · 고금일사본 陽, 陽 혼용.
5) 壤: 고금일사본 壤
6) 塡: 조본 · 일본 塡, 고금일사본 塡, 교증본 塡
7) 洪: 고금일사본 洪
8) 殷: 조본 · 일본 殷, 고금일사본 殷
9) 微: 조본 · 일본 㣲
10) 南: 조본 · 일본 南, 고금일사본 南
11) 宜: 조본 · 일본 冝
12) 閎: 조본 閎
13) 顚: 조본 · 일본 顚, 고금일사본 顚, 고금일사본 颠
14) 尼: 고금일사본 𡰥
15) 顔淵: 조본 · 일본 顔淵, 고금일사본 顔淵
16) 曺: 일본 · 고금일사본 · 교증본 曹
17) 參: 조본 · 일본 叅
18) 敬伯: 고금일사본 · 교증본 伯敬

蔡[19]伯喈母，袁[20]公妹曜[21]鄉[22]姑也.

古之善射者甘蠅[23]，蠅之弟[24]子曰飛衛[25].

平原管輅善卜筮，解[26]鳥語.

蔡邕有書萬卷，漢末年載數[27]車與[28]王粲. 粲[29]亡[30]後，相國椽[31]魏[32]諷謀反[33]，粲子與[34]焉. 既[35]被誅，邕所與[36]粲書，悉入粲族子葉[37]字長緒，卽[38]正宗父，正宗卽[39]輔嗣兄也. 初粲與[40]族兄凱避地荊[41]州依劉表，表有女. 表愛粲才，欲以妻之，嫌[42]其形陋周率，乃謂曰: "君才過[43]人而體陋[44]躁，非女

---

19) 蔡: 조본·일본 蔡, 고금일사본 蔡

20) 袁: 조본·일본 袁, 고금일사본 袁

21) 曜: 조본·일본 曜

22) 鄉: 조본·일본 鄉, 고금일사본 卿, 교증본 卿

23) 蠅: 조본·일본 蠅, 고금일사본 蠅

24) 弟: 조본·일본 弟, 고금일사본 弟

25) 衛: 조본·일본 衛, 衛 혼용, 고금일사본 衛

26) 解: 조본·일본 觧, 고금일사본 解

27) 數: 조본·일본 數, 數, 数, 数 혼용.

28) 與: 조본·일본 與

29) 粲: 조본·일본 粲

30) 亡: 조본·일본·고금일사본 亾, 亡: 조본·일본 亡, 亾 혼용.

31) 椽: 조본·일본 椽, 교증본 掾

32) 魏: 조본·일본·고금일사본 魏

33) 反: 조본·일본 反

34) 與: 조본·일본 與

35) 既: 조본·일본 旣, 고금일사본 旣, 교증본 既

36) 與: 조본·일본 與

37) 葉: 조본·일본 葉, 고금일사본 葉

38) 卽: 조본·일본 卽, 고금일사본 卽

39) 卽: 조본·일본 即, 고금일사본 卽

40) 與: 조본·일본 與

41) 荊: 조본·일본·고금일사본·교증본 荆

婿[45]才." 凱有風貌, 乃妻凱, 生葉, 卽[46]女所生.

太江[47]長陳寔, 寔子鴻臚卿[48]紀, 紀[49]子司空群[50], 群子泰, 四世於漢·魏[51]今[52]朝有重名, 而其德[53]漸小減[54], 故時人爲其語曰: "公慚[55]卿, 卿慚慚[56]長."

【文籍攷[57]】

聖人制作曰經[58], 賢[59]者著述曰傳, 鄭玄注《毛詩》曰箋, 不解此意. 或云毛公嘗[60]爲北海郡守[61], 玄是此[62]郡人, 故以爲敬.

---

42) 嫌: 조본·일본 嫌

43) 過: 조본·일본·고금일사본 過

44) 陋: 고금일사본 貌, 교증본 貌, 중앙도서관 소장 조본 □, 공문지인본 □.

45) 婿: 조본·일본·고금일사본 壻, 교증본 壻

46) 卽: 조본·일본 即, 고금일사본 卽

47) 江: 고금일사본·교증본·공문지인본 丘

48) 臚卿: 조본·일본 臚卿, 교증본 臚卿

49) 紀: 조본·일본·고금일사본 紀

50) 群: 고금일사본 羣, 교증본 羣

51) 魏: 조본·일본·고금일사본 魏

52) 今: 고금일사본·교증본 二

53) 德: 조본·일본 徳

54) 減: 고금일사본·교증본 減

55) 慚: 고금일사본 慙, 교증본 慚

56) 慚: 고금일사본 慙, 교증본 慚

57) 攷: 교증본 考, 攷는 考의 고자

58) 經: 조본·일본 經

59) 賢: 조본·일본 賢

60) 嘗: 조본·일본 嘗, 고금일사본 嘗

何休注《公羊傳》, 云"何氏學". 又不能解者. 或荅[63]云: 休謙[64]詞, 受學於師, 乃宣此義不出於己[65]. 此言爲允.

太古書今見存有《神農經[66]》·《山海經[67]》, 或云禹所作. 《周易》, 蔡邕云: 《禮記·月令》周公作.[周日用曰: 《禮記[68]》䟽[69]云: 第一是呂不韋《春秋》, 明呂氏所制. 蔡邕云: 周公, 未之詳也.]

《謚法》·《司馬法》, 周公所作.

余[70]友[71]下邳陳德龍謂余[72]言曰: 《靈光殿賦》, 溥爲且城[73]王子山所作. 子山嘗之泰山, 從[74]飽子眞[75]學筭[76], 過[77]魯[78]國而都殿[79]賦之. 還歸[80]本州, 溺死湘水, 時年二十餘[81]也.

---

61) 守: 조본·일본 守
62) 此: 일본 北
63) 荅: 고금일사본·교증본 答
64) 謙: 조본·일본 謙
65) 己: 조본·일본·고금일사본 巳
66) 經: 조본·일본 経
67) 經: 조본·일본 経
68) 記: 조본·일본·고금일사본 記
69) 䟽: 조본·일본 䟽, 고금일사본 䟽, 교증본 疏
70) 余: 조본·일본 余
71) 友: 조본·일본 友
72) 余: 조본·일본 余
73) 溥爲且城: 고금일사본 南郡冝城, 교증본 南郡宜城
74) 從: 조본·일본 従
75) 眞: 조본·일본 真, 真 혼용, 고금일사본 眞, 真 혼용, 교증본 真
76) 筭: 고금일사본·교증본 算
77) 過: 조본·일본·고금일사본 過
78) 魯: 조본·일본 魯, 고금일사본 魯
79) 殿: 조본·일본 殿, 고금일사본 殿
80) 歸: 고금일사본 歸
81) 餘: 조본·일본·공문지인본 餘, 고금일사본 餘

【地理攷[82)]】

周自后稷至于[83)]文·武[84)], 皆都關中, 號爲宗周. 秦[85)]爲阿房殿, 在長安西南[86)]二十里. 殿東西千步[87)], 南[88)]北三百步, 上可以坐萬人, 庭[89)]中受十萬人. 二世[90)]爲趙[91)]高[92)]所殺[93)]於宜春宮, 在杜[94)]城南[95)]三里, 葬[96)]於旁[97)].

周[98)]時德澤盛, 蒿[99)]大以爲宮柱, 名曰蒿宮.

姜厚[100)]嗣祠在墉[101)]城, 長安西南[102)]三十里.

盜跖[103)]冢在太陽[104)]縣[105)]西.

---

82) 攷: 교증본 考, 攷는 考의 고자.
83) 于: 고금일사본 於, 於 혼용, 교증본 於
84) 武: 조본·일본 武
85) 秦: 조본·일본 秦
86) 南: 조본·일본 南, 고금일사본 南
87) 步: 조본·일본·고금일사본 步
88) 南: 조본·일본 南, 고금일사본 南
89) 庭: 고금일사본 庭
90) 世: 조본·일본 丗
91) 趙: 조본·일본 趙, 고금일사본 趙
92) 高: 조본·일본·공문지인본 高
93) 殺: 고금일사본 殺, 이하 동일.
94) 杜: 조본·일본 杜
95) 南: 조본·일본 南, 고금일사본 南
96) 葬: 조본·일본 葬
97) 旁: 고금일사본 旁
98) 周: 교증본 堯
99) 蒿: 고금일사본 蒿
100) 厚: 조본·일본 厚, 고금일사본 厚
101) 墉: 조본·일본 墉
102) 南: 조본·일본 南, 고금일사본 南
103) 跖: 고금일사본 跖

趙[106]鞅冢在臨[107]水縣界[108].

始皇陵在驪[109]山之北, 高[110]數[111]十丈[112], 周廻六七里. 今在陰[113]盤[114]縣界. 北陵雖高[115]大, 不足[116]以銷六丈[117]冰, 背陵鄣[118], 使東西流[119]. 又此山名運取[120]大石於渭北諸, 故歌曰: "運石甘泉口, 渭水爲不流[121]. 千人唱, 萬人鉤, 金陵餘[122]石大如堰土屋[123]." 其銷功[124]力皆如此類[125].[盧氏曰: 秦[126]氏奢侈, 自知葬用珍寶[127]多, 故高[128]作陵園山者[129], 從[130]難發也, 高[131]則難上, 固則

104) 陽: 조본·일본·고금일사본 陽, 陽 혼용.
105) 縣: 고금일사본 縣, 교증본 縣
106) 趙: 조본·일본 趙, 고금일사본 趙
107) 臨: 조본·일본 臨, 臨 혼용, 고금일사본 臨, 臨 혼용.
108) 界: 조본·일본 界
109) 驪: 조본·일본 驪
110) 高: 조본·일본·공문지인본 高
111) 數: 조본·일본 數, 數, 數, 数 혼용.
112) 丈: 조본·일본 丈
113) 陰: 조본·일본 陰, 陰, 陰, 陰 혼용, 고금일사본 陰, 陰 혼용.
114) 盤: 조본·일본 盤, 고금일사본 盤
115) 高: 조본·일본·공문지인본 高
116) 足: 조본·일본 足
117) 丈: 조본·일본 丈
118) 鄣: 교증본 障
119) 流: 조본·일본 流
120) 取: 조본·일본 取
121) 流: 조본·일본 流
122) 餘: 조본·일본·공문지인본 餘, 고금일사본 餘
123) 如堰土屋: 교증본 如堰(土屋)
124) 功: 조본 功
125) 類: 일본 類
126) 秦: 조본·일본 秦
127) 寶: 조본·일본 寶

難[132]攻, 項羽爭[133]衡[134]之時發其陵, 未詳[135]其至棺否?]

舊洛陽[136]字作水邊[137]各, 火行[138]也, 忌[139]水, 故去水而加佳. 又魏[140]於行[141]次爲土, 水得土而流, 土得水而柔, 故復[142]佳加水, 變雒爲洛焉[143].

洞庭君山, 帝之二女居[144]之, 曰湘夫人. 又《荊州圖[145]經[146]》曰: "湘君所遊, 故曰君山."

《南[147]荊賦》: 江陵有臺[148]甚大, 而有一柱, 衆[149]木皆拱[150]之.

---

128) 高: 조본·일본·공문지인본 髙
129) 者: 고금일사본 ■, 교증본 麓
130) 從: 조본·일본 從
131) 高: 조본·일본·공문지인본 髙
132) 難: 조본·일본 難
133) 爭: 조본·일본 争, 고금일사본 爭, 교증본 争
134) 衡: 조본·일본 衡, 고금일사본 衡
135) 詳: 고금일사본 詳
136) 陽: 조본·일본·고금일사본 陽, 陽 혼용.
137) 邊: 조본·일본 邊
138) 行: 조본·일본 行
139) 忌: 조본·일본·고금일사본 忌
140) 魏: 조본·일본·고금일사본 魏
141) 行: 조본·일본 行
142) 復: 조본·일본 復, 고금일사본 復
143) 焉: 조본·일본 焉
144) 居: 조본·일본 居
145) 圖: 조본·일본 圖, 고금일사본 圖
146) 經: 조본·일본 經
147) 南: 조본·일본 南, 고금일사본 南
148) 臺: 조본·일본 臺
149) 衆: 조본·일본 衆, 고금일사본 衆
150) 拱: 고금일사본 拱

【典禮攷[151]】

三讓: 一曰讓禮[152], 二曰固讓, 三曰終讓.

漢丞秦[153], 群臣上書皆曰昧死言.

王莽盜仿[154]慕古[155], 法[156]昧死曰稽[157]首[158], 光武[159]因而不改[160].

肉刑, 明王之制, 荀卿[161]每論之. 至漢文帝感[162]太倉公女之言而廢[163]之. 班固著論宜[164]復[165]. 迄漢末魏[166]初, 陳紀[167]又論宜申古制, 孔融[168]云不可. 復[169]欲[170]申之, 鍾繇[171]·王朗不同, 遂寢[172]. 夏侯[173]玄·李勝·曹[174]羲

151) 攷: 교증본 考, 攷는 考의 고자.

152) 讓禮: 교증본 禮讓

153) 秦: 조본·일본 秦

154) 仿: 고금일사본·교증본 位

155) 王莽盜仿慕古: 교증본 앞 항목에 연결.

156) 法: 고금일사본·교증본 去

157) 稽: 조본·일본 稽, 고금일사본 稽

158) 首: 고금일사본 首

159) 武: 조본·일본 武

160) 改: 조본·일본 改, 고금일사본 改

161) 卿: 조본·일본 卿, 고금일사본 卿

162) 感: 조본·일본 感, 고금일사본 感

163) 廢: 고금일사본 廢

164) 宜: 조본·일본 宜, 고금일사본 宜, 宜 혼용

165) 復: 조본·일본 復, 고금일사본 復

166) 魏: 조본·일본·고금일사본 魏

167) 紀: 조본·일본 紀, 고금일사본 紀

168) 融: 조본·일본 融, 고금일사본 融

169) 復: 조본·일본 復, 고금일사본 復

170) 欲: 조본·일본 欲

171) 繇: 조본·일본 繇, 고금일사본 繇

172) 寢: 조본·일본 寢, 고금일사본·교증본 寢

·丁謐建私議, 各有彼此[175], 多去[176]時未可復[177], 故遂逭焉.

上公備[178]物九錫[179]: 一·大輅各一, 玄牡二駟[180]. 二·袞[181]冕之服[182], 赤舄[183]副之. 三·軒懸[184]之樂, 六佾之舞. 四·朱戶以居. 五·納陛[185]以登[186]. 六·虎[187]賁之士三百人. 七·鈇鉞各一. 八·彤[188]弓一, 彤矢百, 旅弓[189]十, 旅矢千. 九·秬鬯[190]一, 卣珪瓚[191]副之.

【樂攷[192]】

漢末喪亂[193]無金[194]石之樂, 魏[195]武[196]帝至漢中得杕[197]夔[198]舊法, 始後

173) 矦: 조본 侯, 𥎦, 𥏠 혼용, 일본 矦, 侯, 𥏠, 𥎦 혼용, 고금일사본 𥎦, 侯 혼용.
174) 曺: 일본·고금일사본·교증본 曹
175) 此: 조본·일본 𣥏
176) 去: 일본 端
177) 復: 조본·일본 復, 고금일사본 復
178) 備: 조본·일본·교증본 備, 고금일사본 俻
179) 錫: 조본·일본 錫
180) 駟: 조본·일본 駟
181) 袞: 조본·일본 衮, 고금일사본 衮, 교증본 衮
182) 服: 조본·일본 服, 服 혼용, 고금일사본 服
183) 舄: 조본·일본 舄
184) 懸: 고금일사본 懸, 懸 혼용. 교증본 懸
185) 陛: 조본·일본·고금일사본 陛
186) 登: 조본·일본 登
187) 虎: 조본·일본 虎, 虎 혼용, 고금일사본 虎, 虎 혼용.
188) 彤: 조본·일본 彤
189) 弓: 조본·일본 弓, 고금일사본 弓
190) 鬯: 일본 鬯
191) 瓚: 조본·일본·고금일사본 瓚
192) 攷: 교증본 考, 攷는 考의 고자.

設[199]軒懸[200]鍾[201]磬[202], 至於今用之, 於虁也.

【服飾攷[203]】

漢末喪亂, 絶無玉佩, 始復[204]作之. 今之玉佩, 受於王粲[205].

古者男子皆絲[206]衣, 有故乃素服[207]. 又有冠無幘, 故雖凶事, 皆著冠也.

漢中興, 士人皆冠葛[208]巾. 建安巾.

魏[209]武[210]帝造白帢[211], 於是遂廢, 唯二學書生猶著也.

---

193) 喪亂: 조본·일본 喪亂

194) 盆: 고금일사본·교증본 金

195) 魏: 조본·일본·고금일사본 魏

196) 武: 조본·일본 武

197) 朴: 고금일사본·교증본 杜

198) 虁: 고금일사본 虁, 虁 혼용.

199) 設: 고금일사본 設

200) 懸: 고금일사본 懸, 懸 혼용.

201) 鍾: 고금일사본·교증본 鐘

202) 磬: 조본·일본 磬, 고금일사본 磬

203) 攷: 교증본 考, 攷는 考의 고자.

204) 復: 조본·일본 復, 고금일사본 復

205) 粲: 조본·일본 粲

206) 絲: 조본·일본 絲, 絲, 絲 혼용, 고금일사본 絲, 絲 혼용.

207) 服: 조본·일본 服, 服 혼용, 고금일사본 服

208) 葛: 조본·일본 葛, 葛 혼용, 고금일사본 葛

209) 魏: 조본·일본·고금일사본 魏

210) 武: 조본·일본 武

211) 魏武帝造白帢: 교증본은 앞 항목으로 연결.

【器名攷[212]】

寶[213]劒名: 鈍鉤·湛盧·豪[214]曺[215]·魚腸[216]·巨闕[217], 五劒皆歐[218]冶子所作. 龍泉·太阿[219]·上[220]市, 三劒皆楚[221]石王者作[222].

風胡子因吳[223]請干將[224], 歐冶子作. 干將[225]陽[226]龍文, 莫邪陰[227]漫理, 此二劒[228]吳[229]王使干將[230]作. 莫邪, 干將[231]妻也.[夫妻甚喜作劒也.]

赤刀, 周之寶[232]器也.

---

212) 攷: 교증본 考, 攷는 考의 고자.
213) 寶: 조본·일본 寳
214) 豪: 조본·일본 豪
215) 曺: 일본·고금일사본·교증본 曹
216) 腸: 조본·일본 腸, 腸 혼용.
217) 闕: 고금일사본 闕
218) 歐: 조본·일본 歐
219) 阿: 조본·일본 阿
220) 上: 교증본 士
221) 楚: 조본·일본 楚
222) 楚石王者作: 중앙도서관 소장 조본 楚□王者□, 공문도서관 소장 조본은 石과 者 위에 후인이 붉은 색으로 보충, 일본 楚石王者作, 고금일사본·공문지인본 楚□王者□, 교증본 楚王者.
223) 吳: 조본·일본 吴, 呉 혼용.
224) 風胡子因吳請干將: 교증본 앞 항목에 연결. 將: 조본·일본 将, 將, 将, 將, 将 혼용, 고금일사본 將
225) 將: 조본·일본 將, 将, 將, 将 혼용, 고금일사본 將
226) 陽: 조본·일본·고금일사본 陽, 陽 혼용.
227) 陰: 조본·일본 陰, 陰, 陰, 陰 혼용, 고금일사본 陰, 陰 혼용.
228) 劒: 조본·일본 劍, 고금일사본 劒, 劒 혼용, 교증본 劍
229) 吳: 조본·일본 吴, 呉 혼용.
230) 將: 조본·일본 將, 將, 将, 將, 将 혼용, 고금일사본 將
231) 將: 조본·일본 將, 将, 將, 将 혼용, 고금일사본 將

【物名攷[233]】

古駿馬有飛[234]兎·腰褭[235].

周穆[236]王八駿:赤驥[237]·飛黃·白蟻[238]·華騮[239]·騄[240]耳·騧騟[241]·渠黃·盜驪[242].

唐公有驌驦[243].

項羽有騅.[周日用曰: 曺[244]公有流[245]影, 而呂有赤兎[246], 皆後來有良駿[247]也.]

周穆[248]王有犬名毻, 毛白.

晉[249]靈[250]公有畜狗[251], 名獒[252].

---

232) 寶: 조본·일본 寳

233) 攷: 교증본 考, 攷는 考의 古字.

234) 飛: 조본·일본 飛

235) 褭: 조본·일본 褭, 고금일사본 褭

236) 穆: 조본·일본 穆, 고금일사본 穆

237) 驥: 조본·일본 驥, 고금일사본 驥

238) 蟻: 고금일사본 蟻

239) 騮: 조본·일본 騮

240) 騄: 조본·일본 騄, 교증본 騄

241) 騧騟: 조본·일본 騧騟

242) 驪: 조본·일본 驪

243) 驌驦: 조본·일본 驌驦

244) 曺: 일본·고금일사본·교증본 曹

245) 流: 조본·일본 流

246) 兎: 조본·일본 兎, 고금일사본 兎

247) 駿: 조본·일본 駿

248) 穆: 조본·일본 穆, 고금일사본 穆

249) 晉: 조본·일본 晉

250) 靈: 조본·일본 靈

251) 狗: 조본 狗, 狗 혼용.

韓國有黑[253]犬, 名盧.

宋有駿犬, 曰誰.

犬四尺爲獒.

張騫使西域[254]還[255], 乃得胡桃種.

徐[256]州人謂塵土[257]爲蓬塊[258], 吳[259]人謂跋跌[260].

博物志卷之六

252) 獒: 고금일사본 獒, 獒 혼용.

253) 黑: 조본·일본 黒

254) 域: 고금일사본 域

255) 還: 조본·일본 還, 還 혼용, 고금일사본 還

256) 徐: 조본·일본 徐

257) 土: 조본·일본 土, 고금일사본 士

258) 塊: 조본·일본·고금일사본 塊

259) 吳: 조본·일본 吳, 呉 혼용.

260) 跋跌: 조본·일본 跋跌

博物志卷第七

【異聞】

昔[1)]夏禹觀[2)]河, 見長人魚身出曰: “吾河精.” 豈河伯也?

馮夷, 華陰[3)]潼鄉人也, 得仙道, 化爲河伯, 豈道同哉[4)]?

仙夷乘[5)]龍虎[6)], 水神乘[7)]魚[8)]龍[9)], 其行[10)]恍惚, 萬[11)]里如室.

夏桀之時, 爲長夜[12)]宮於深谷之中, 男女雜處[13)], 十旬不出聽[14)]政. 天乃大風揚[15)]沙[16)], 一夕塡[17)]此宮谷. 又云[18)]石室瑤[19)]臺, 關[20)]龍逢[21)]諫[22)], 桀言曰:

---

1) 昔: 고금일사본 㫺
2) 觀: 조본·일본 觀
3) 陰: 조본·일본 隂, 隂, 隂, 陰 혼용, 고금일사본 隂, 隂 혼용.
4) 哉: 조본·일본 𢦏
5) 乘: 조본·일본 乗, 고금일사본 乗
6) 虎: 조본·일본 虎, 虎 혼용, 고금일사본 乕, 虎 혼용
7) 乘: 조본·일본 乗, 고금일사본 乗
8) 魚: 고금일사본 𩵋
9) 龍: 고금일사본 龍
10) 行: 조본·일본 行
11) 萬: 조본·일본 萬
12) 夜: 조본·일본 夜
13) 處: 조본·일본 䖏, 고금일사본 処, 處, 處, 處 혼용.
14) 聽: 조본·일본 聴
15) 揚: 조본·일본 掦, 揚 혼용, 고금일사본 揚
16) 沙: 조본·일본·고금일사본 沙, 조본·일본 沙, 沙 혼용.
17) 塡: 조본·일본 填, 고금일사본 塡, 교증본 填
18) 云: 고금일사본·교증본 曰
19) 瑤: 조본·일본 瑶, 고금일사본 瑤

“吾之有民[23], 如天之有日, 日亡[24]我則亡[25].” 以爲龍逄[26]妖言而殺[27]之. 其後山復[28]於谷下及[29]在上, 耆老相興[30]諫, 桀又以爲妖言而殺之.

夏桀之時, 費昌之河上, 見二日: 在東者爛爛將[31]起; 在西者沉[32]沉將[33]滅, 若疾雷之聲[34]. 昌問於馮夷曰: “何者爲殷[35]? 何者爲夏?” 馮夷曰: “西夏東殷.” 於是費昌徙, 疾歸殷[36].

武[37]王伐紂至盟津, 渡河, 大風波. 武[38]王操戈秉麾麾之, 風波立霽.

魯[39]陽[40]公與[41]韓戰酣[42]而日暮, 援戈麾之, 日日反[43]三舍[44].

---

20) 闕: 조본·일본·고금일사본 闗
21) 逄: 일본·고금일사본·교증본 逢
22) 諫: 조본·일본 諌, 고금일사본 諌
23) 民: 고금일사본·공문지인본 民
24) 亡: 조본·일본 亡, 亾 혼용, 고금일사본 亾
25) 亡: 조본·일본 亡, 亾 혼용, 고금일사본 亾
26) 逄: 고금일사본·교증본 逢
27) 殺: 고금일사본 殺
28) 復: 조본·일본 復, 고금일사본 復
29) 及: 일본 乃, 교증본 及
30) 興: 교증본 與
31) 將: 조본·일본 將, 将, 將, 将 혼용, 고금일사본 將
32) 沉: 조본·일본 沉, 고금일사본 沉
33) 將: 조본·일본 將, 将, 將, 将 혼용, 고금일사본 將
34) 聲: 조본·일본 聲, 聲 혼용, 고금일사본 聲
35) 殷: 조본·일본 殷, 고금일사본 殷
36) 殷: 조본·일본 殷, 고금일사본 殷
37) 武: 조본·일본 武
38) 武: 조본·일본 武
39) 魯: 조본·일본 魯, 고금일사본 魯
40) 陽: 조본·일본·고금일사본 陽, 陽 혼용.
41) 與: 조본·일본 與
42) 酣: 고금일사본 酣

太公爲灌壇[45]令[46]. 武[47]王夢婦[48]人當道夜哭, 問之, 曰: “吾是東海神女, 嫁於西海神童. 今灌壇令當道, 廢[49]我行[50]. 我行[51]必有大風雨, 而太公有德, 吾不敢以暴[52]風雨過[53], 是毁[54]君德.” 武[55]王明日召太公, 三日三夜, 果有疾風暴雨從[56]太公邑外過[57].

晉[58]文公出, 大蛇[59]當道如拱. 文公反修[60]德[61], 使吏守蛇[62]. 吏夢天殺蛇[63]曰: “何故當聖君道?” 覺[64]而視蛇[65], 則自死[66]也.

---

43) 日日反: 교증본 日反, 反: 조본·일본 𠬧
44) 舍: 조본·일본 舎
45) 壇: 조본·일본 壜, 고금일사본 壇
46) 令: 조본·일본·고금일사본·교증본 令, 이하 동일 자체 사용.
47) 武: 조본·일본 武
48) 婦: 조본·일본 婦
49) 廢: 조본·일본 廢, 고금일사본 廢
50) 行: 조본·일본 行
51) 行: 조본·일본 行
52) 暴: 조본·일본·고금일사본 暴, 暴 혼용.
53) 過: 조본·일본·고금일사본 過
54) 毁: 조본·일본 毀, 고금일사본 毀
55) 武: 조본·일본 武
56) 從: 조본·일본 従
57) 過: 조본·일본·고금일사본 過
58) 晉: 조본·일본 晋
59) 蛇: 고금일사본 虵
60) 修: 조본·일본 脩
61) 德: 조본·일본 徳
62) 蛇: 고금일사본 虵
63) 蛇: 고금일사본 虵
64) 覺: 조본·일본·공문지인본 覚
65) 蛇: 고금일사본 虵
66) 死: 고금일사본 死

齊景公伐宋, 過[67]泰山, 夢二人怒. 公謂太公之神, 晏子謂宋栢[68]湯[69]與[70]伊尹也. 爲言其狀[71], 湯晳[72]容多髮, 伊尹黑而短, 卽[73]所夢也. 景公進軍不聽, 軍鼓毁, 公怒, 散軍伐宋.

《徐[74]偃王志》云: 徐[75]君宮人娠[76]而生卵[77], 以爲不祥, 棄[78]之水濱[79]. 獨孤母[80]有大[81]名鵠[82]蒼, 獵[83]於水濱, 得所棄[84]卵[85], 啣[86]以東歸. 獨孤母以爲異, 覆煖之, 遂蚺成兒, 生時正偃, 故以爲名. 徐[87]君宮中聞之, 乃更錄[88]取. 長而仁智, 襲[89]君徐[90]國, 後鵠蒼臨[91]死生角而九尾, 實黃龍也. 偃王又

---

67) 過: 조본·일본·고금일사본 過
68) 栢: 고금일사본 栢, 교증본 柏. 栢은 柏의 俗字.
69) 湯: 조본·일본 湯, 고금일사본 湯
70) 與: 조본·일본 與
71) 狀: 조본·일본 狀
72) 晳: 조본·일본 晳, 고금일사본 晳
73) 卽: 조본·일본 即, 고금일사본 卽
74) 徐: 조본·일본 徐
75) 徐: 조본·일본 徐
76) 娠: 조본·일본 娠, 고금일사본 娠
77) 卵: 조본 卵, 卯 혼용, 일본 卯, 卵 혼용.
78) 棄: 조본·일본 棄, 弃 혼용, 고금일사본 棄
79) 濱: 조본·일본 濱, 고금일사본 濱, 濵 혼용.
80) 母: 조본·일본 毋
81) 大: 고금일사본·교증본 犬
82) 鵠: 고금일사본 鵠, 鵠 혼용
83) 獵: 조본·일본 獵, 고금일사본 獵
84) 棄: 조본·일본 棄, 弃 혼용, 고금일사본 棄
85) 卵: 조본 卵, 卯 혼용, 일본 卯, 卵 혼용.
86) 啣: 조본·일본 啣, 고금일사본 銜, 교증본 銜
87) 徐: 조본·일본 徐
88) 錄: 조본·일본·교증본 録
89) 襲: 조본·일본 襲, 고금일사본 襲

葬之徐[92]界中, 今見狗襲. 偃王旣[93]其國, 仁義著聞. 欲舟行[94]上國, 乃通溝[95]陳·蔡之間, 得朱弓矢, 以已[96]得天[97]瑞[98], 遂因名爲弓, 自稱徐[99]偃王. 江淮諸[100]侯[101]皆伏從[102], 伏從[103]者三十六國. 周王聞, 遣使乘[104]駟[105], 一日至楚[106], 使伐之, 偃王仁, 不忍聞言, 其民[107]爲楚[108]所敗, 逃走[109]彭[110]城武[111]原縣[112]東山下. 百姓隨[113]之者以萬數[114], 後遂名其山爲徐[115]山. 山

---

90) 徐: 조본·일본 徐
91) 臨: 조본·일본 臨, 臨 혼용, 고금일사본 臨, 臨 혼용.
92) 徐: 조본·일본 徐
93) 旣: 조본·일본 旣, 고금일사본 旣, 교증본 既
94) 行: 조본·일본 行
95) 溝: 조본·일본 溝
96) 已: 조본·일본·고금일사본 已
97) 天: 조본·일본 天, 夭자와 유사한 형태이나 타 판본 모두 天.
98) 瑞: 고금일사본 瑞
99) 徐: 조본·일본 徐
100) 諸: 공문지인본 脫字
101) 侯: 조본 侯, 侯, 侯 혼용, 일본 侯, 侯, 侯, 侯 혼용, 고금일사본 侯, 侯 혼용.
102) 從: 조본·일본 從
103) 從: 조본·일본 從
104) 乘: 조본·일본 乘, 고금일사본 乘
105) 駟: 조본·일본 駟
106) 楚: 조본·일본 楚, 공문지인본 脫字.
107) 民: 고금일사본·공문지인본 民
108) 楚: 조본·일본 楚
109) 走: 고금일사본 走
110) 彭: 고금일사본 彭
111) 武: 조본·일본 武
112) 縣: 고금일사본 縣
113) 隨: 조본·일본 隨, 고금일사본 隨
114) 數: 조본·일본 數, 數, 數, 数 혼용.
115) 徐: 조본·일본 徐

上立石室, 有神靈[116], 民[117]人祈禱[118]. 今皆見存.

海水西, 夸[119]父與[120]日相逐走[121], 渴, 飲水河渭, 不足. 北飲大澤[122], 未至, 渴而死. 棄[123]其[124]策[125]杖[126], 化爲鄧林.

澹臺子羽[127]渡河, 齎千金之璧於[128]河, 河伯欲之, 至陽[129]侯[130]波起, 兩鮫[131]挾船[132], 子羽左[133]操[134]璧, 右操劍[135], 擊[136]鮫[137]皆[138]死[139]. 既[140]

116) 靈: 조본·일본 靈
117) 民: 고금일사본·공문지인본 民
118) 祈禱: 조본·일본 祈禱.
119) 夸: 조본·일본·고금일사본 夸
120) 與: 조본·일본 與
121) 走: 고금일사본 走
122) 澤: 조본·일본 澤
123) 棄: 조본·일본 棄, 弃 혼용, 고금일사본 棄
124) 其: 고금일사본 其
125) 策: 고금일사본 策
126) 杖: 조본·일본 杖
127) 羽: 고금일사본 羽, 교증본 羽
128) 於: 조본·일본·고금일사본 于
129) 陽: 조본·일본·고금일사본 陽, 陽 혼용.
130) 侯: 조본 侯, 侯, 侯 혼용, 일본 侯, 侯, 侯, 侯 혼용, 고금일사본 侯, 侯 혼용.
131) 鮫: 조본·일본 鮫, 고금일사본 鮫
132) 船:고금일사본 船
133) 左: 고금일사본 左
134) 操: 고금일사본 操, 교증본 摻
135) 劍: 조본·일본 劍, 고금일사본·교증본 劍
136) 擊: 조본·일본 擊, 고금일사본 擊
137) 鮫: 조본·일본 鮫, 고금일사본 鮫
138) 皆: 고금일사본 皆
139) 死: 고금일사본 死
140) 既: 고금일사본 既, 교증본 既

渡, 三投璧[141]於[142]河伯, 河伯躍[143]而歸之, 子羽毁[144]而去.

荊軻字次非[145], 渡, 鮫[146]夾船, 次非不奏, 斷[147]其頭, 而風波靜除[148].[周日用曰: 余[149]嘗行[150]經[151]荊將[152]軍墓, 墓與[153]羊角哀冢鄰, 若安伯施云: 爲荊將[154]軍所伐, 乃在此也. 其地在苑陵之源, 求見其墓碑[155], 將[156]軍名乃作次飛字也.]

東阿王勇士有菑[157]丘訢, 過[158]神淵, 使飮馬, 馬裓[159], 莞[160]朝服[161]拔劒, 二日一夜, 殺二蛟[162]一龍而出, 雷隨[163]擊之, 十古夜[164], 眇其左目.

---

141) 璧: 고금일사본 䗩
142) 於: 조본·일본·고금일사본 于, 교증본 於
143) 躍: 조본·일본 躍, 고금일사본 躍
144) 毁: 조본·일본 毁, 고금일사본 毁
145) 非: 조본·일본 非
146) 鮫: 조본·일본 鮫, 고금일사본 鮫
147) 斷: 조본·일본 断
148) 靜除: 조본·일본 靜除, 고금일사본 靜除, 교증본 靜除
149) 余: 조본·일본 余
150) 行: 조본·일본 行
151) 經: 조본·일본 經
152) 將: 조본·일본 將, 将, 將, 将 혼용, 고금일사본 將
153) 與: 조본·일본 與
154) 將: 조본·일본 將, 将, 將, 将 혼용, 고금일사본 將
155) 碑: 조본·일본 碑, 고금일사본 碑
156) 將: 조본·일본 將, 将, 將, 将 혼용, 고금일사본 將
157) 菑: 고금일사본 菑
158) 過: 조본·일본·고금일사본 過
159) 裓: 고금일사본 沉, 교증본 沉
160) 莞: 고금일사본·교증본 訢
161) 服: 조본·일본 服, 服 혼용, 고금일사본 服
162) 蛟: 고금일사본 蛟
163) 隨: 조본·일본·고금일사본 隨
164) 十古夜: 고금일사본·교증본 七日夜

漢滕公薨, 求葬[165]東都門外. 公卿[166]送喪[167], 駟[168]馬不行[169], 跼[170]地悲鳴, 跑蹄[171]下地得石, 有銘曰: “佳城鬱[172]鬱, 三千年見白日, 吁嗟滕公居此室.” 遂葬焉.

衛[173]靈[174]公葬[175], 得石槨[176], 銘曰: “不逢箕子, 靈[177]公奪我里.”

漢西都時, 南[178]宮寢[179]殿[180]內有醇儒王史威長死, 葬銘曰: “明明哲[181]士, 知存知亡[182]. 崇隴[183]原亹, 非寧[184]非康. 不封不樹, 作靈乘[185]光. 厥銘何依, 王史威長.”

元始元年, 中謁[186]者沛郡史岑[187]上書, 訟王宏奪董賢璽[188]綬之功. 靈帝

---

165) 葬: 조본·일본 葬, 이하 동일, 고금일사본 葬
166) 卿: 조본·일본 卿, 교증본 卿
167) 喪: 조본·일본 喪, 고금일사본 喪
168) 駟: 조본·일본 駟
169) 行: 조본·일본 行
170) 跼: 조본·일본 跼
171) 跑蹄: 조본·일본 跑蹄
172) 鬱: 고금일사본 鬱
173) 衛: 조본·일본 衛, 衛 혼용, 고금일사본 衛
174) 靈: 조본·일본 靈
175) 葬: 조본·일본 葬
176) 槨: 조본·일본 槨, 고금일사본 槨
177) 靈: 조본·일본 靈
178) 南: 조본·일본 南, 고금일사본 南
179) 寢: 조본·일본 寢
180) 殿: 고금일사본 殿
181) 哲: 고금일사본 哲
182) 亡: 조본·일본 亡, 亾 혼용, 고금일사본 亾
183) 隴: 조본·일본 隴, 고금일사본 隴
184) 寧: 조본·일본·고금일사본 寧
185) 乘: 조본·일본 乘, 고금일사본 乘
186) 謁: 조본·일본 謁

和光元年, 遼西太守黃翻上言: 海邊[189]有流[190]屍, 露冠絳衣, 體貌完全, 使翻[191]感[192]夢云: "我伯夷之弟[193], 孤[194]竹君也. 海水壞[195]吾棺槨[196], 求見掩藏[197]." 民[198]有襁[199]裸褪, 皆無疾而卒.

漢末關中大亂[200], 有發前漢時冢者, 人猶活. 既[201]出, 平復[202]如舊[203]. 魏[204]郭[205]後[206]愛念[207]之, 錄著宮[208]內, 常置[209]左右, 問漢時宮中事, 說[210]之了了, 皆有次序. 後崩, 哭泣過[211]禮, 遂死焉.

---

187) 岑: 조본·일본·고금일사본 岑
188) 賢璽: 조본·일본 賢璽
189) 邊: 조본·일본 邉
190) 流: 조본·일본 流
191) 翻: 조본·일본·고금일사본 翻, 교증본 翻
192) 感: 조본·일본·고금일사본 感
193) 弟: 조본·일본 第, 弟 혼용, 고금일사본 弟
194) 孤: 조본·일본·고금일사본 孤
195) 壞: 조본·일본 壊, 고금일사본 壊
196) 槨: 조본·일본 槨
197) 藏: 조본·일본 藏, 고금일사본 藏
198) 民: 고금일사본·공문지인본 民
199) 襁: 조본·일본·고금일사본 襁
200) 亂: 조본·일본 亂
201) 既: 조본·일본 既, 고금일사본 既, 교증본 既
202) 復: 조본·일본 復, 고금일사본 復
203) 舊: 조본·일본 舊
204) 魏: 조본·일본·고금일사본 魏
205) 郭: 조본·일본 郭
206) 後: 조본·일본·고금일사본·교증본 后
207) 念: 조본·일본·고금일사본 念
208) 宮: 조본·일본 宮
209) 置: 조본·일본 置, 고금일사본 置, 교증본 置
210) 說: 조본·일본·공문지인본 說, 고금일사본 說, 교증본 説

漢末發[212]范[213]友[214]明冢, 奴猶活. 友明, 霍光女婿[215]. 說[216]光家事廢[217]立之際[218], 多與[219]《漢書》相似. 此奴常遊走[220]於民[221]間, 無止住處[222], 今不知所在. 或云尙在, 余[223]聞之於[224]人, 可信而目不可見也.

大司馬曺[225]休所統中郞謝璋部曲義兵奚儂[226]息[227]女, 年四歲[228], 病役[229]故, 埋葬[230]五日復[231]生. 大[232]和三年, 詔令[233]休使父母同時送女來[234]視. 其年四月三日病死, 四日理[235]葬[236], 至八日同墟[237]入採桑, 聞兒[238]生活.

---

211) 過: 조본·일본·고금일사본 過
212) 發: 고금일사본 發, 發 혼용.
213) 范: 조본·일본 范, 고금일사본 范
214) 友: 조본·일본 友
215) 婿: 壻와 동자, 조본·일본 婿, 고금일사본 聟, 교증본 壻
216) 說: 조본·일본·공문지인본 說, 고금일사본 說, 교증본 説
217) 廢: 조본·일본 廢, 고금일사본 廢
218) 際: 조본·일본 際, 고금일사본 際
219) 與: 조본·일본 與
220) 走: 고금일사본 走
221) 民: 고금일사본·공문지인본 民
222) 處: 조본·일본 處, 고금일사본 处, 處, 處, 處 혼용.
223) 余: 조본·일본 余
224) 於: 조본·일본 於, 고금일사본 於
225) 曺: 일본·고금일사본·교증본 曹
226) 儂: 조본·일본 儂, 고금일사본 儂
227) 息: 고금일사본·교증본 恩
228) 歲: 조본·일본 歲
229) 役: 조본·일본 役, 고금일사본 沒, 교증본 沒
230) 葬: 조본·일본 葬
231) 復: 조본·일본 復, 고금일사본 復
232) 大: 고금일사본·교증본 太
233) 令: 조본·일본·고금일사본·교증본 令
234) 來: 조본·일본 来

今能[239]飮食如常.

京兆都張濳[240]客居遼東, 還後爲駙[241]馬都尉·關內侯[242], 表言故爲諸生. 太學時, 聞故太尉常山張顥爲梁相, 天新雨後, 有鳥如山鵲, 飛翔[243]近地, 市人擲之, 稍下墮[244], 民[245]爭[246]取[247]之, 卽[248]爲一員石. 言縣府, 顥令搥破之, 得一金印, 文曰"忠孝侯[249]印." 顥表上之, 藏[250]於官庫. 後議郞[251]汝南[252]樊行[253]夷校書東觀, 表上言堯[254]舜之時, 舊有此官, 今天降[255]印, 宜[256]可復[257]置[258].

---

235) 理: 일본·고금일사본·공문지인본·교증본 埋
236) 葬: 조본·일본 塟
237) 墟: 조본·일본 墟, 고금일사본 墟, 교증본 墟
238) 兒: 조본 皃, 일본 皃, 고금일사본·교증본 兒
239) 能: 조본·일본 能
240) 濳: 조본·일본·고금일사본 潛
241) 駙: 조본·일본 駙
242) 侯: 조본 侯, 㑀, 矦 혼용, 일본 侯, 侯, 矦, 㑀 혼용, 고금일사본 矦, 㑀 혼용.
243) 翔: 고금일사본 翔, 교증본 翔
244) 墮: 조본·일본 墮, 고금일사본 墮
245) 民: 고금일사본·공문지인본 民
246) 爭: 조본·일본·교증본 争
247) 取: 조본·일본 取
248) 卽: 조본·일본 即, 고금일사본 卽
249) 侯: 조본 侯, 㑀, 矦 혼용, 일본 侯, 侯, 矦, 㑀 혼용, 고금일사본 矦, 㑀 혼용.
250) 藏: 조본·일본 藏, 고금일사본 藏
251) 郞: 공문지인본 郎
252) 南: 조본·일본 南, 고금일사본 南
253) 行: 조본·일본 行
254) 堯: 조본·일본 尭, 고금일사본 堯, 고금일사본 堯, 尭 혼용.
255) 降: 조본·일본 降
256) 宜: 조본·일본 冝
257) 復: 조본·일본 復, 고금일사본 復

孝武[259]建元四年, 天雨粟. 孝元景寧元年, 南[260]陽[261]陽[262]郡雨穀[263], 小者如黍[264]粟而青黑, 味苦; 大者如大豆赤黃, 味如麥. 下三日生根葉[265], 狀[266]如大豆初生時也.

代城始築[267], 立板幹, 一旦[268]亡[269], 西南[270]四五十板於澤中自立, 結草爲外門, 因就營築焉. 故其城直[271]周三十七里, 爲九門, 故城處[272]爲東城.

博物志卷第七

---

258) 置: 조본·일본 置, 교증본 置

259) 武: 조본·일본 武

260) 南: 조본·일본 南, 고금일사본 南

261) 陽: 조본·일본·고금일사본 陽, 陽 혼용.

262) 陽: 조본·일본·고금일사본 陽, 陽 혼용.

263) 穀: 조본·일본 穀, 穀 혼용, 고금일사본 穀, 穀 혼용.

264) 黍: 조본·일본 黍

265) 葉: 조본·일본 葉, 고금일사본 葉

266) 狀: 조본·일본 狀

267) 築: 조본·일본 築. 고금일사본 築

268) 旦: 일본 且

269) 亡: 조본·일본 亡, 亾 혼용, 고금일사본 亾

270) 南: 조본·일본 南, 고금일사본 南

271) 直: 조본·일본 直, 고금일사본 直, 교증본 直

272) 處: 조본·일본 處, 고금일사본 處, 處, 處, 處 혼용.

博物志卷第八

【史補】

黃帝登仙, 其臣左徹者削木象[1]黃帝, 帥諸侯[2]以朝之. 七年不還[3], 左徹乃立顓頊. 左徹亦仙去也.

堯[4]之二女, 舜之二妃, 曰湘夫人. 舜崩, 二妃啼, 以涕揮竹[5], 竹盡[6]班[7].

處[8]士東鬼塊[9]責禹亂天下事, 禹退作三章. 强[10]者攻, 弱者守, 敵戰, 城郭[11]蓋[12]禹始也.

大姒夢[13]見商之庭[14]産棘, 乃小子發取[15]周庭[16]梓樹, 樹之于[17]闕閒[18], 梓

---

1) 象: 고금일사본 象
2) 侯: 조본 侯, 侯, 侯 혼용, 일본 侯, 侯, 侯, 侯 혼용, 고금일사본 侯, 侯 혼용.
3) 還: 조본·일본 還, 還, 還 혼용, 고금일사본 還
4) 堯: 조본·일본 堯, 고금일사본 堯, 고금일사본 堯, 堯 혼용.
5) 竹: 고금일사본 竹
6) 盡: 조본·일본 盡
7) 班: 고금일사본·교증본 斑
8) 處: 조본·일본 處, 고금일사본 處, 處, 處, 處 혼용.
9) 塊: 고금일사본 塊
10) 强: 조본·일본 強, 고금일사본·공문지인본 彊, 교증본 疆
11) 郭: 조본·일본 ·고금일사본 郭
12) 蓋: 조본·일본 盖, 고금일사본 蓋, 고금일사본 盖, 蓋 혼용, 盖는 蓋의 속자.
13) 夢: 고금일사본 夢
14) 庭: 조본·일본 庭, 고금일사본 庭
15) 取: 조본·일본 取
16) 庭: 조본·일본 庭, 고금일사본 庭
17) 于: 고금일사본·교증본 子

化爲松栢[19]棫柞. 覺[20]驚以告文王, 文王曰: 愼[21]勿言. 冬[22]日之陽[23], 夏日之餘[24], 不召而萬[25]物自來[26]. 天道尙左, 日月西移; 地道尙右, 水潦東流[27]. 天不享[28]於殷[29], 自發之生于[30]今十年, 禹羊[31]在牧, 水潦東流[32], 天下飛鴻滿[33]野, 日之出地無移照乎?

武[34]王伐殷[35], 舍於幾[36], 逢大雨焉. 衰[37]輿三百乘[38], 甲三千, 一日一夜, 行[39]三百里以戰[40]于[41]牧野.

---

18) 聞: 일본 其, 조본·교증본 聞
19) 栢: 일본 조본과 동일, 고금일사본·교증본 柏
20) 覺: 조본·일본·공문지인본 覺
21) 愼: 조본·일본 愼, 고금일사본 愼
22) 言. 冬: 고금일사본 冬, 공문지인본 脫字.
23) 陽: 조본·일본·고금일사본 陽, 陽 혼용.
24) 餘: 조본·일본·공문지인본 餘, 고금일사본 餘
25) 萬: 조본·일본 萬
26) 來: 조본·일본 来
27) 流: 조본·일본 流
28) 享: 조본·일본 享
29) 殷: 조본·일본 殷, 고금일사본 殷
30) 生于: 고금일사본·교증본 夫生於
31) 羊: 고금일사본 羊
32) 流: 조본·일본 流
33) 滿: 조본·일본 滿
34) 武: 조본·일본 武
35) 殷: 조본·일본 殷, 고금일사본 殷
36) 幾: 조본·일본 幾
37) 衰: 조본·일본·고금일사본 衰
38) 乘: 조본·일본 乘, 고금일사본 乘
39) 行: 조본·일본 行
40) 戰: 고금일사본 戰
41) 于: 고금일사본·교증본 於

成王冠, 周公使祝雍曰: "辭達而勿多也." 祝雍曰: "近於民[42], 遠[43]於侯[44], 近於義, 嗇於時, 惠於財, 任賢使能, 陛[45]下摛顯先帝光耀, 以奉皇天之嘉祿[46]欽順, 仲壹之言曰: '遵並大道, 郊域康阜, 萬[47]國之休靈, 始明元服[48], 推遠[49]童稚之幼[50]志, 弘積文武[51]之就德, 肅勲[52]高[53]祖之清廟, 六合之內, 靡不蒙德, 歲歲與[54]天無極.'" 右孝昭[55]用成王冠辭[56].

《止雨祝》曰: 天生五穀[57], 以養[58]人民[59], 今天雨不止, 用傷[60]五穀[61], 如何如何! 靈[62]而不幸, 殺[63]牲以賽神靈, 雨則不止, 鳴鼓攻之, 朱綠[64]繩[65]縈而

---

42) 民: 고금일사본·공문지인본 民
43) 遠: 조본·일본 逺, 고금일사본 逺, 遠 혼용.
44) 侯: 조본 侯, 侯, 侯 혼용, 일본 侯, 侯, 侯, 侯 혼용, 고금일사본 侯, 侯 혼용.
45) 陛: 조본·일본·고금일사본 陛
46) 祿: 조본·일본 禄
47) 萬: 조본·일본 萬
48) 服: 조본·일본 服, 服 혼용, 고금일사본 服
49) 遠: 조본·일본 逺, 고금일사본 逺, 遠 혼용.
50) 幼: 조본·일본·고금일사본 幼
51) 武: 조본·일본 武
52) 勲: 고금일사본 勲
53) 高: 조본·일본·공문지인본 髙
54) 與: 조본·일본 與
55) 昭: 고금일사본 昭
56) 辭: 조본 辭, 일본 辞
57) 穀: 조본·일본 穀, 穀 혼용, 고금일사본 穀, 穀 혼용.
58) 養: 조본·일본 養, 고금일사본 養
59) 民: 고금일사본·공문지인본 民
60) 傷: 조본·일본 傷, 고금일사본 傷, 傷 혼용.
61) 穀: 조본·일본 穀, 穀 혼용, 고금일사본 穀, 穀 혼용.
62) 靈: 조본·일본 靈
63) 殺: 고금일사본 殺
64) 綠: 조본·일본 緑

脅之.

《請雨》曰: 皇皇[66]上天, 照[67]臨[68]下土. 集地之靈, 神降[69]甘雨. 庶[70]物群[71]生, 咸得其所.

《禮記[72]》曰: 孔子少[73]孤, 不知其父墓. 母亡[74], 問於鄒曼父之母, 乃合葬於防. 防[75]墓又崩[76], 門人後至. 孔子問來何遲, 門人實對[77], 孔子不應, 如是者三, 乃潸然流[78]涕[79]而止曰: "古不脩[80]墓." 蔣[81]濟[82]·何晏[83]·夏侯[84]玄·王肅皆云無此事, 注記者謬[85], 時賢咸從[86]之.[周日用曰: 四士言無者, 後有何理而述之? 在愚所見, 實未之有矣. 且徵在與[87]梁紇野合而生, 事多隱[88]之. 況我丘生而父死[89],

65) 繩: 고금일사본 繩
66) 皇皇: 고금일사본 皇皇, 공문지인본 皇匕(匕는 앞 글자와 동일하다는 의미로 사용.)
67) 照: 고금일사본 照
68) 臨: 조본·일본 臨, 臨 혼용, 고금일사본 臨, 臨 혼용.
69) 降: 고금일사본 降
70) 庶: 조본·일본 庶, 고금일사본 庶
71) 群: 고금일사본 羣
72) 記: 고금일사본 記
73) 少: 고금일사본 少
74) 亡: 조본·일본 亡, 亾 혼용, 고금일사본 亾
75) 防. 防: 고금일사본 防防, 공문지인본 防匕(匕는 앞 글자와 동일하다는 의미로 사용.)
76) 崩: 고금일사본 崩
77) 對: 고금일사본 對
78) 流: 조본·일본 流
79) 涕: 조본·일본 涕
80) 脩: 고금일사본 脩, 교증본 修
81) 蔣: 조본·일본 蒋, 고금일사본 蔣
82) 濟: 조본·일본 济, 교증본 濟
83) 晏: 조본·일본 晏
84) 侯: 조본 侯, 矦, 侯 혼용, 일본 侯, 侯, 侯, 侯 혼용, 고금일사본 矦, 侯 혼용.
85) 謬: 고금일사본 謬
86) 從: 조본·일본 從

既隱何以知之? 非問曼父之母, 安得合葬於防也?]

孔子東遊, 見二小儿辯鬪[90]. 問其故, 一小兒曰: "我以日始[91]出時, 去人近, 而日中時遠[92]也." 一小兒曰: "以日出而遠[93], 而日中時近." 一小兒曰: "日初出時大如車蓋[94], 及日中時如盤[95]盂, 此[96]不爲遠[97]者小而大者近乎?" 一小儿曰: "日初出滄滄凉凉, 及其中而探湯[98], 此不爲近者熱[99]而遠[100]者凉乎?" 孔子不能決矣[101], 兩小兒曰: "孰謂汝多知乎!" 亦出《列子》.[周日用曰: 日[102]當中向地[103]者, 炎氣直[104]下也, 譬猶火氣直上而與[105]旁[106]暑, 其炎陳[107]可悉[108]耳. 足[109]明

---

87) 與: 조본·일본 與

88) 隱: 조본·일본 隠, 고금일사본 隱

89) 父死: 고금일사본·공문지인본 父已死

90) 鬪: 조본·일본·고금일사본 鬭

91) 以日始: 공문지인본 脫

92) 遠: 조본·일본 逺, 고금일사본 逺, 遠 혼용.

93) 遠: 조본·일본 逺, 고금일사본 逺, 遠 혼용.

94) 蓋: 조본·일본 盖, 고금일사본 葢, 고금일사본 盖, 葢 혼용, 盖는 蓋의 속자.

95) 盤: 조본·일본 盤, 고금일사본 盤

96) 此: 조본·일본 此

97) 遠: 조본·일본 逺, 고금일사본 逺, 遠 혼용.

98) 湯: 조본·일본 湯, 고금일사본 湯

99) 熱: 조본·일본 熱, 고금일사본 熱

100) 遠: 조본·일본 逺, 고금일사본 逺, 遠 혼용.

101) 矣: 공문서관 조본은 後人이 朱色으로 矣 보충, 중앙도서관 조본과 공문지인본 없음. 일본 矣, 고금일사본·교증본 謂

102) 日: 고금일사본 且, 공문지인본 旦

103) 地: 고금일사본 熱, 공문지인본 ■, 교증본 熱

104) 直: 조본·일본·고금일사본 直

105) 與: 조본·일본·공문지인본 與

106) 旁: 고금일사본 旁

107) 陳: 조본·일본 陳, 고금일사본 凉, 교증본 涼

108) 悉: 조본·일본 悉

初出近而當中遠[110]矣, 豈聖人靑[111]對乎?]

子路[112]與[113]子貢過[114]鄭神社, 社樹有鳥, 神牽率子路, 子貢說[115]之, 乃止.

《春秋》哀公十有[116]四年: 春, 西狩獲麟. 《公羊[117]傳》曰: "有以告者, 孔子曰: '孰爲來哉[118]! 孰謂[119]來哉!'"[盧曰: 以其時非[120]應, 故孔子泣而感之. 麟日生三策, 蓋[121]天使報聖人.]

《左傳》曰: "叔孫氏之車子鉏商獲麟, 以爲不祥."

燕[122]太子丹[123]質於秦[124], 秦[125]王遇之無禮, 不得意, 思欲歸. 請於秦[126]王, 王不聽[127], 謬言曰: "令烏[128]頭白, 馬生角, 乃可." 丹[129]仰而歎, 烏[130]

---

109) 足: 고금일사본·교증본 是
110) 遠: 조본·일본 逺, 고금일사본 逺, 遠 혼용.
111) 靑: 고금일사본·교증본 肯
112) 路: 조본·일본 路
113) 與: 조본·일본·공문지인본 與
114) 過: 조본·일본·고금일사본 過
115) 說: 조본·일본·공문지인본 說, 고금일사본 說, 교증본 説
116) 有: 고금일사본·교증본 없음.
117) 羊: 고금일사본 羊
118) 哉: 조본·일본 哉
119) 謂: 고금일사본·교증본 爲
120) 非: 조본·일본 非, 교증본 非
121) 蓋: 조본·일본 盖, 고금일사본 葢, 고금일사본 盖, 葢 혼용, 盖는 蓋의 속자.
122) 燕: 조본·일본 燕, 고금일사본 燕, 燕 혼용.
123) 丹: 조본·일본 丹, 고금일사본 丹
124) 秦: 조본·일본 秦
125) 秦: 조본·일본 秦
126) 秦: 조본·일본 秦
127) 聽: 고금일사본 聽
128) 烏: 조본·일본 烏
129) 丹: 조본·일본 丹, 고금일사본 丹

卽[131]頭白; 俯而歎[132], 馬[133]生角. 秦[134]王不得已而遣之, 爲機發之橋, 欲陷[135]丹. 丹[136]驅[137]馳[138]過[139]之, 而橋不發. 遁到關, 關門不開, 丹[140]爲雞鳴, 於是衆[141]雞悉鳴, 遂歸.

詹何以獨繭絲[142]爲綸, 芒[143]針[144]爲鉤, 荊篠[145]爲竿, 割粒*爲餌, 引盈[146]車之魚於百仞[147]之淵, 汨流[148]之中, 綸不絶, 鉤不申, 竿不撓[149].

薛[150]譚學[151]謳於秦[152]青, 未窮青之旨[153], 於一日遂辭[154]歸. 秦[155]青乃

---

130) 烏: 조본·일본 烏
131) 卽: 조본·일본 即, 고금일사본 卽
132) 歎: 고금일사본·공문지인본·교증본 嗟
133) 馬: 조본·일본 馬
134) 秦: 조본·일본 秦
135) 陷: 조본·일본 陥, 고금일사본 陥, 교증본 陷
136) 丹. 丹: 조본·일본 丹. 丹, 고금일사본 丹. 丹
137) 驅: 조본·일본 驅
138) 馳 조본·일본 馳
139) 過: 조본·일본·고금일사본 過
140) 丹: 조본·일본 丹, 고금일사본 丹
141) 衆: 고금일사본 衆
142) 絲: 조본·일본 絲, 絲, 絲 혼용, 고금일사본 絲, 絲 혼용
143) 芒: 고금일사본 芒
144) 針: 조본·일본 針, 고금일사본·교증본 斜
145) 篠: 고금일사본 篠
146) 盈: 조본 盈, 일본 盈, 고금일사본 盈
147) 仞: 조본·일본·고금일사본 仞
148) 流: 조본·일본 流
149) 撓: 조본·일본·고금일사본 撓
150) 薛: 조본·일본 薛
151) 學: 조본·일본 學
152) 秦: 조본·일본 秦
153) 旨: 고금일사본 旨

餞[156]於郊衢, 撫節[157]悲歌, 聲[158]震[159]林木, 響遏行[160]云. 薛譚乃謝求返[161], 終身不敢言歸. 秦[162]青顧謂其友曰: "昔[163]韓[164]娥東之齊, 遺粮[165], 過[166]雍門, 鬻歌假食而去, 餘[167]響遶[168]梁[169], 三日不絶, 左右以其人弗去. 過[170]逆旅[171], 凡[172]人辱[173]之, 韓娥因曼[174]聲[175]哀[176]哭, 一里老幼[177]喜歡[178]抃舞, 弗能自禁, 乃厚[179]賂而遣之. 故雍門人至今善歌哭, 效娥之遺聲也."

---

154) 辭: 조본 辭, 일본 辭, 고금일사본 辭
155) 秦: 조본·일본 秦
156) 餞: 조본·일본 餞
157) 節: 고금일사본 節
158) 聲: 조본·일본 聲, 聲 혼용, 고금일사본 聲
159) 震: 조본·일본 震, 고금일사본 震
160) 行: 조본·일본 行
161) 返: 조본·일본·고금일사본 返
162) 秦: 조본·일본 秦
163) 昔: 고금일사본 昔
164) 韓: 고금일사본 韓
165) 粮: 고금일사본·교증본 糧
166) 過: 조본·일본·고금일사본 過
167) 餘: 조본·일본·공문지인본 餘, 고금일사본 餘
168) 遶: 조본 遶, 일본 遶, 고금일사본 遶
169) 梁: 조본 梁, 일본 梁
170) 過: 조본·일본·고금일사본 過
171) 旅: 조본 旅, 일본 旅
172) 凡: 고금일사본 凢
173) 辱: 조본·일본 辱, 고금일사본 辱
174) 曼: 고금일사본 曼
175) 聲: 조본·일본 聲, 聲 혼용, 고금일사본 聲
176) 哀: 조본·일본 哀
177) 幼: 고금일사본 㓜
178) 歡: 조본·일본 歡, 고금일사본 歡
179) 厚: 고금일사본 厚

趙[180]襄[181]子率徒十萬狩於中山，藉芀燔[182]林，扇赫百里. 有人從[183]石壁中出，隨[184]煙上下，若無所之經[185]涉[186]者. 襄子以爲物，徐[187]察之，乃人也. 問其奚[188]道而處[189]石，奚道而入火，其人曰: "奚物爲火?" 其人曰: "不知也." 魏[190]文侯[191]聞之，問於子夏曰: "彼何人哉[192]?" 子夏曰: "以商所聞於夫子，和者同於物，物無得而傷[193]，閱[194]者遊金石之間及蹈[195]於水火皆可也." 文侯[196]曰: "吾子奚不爲之?" 子夏曰: "刳[197]心知智，商未能也. 雖試語之，而卽[198]暇[199]矣[200]." 文侯[201]曰: "夫子奚不爲之?" 子夏曰: "夫子能而不爲."

---

180) 趙: 조본·일본 趙, 고금일사본 趙
181) 襄: 고금일사본 襄
182) 燔: 조본 燔, 고금일사본 燔
183) 從: 조본·일본 従
184) 隨: 조본 隨, 일본 隨, 고금일사본 隨
185) 經: 조본·일본 経
186) 涉: 고금일사본 涉
187) 徐: 조본·일본 徐
188) 奚: 조본·일본 奚, 고금일사본 奚
189) 處: 조본·일본 處, 고금일사본 處, 處, 處, 處 혼용.
190) 魏: 조본·일본·고금일사본 魏
191) 侯: 조본 侯, 侯, 侯 혼용, 일본 侯, 侯, 侯, 侯 혼용, 고금일사본 侯, 侯 혼용.
192) 哉: 조본·일본 哉
193) 傷: 조본·일본 傷, 고금일사본 傷, 傷 혼용.
194) 閱: 조본·일본·고금일사본 閱
195) 蹈: 조본 蹈, 일본 蹈, 고금일사본 蹈
196) 侯: 조본 侯, 侯, 侯 혼용, 일본 侯, 侯, 侯, 侯 혼용, 고금일사본 侯, 侯 혼용.
197) 刳: 조본·일본 刳, 고금일사본 刳
198) 卽: 조본·일본 即, 고금일사본 卽
199) 暇: 조본 假, 일본 暇, 고금일사본 暇, 조본은 暇의 日 부분을 후인이 亻으로 수정. 고금일사본·교증본 暇
200) 矣: 고금일사본 矣
201) 侯: 조본 侯, 侯, 侯 혼용, 일본 侯, 侯, 侯, 侯 혼용, 고금일사본 侯, 侯 혼용.

之[202]侯[203]不悅[204]*[205].

更羸[206]謂魏[207]王曰: "臣能射, 爲虛[208]發而下鳥." 王曰: "然可於此乎?" 曰: 聞有鳥從[209]東來, 羸[210]虛[211]發[212]而下之也.

澹臺子羽子溺水死[213], 欲葬之, 滅明曰: "此命也, 與[214]螻蟻何親? 與[215]魚鼈[216]何讎?" 遂使葬.

《列傳》云: 聶政刺韓相, 白虹[217]爲之貫日; 要離刺慶忌[218], 彗[219]星襲月; 專諸刺吳[220]王僚, 鷹擊[221]殿上.

齊桓公出, 因與[222]管仲故道, 自燉[223]煌西涉[224]流[225]沙[226]往外國, 沙石千

---

202) 之: 조본·일본 之, 고금일사본·교증본 文

203) 侯: 조본 侯, 㑇, 㑇 혼용, 일본 侯, 侯, 㑇, 㑇 혼용, 고금일사본 㑇, 㑇 혼용.

204) 悅: 조본·일본 悦, 고금일사본 悦

205) 割粒*~之侯不悅*: 2쪽 분량 공문서관 조본 缺, 기타 판본 모두 存. 중앙도서관 조본에 존재하는 것으로 보아, 공문서관 조본은 인쇄 및 제본 과정에서 빠트린 것으로 추정됨.

206) 羸: 고금일사본 羸

207) 魏: 조본·일본·고금일사본 魏

208) 虛: 고금일사본 虚

209) 從: 조본·일본 従

210) 羸: 고금일사본 羸

211) 虛: 고금일사본 虚

212) 發: 고금일사본 発

213) 死: 고금일사본 死

214) 與: 조본·일본 與

215) 與: 조본·일본 與

216) 鼈: 고금일사본 鼈

217) 虹: 고금일사본 虹

218) 忌: 고금일사본 忌

219) 彗: 고금일사본 彗

220) 吳: 조본·일본 吴, 呉 혼용.

221) 擊: 고금일사본 擊

222) 與: 조본·일본·공문지인본 與

餘[227]里，中無水，時則有沃流[228]處[229]，人莫[230]能知，皆乘[231]駱駝[232]，駱駝知水脉[233]，遇其處[234]輒[235]停[236]不肯行[237]，以足蹋[238]地，人於其蹋處[239]掘之，輒[240]得水.

楚[241]熊[242]渠子夜行[243]，射窮石以爲伏虎[244]，矢爲沒[245]羽.

漢武[246]帝好仙道，祭祀名山大澤[247]以求神仙之道．時西王母遣使乘[248]白

---

223) 燉: 조본·일본 燉

224) 涉: 조본·일본 涉, 고금일사본 涉

225) 流: 조본·일본 流

226) 沙: 조본·일본·고금일사본 沙, 조본·일본 沙, 沙 혼용.

227) 餘: 조본·일본·공문지인본 餘, 고금일사본 餘

228) 流: 조본·일본 流

229) 處: 조본·일본 處, 고금일사본 處, 處, 處, 處 혼용.

230) 莫: 조본·일본 莫

231) 乘: 조본·일본 乘, 고금일사본 乘

232) 駱駝: 조본·일본 駱駝

233) 脉: 조본·일본 脉, 脈과 동자, 고금일사본 脉

234) 處: 조본·일본 處, 고금일사본 處, 處, 處, 處 혼용.

235) 輒: 조본·일본 輒, 고금일사본 輒

236) 停: 조본·일본 停

237) 行: 조본·일본 行

238) 蹋: 조본·일본 蹋

239) 處: 조본·일본 處, 고금일사본 處, 處, 處, 處 혼용.

240) 輒: 조본·일본 輒, 고금일사본 輒

241) 楚: 조본·일본 楚

242) 熊: 조본·일본 熊

243) 行: 조본·일본 行

244) 虎: 조본·일본 虎, 虎 혼용, 고금일사본 虎, 虎 혼용.

245) 沒: 고금일사본 沒

246) 武: 조본·일본 武

247) 澤: 조본·일본 澤

248) 乘: 조본·일본 乘, 고금일사본 乘

鹿告帝當來, 乃供[249]帳九華殿[250]以待之. 七月七日夜漏七刻, 王母乘[251]紫雲車而至於殿西, 南[252]面東向, 頭上戴七種, 青氣鬱[253]鬱如雲. 有三青鳥[254], 如烏[255]大, 使侍母旁[256]. 時設[257]九微[258]燈. 帝東面西向, 王母索七桃, 大如彈丸[259], 以五枚與[260]帝, 母食二枚. 帝食桃輒[261]以核著膝[262]前, 母曰: "取[263]此[264]核[265]將[266]何爲[267]?" 帝曰: "此桃甘美[268], 欲種之." 母笑[269]曰: "此桃三千年一生實." 唯帝與[270]母[271]對坐, 其從[272]者皆不得進. 時東方朔竊[273]從[274]

---

249) 供: 고금일사본 供
250) 殿: 조본·일본·고금일사본 殿
251) 乘: 조본·일본 乗, 고금일사본 乗
252) 南: 조본·일본 南, 고금일사본 南
253) 鬱: 고금일사본 鬱
254) 鳥: 조본·일본 鳥
255) 烏: 조본·일본 烏
256) 旁: 고금일사본 旁
257) 設: 고금일사본 設
258) 微: 조본·일본 微
259) 丸: 고금일사본 丸
260) 與: 조본·일본·공문지인본 與
261) 輒: 조본·일본 輙, 고금일사본 輙
262) 膝: 조본·일본 膝
263) 取: 조본·일본 取
264) 此: 조본·일본 此
265) 核: 고금일사본 核
266) 將: 조본·일본 將, 將, 將, 將 혼용, 고금일사본 將
267) 爲: 조본·일본 爲
268) 美: 조본·일본 美
269) 笑: 조본·일본 笑
270) 與: 조본·일본·공문지인본 與
271) 母: 공문서관 조본 脫字.
272) 從: 조본·일본 從

殿[275]南[276]廂[277]朱鳥牖中窺母, 母顧[278]之, 謂帝曰: "此窺牖小兒, 嘗[279]三來盜吾此桃." 帝乃大怪[280]之. 由此世[281]人謂方朔神[282]仙也.

君山有道, 與[283]吳[284]包山潛通, 上有美酒數[285]斗, 得飮者不死. 漢武[286]帝齋[287]七日, 遣男女數[288]十人至君山, 得酒, 欲飮[289]之, 東方朔[290]曰: "臣識此酒, 請視之." 因一飮致盡. 帝欲殺[291]之, 朔乃曰: "殺朔若[292]死, 此爲不驗[293]. 以其有驗[294], 殺[295]亦不死[296]." 乃赦之.

---

273) 竊: 조본·일본 竊
274) 從: 조본·일본 徔
275) 殿: 고금일사본 殿
276) 南: 조본·일본 南, 고금일사본 南
277) 廂: 조본 厢(중앙도서관 조본 廂), 일본·고금일사본·공문지인본·교증본 廂
278) 顧: 조본 頋(중앙도서관 조본 頋), 일본·고금일사본·공문지인본·교증본 顧
279) 嘗: 조본·일본 甞, 고금일사본 甞
280) 怪: 조본·일본·공문지인본 恠
281) 世: 조본·일본·공문지인본 丗
282) 神: 조본·일본 神
283) 與: 조본·일본 與, 공문지인본 與
284) 吳: 조본·일본 呉, 吴 혼용
285) 數: 조본·일본 數, 數, 數, 数 혼용.
286) 武: 조본·일본 武
287) 齋: 고금일사본 齋
288) 數: 조본·일본 數, 數, 數, 数 혼용.
289) 飮: 고금일사본 飮
290) 朔: 고금일사본 朔
291) 殺: 고금일사본 殺
292) 若: 조본·일본 若
293) 驗: 조본·일본·공문지인본 驗
294) 驗: 조본·일본·공문지인본 驗
295) 殺: 조본·일본 殺
296) 死: 고금일사본 死

博物志卷第八

博物志卷之九

【雜說[1]上】

老子云: "萬民[2]皆付西王母, 唯王·聖人·眞[3]人·仙人·道人之命上屬九天君耳."

黃帝治天下百年而死. 民[4]畏其神百年, 以其數[5]百年, 故曰黃帝三百年. 上古男三十而妻, 女二十而嫁. 曾[6]子曰: "弟[7]子不學[8]古知之矣, 貧者不勝其憂, 富者不勝其樂."

昔[9]西夏仁而去兵, 城廓[10]不修[11], 武[12]士無位, 唐伐之, 西夏云. 昔[13]者玄都賢鬼[14]神道, 廢[15]人事, 其謀[16]臣不用, 龜[17]策[18]是從[19], 忠臣無祿[20], 神

---

1) 說: 조본·일본 說, 고금일사본 說
2) 民: 고금일사본·공문지인본 民
3) 眞: 조본·일본 真, 真 혼용, 고금일사본 真, 真 혼용, 교증본 真
4) 民: 고금일사본·공문지인본 民
5) 數: 조본·일본 數, 數, 數, 数 혼용.
6) 曾: 조본·일본 曾
7) 弟: 조본·일본 弟, 弟, 弟 혼용, 고금일사본 弟
8) 學: 조본·일본 學
9) 昔: 고금일사본 昔
10) 廓: 조본·일본·공문지인본 郭, 고금일사본·교증본 廓
11) 修: 조본·일본 修, 脩 혼용, 중앙도서관 조본 일부 훼손.
12) 武: 조본·일본 武
13) 昔: 고금일사본 昔
14) 鬼: 조본·일본·고금일사본·공문지인본 鬼
15) 廢: 고금일사본 廢
16) 謀: 조본·일본·고금일사본·공문지인본 謀

巫用國.

榆州[21]氏之君孤而無使, 曲沃[22]進伐之以亡[23].

昔[24]有巢氏有臣而貴任之, 專國主斷[25], 已而奪之. 臣怒而生變[26], 有巢以民[27]. 昔[28]者淸陽[29]强力, 貴美[30]女, 不治國而亡[31].

昔[32]有洛氏, 宮室無常, 囿池廣大, 人民[33]困匱, 商伐之, 有洛以亡[34].

《神[35]仙傳》曰: "說[36]上據[37]辰[38]尾爲宿, 歲[39]星降[40]爲東方朔. 傳說[41]死

---

17) 黿: 조본·일본 黿, 고금일사본 黿
18) 策: 조본·일본·공문지인본 策, 고금일사본 策, 교증본 筴
19) 從: 조본·일본 従
20) 祿: 조본·일본·공문지인본 禄
21) 州: 조본·일본·공문지인본 州, 고금일사본·교증본 烱
22) 沃: 조본·일본 沃
23) 亡: 조본·일본 亡, 亾 혼용, 고금일사본 亾
24) 昔: 고금일사본 昔
25) 斷: 조본·일본 断
26) 變: 조본·일본 變, 고금일사본 變
27) 民: 고금일사본·공문지인본 民
28) 昔: 고금일사본 昔
29) 陽: 조본·일본·고금일사본 陽, 陽 혼용. 공문지인본 陽
30) 美: 조본·일본·공문지인본 美
31) 亡: 조본·일본 亡, 亾 혼용, 고금일사본 亾
32) 昔: 고금일사본 昔
33) 民: 고금일사본·공문지인본 民
34) 亡: 조본·일본 亡, 亾 혼용, 고금일사본 亾
35) 神: 중앙도서관 일본 天和本 脫字.
36) 說: 조본·일본·공문지인본 說, 고금일사본 說, 교증본 説
37) 據: 조본·일본 據, 據 혼용, 고금일사본 據
38) 辰: 조본·일본 辰, 고금일사본·공문지인본 辰
39) 歲: 조본·일본 歳
40) 降: 조본·일본 降, 고금일사본 降

後有此宿, 東方生無歲[42]星."

曾子曰: "好我者知吾美[43]矣[44], 惡我者知吾惡矣[45]."

思士不妻而感[46], 思女不夫而孕. 后稷生乎巨跡, 伊尹生乎空桑.

箕子居朝鮮, 其後伐燕[47], 之朝鮮, 亡[48]入海爲鮮國. 師兩妻黑[49]色, 珥兩青蛇[50], 蓋[51]勾芒[52]也.

漢興多瑞[53]應, 至武[54]帝之世[55]特甚[56], 麟鳳[57]數[58]見. 王莽時, 郡國多稱[59]瑞[60]應, 歲歲相尋, 皆由順時之欲, 承旨求媚, 多無實應, 乃使人猜疑[61].

子[62]胥伐楚[63], 燔[64]其府庫, 破其九[65]龍[66]之鍾.

---

41) 說: 조본·일본·공문지인본 説, 고금일사본 說, 교증본 説

42) 歲: 조본·일본 歲

43) 美: 조본·일본·공문지인본 美

44) 矣: 고금일사본 矣

45) 矣: 고금일사본 矣

46) 感: 조본·일본 感

47) 伐燕: 일본 燕伐, 고금일사본 燕, 조본·일본 燕, 고금일사본 燕, 燕 혼용.

48) 亡: 조본·일본 亡, 亾 혼용, 고금일사본 亾

49) 黑: 조본·일본·공문지인본 黑, 고금일사본·교증본 墨

50) 蛇: 고금일사본 蛇

51) 蓋: 조본·일본 盖, 고금일사본 蓋, 고금일사본 盖, 蓋 혼용, 盖는 蓋의 속자.

52) 芒: 조본·일본 芒, 고금일사본 芒

53) 瑞: 고금일사본 瑞

54) 武: 조본·일본 武

55) 世: 조본·일본 丗

56) 甚: 조본 甚, 일본 甚

57) 鳳: 조본·일본 鳳, 고금일사본 鳳

58) 數: 조본·일본 數, 數, 數, 数 혼용. 공문지인본 数

59) 稱: 고금일사본 稱

60) 瑞: 고금일사본 瑞

61) 疑: 조본·일본 疑, 고금일사본·공문지인본 疑

62) 子: 중앙도서관 조본 일부 훼손.

蓍一千歲[67]而三百莖, 其本以老, 故知吉凶[68]. 蓍末大於[69]本爲上吉, 莖必沐浴齋[70]潔[71]食香, 每[72]日[73]望[74]浴蓍, 必五浴之. 浴龜[75]亦然. 明夷[76]曰: "昔[77]夏后莖乘[78]飛龍[79]而登于天. 而牧占四華陶[80], 陶曰: '吉. 昔[81]夏啓莖徙九鼎[82], 啓[83]果徙之.'"

昔[84]舜莖登天爲神, 牧占有黃龍[85]神曰: "不吉." 武[86]王伐殷[87]而牧占蓍老,

---

63) 楚: 조본·일본 楚

64) 燔: 조본·공문지인본 燔

65) 九: 중앙도서관 조본 일부 훼손.

66) 龍: 고금일사본 龍

67) 歲: 조본·일본 歲

68) 凶: 조본·일본·공문지인본 凶, 고금일사본·교증본 凶

69) 於: 고금일사본 於

70) 齋: 고금일사본 齋

71) 潔: 조본·일본·공문지인본 潔, 고금일사본 潔

72) 每: 고금일사본 每

73) 日: 일본 月

74) 望: 고금일사본 望

75) 龜: 조본·일본 龜, 고금일사본 龜

76) 夷: 조본·일본 夷

77) 昔: 고금일사본 昔

78) 乘: 조본·일본 乘, 고금일사본 乘

79) 龍: 고금일사본 龍

80) 陶: 조본·일본·공문지인본 陶, 고금일사본 陶

81) 昔: 고금일사본 昔

82) 鼎: 조본·일본·공문지인본 鼎, 고금일사본 鼎

83) 啓: 고금일사본 啓

84) 昔: 고금일사본 昔

85) 龍: 고금일사본 龍

86) 武: 조본·일본 武

87) 殷: 고금일사본 殷

蓍老曰: "吉." 桀莖伐唐, 而牧占熒[88]惑[89]曰: "不吉." 昔[90]鯀[91]莖注洪[92]水, 而牧占大明曰: "不吉, 有初無後."

蓍末大於[93]本爲卜吉, 次[94]蒿[95], 次荊[96], 皆如是. 龜[97]蓍皆月望[98]浴之.

水石之怪[99]爲龍[100]罔[101]象, 木之怪[102]爲夔[103]魍魎[104], 土[105]之怪[106]爲羵羊, 火之怪[107]爲宋無忌[108].

鬪[109]戰死[110]亡[111]之處[112], 其人馬血積年化爲燐. 燐著地及草木如露, 略

---

88) 熒: 고금일사본 熒
89) 惑: 조본·일본 惑, 고금일사본 惑
90) 昔: 고금일사본 昔
91) 鯀: 조본·일본·고금일사본·공문지인본 鮌, 鮌은 鯀의 동자.
92) 洪: 고금일사본 洪
93) 於: 고금일사본 於
94) 次: 조본·일본 次
95) 蒿: 조본·일본·고금일사본·공문지인본 蒿
96) 荊: 조본·일본·고금일사본·공문지인본 荊
97) 龜: 조본·일본 龜, 고금일사본 龜
98) 望: 고금일사본 望
99) 怪: 조본·일본·공문지인본 恠
100) 龍: 고금일사본·공문지인본 龍
101) 罔: 조본 罔, 고금일사본 罔
102) 怪: 조본·일본·공문지인본 恠
103) 夔: 조본·일본 夔, 고금일사본 夔
104) 魍魎: 고금일사본 罔兩, 교증본 罔兩. 조본 魍, 조본·일본 魎, 공문지인본 魍魎
105) 土: 조본 土
106) 怪: 조본·일본·공문지인본 恠
107) 怪: 조본·일본·공문지인본 恠
108) 忌: 조본·일본·고금일사본·공문지인본 忌
109) 鬪: 조본·일본 鬪, 고금일사본 鬪, 공문지인본 鬪
110) 死: 고금일사본 死
111) 亡: 조본·일본 亡, 亾 혼용, 고금일사본 亾

不可見. 行[113]人或有觸者, 著人體便有光, 拂拭[114]便分散無數[115], 愈甚有細吒聲[116]如炒[117]豆, 唯靜住良久[118]乃滅. 後其人忽忽如失魂[119], 經[120]日乃差. 今[121]人梳頭脫[122]著衣時, 有隨[123]梳[124]解[125]結有光者, 亦有吒聲[126].

風山之首方高[127]三百里, 風穴[128]如[129]電突深三十里, 春風自此而出也. 何以知[130]還[131]風也? 假[132]令[133]東風, 雲反[134]從[135]西來[136], 詵詵而疾, 此不

---

112) 處: 조본·일본 處, 고금일사본 処, 處, 處, 處 혼용. 공문지인본 處

113) 行: 조본·일본 行

114) 拭: 조본·일본 拭

115) 數: 조본·일본 數, 數, 數, 数 혼용. 공문지인본 數, 数 혼용.

116) 聲: 조본·일본 聲, 聲 혼용, 고금일사본 聲

117) 炒: 조본·일본 炒, 고금일사본 炒

118) 久: 조본·일본 久

119) 魂: 조본·일본 魂, 고금일사본·공문지인본 魂

120) 經: 조본·일본 経

121) 今: 조본·일본·공문지인본 今, 고금일사본 今

122) 脫: 조본·일본·공문지인본 脫, 고금일사본 脫

123) 隨: 조본·일본·공문지인본 隨, 고금일사본 隨

124) 梳: 조본 梳

125) 解: 조본·일본 解

126) 聲: 조본·일본 聲, 聲 혼용, 고금일사본 聲

127) 高: 조본·일본·공문지인본 高

128) 穴: 중앙도서관 조본 脫字.

129) 如: 중앙도서관 조본 일부 훼손.

130) 知: 중앙도서관 조본 일부 훼손.

131) 還: 조본·일본 還, 還, 還 혼용, 고금일사본 還

132) 假: 고금일사본 假

133) 令: 조본·일본·고금일사본·공문지인본 令

134) 反: 조본·일본 反

135) 從: 조본·일본 從

136) 來: 조본·일본·공문지인본 来

旋踵[137], 立西風矣. 所以然者, 諸風皆從[138]上下, 或薄於[139]雲, 雲行[140]疾, 下雖[141]有微[142]風, 不能[143]勝上, 上風來[144]則反[145]矣[146].

《春秋》書鼷[147]鼠[148]食郊牛, 牛死. 鼠[149]之類最[150]小者, 食物當時不覺[151]痛. 世傳云: 亦食人項肥厚[152]皮處[153], 亦不覺[154]. 或名甘鼠[155]. 俗人諱此所嚙[156], 衰病之徵[157].

鼠[158]食巴豆三年[159], 重三十斤.

---

137) 踵: 조본·일본 踵

138) 從: 조본·일본 従

139) 於: 고금일사본 扵

140) 行: 조본·일본 行

141) 雖: 조본·일본·공문지인본 雖

142) 微: 조본·일본 㣲

143) 能: 조본·일본 䏻

144) 來: 조본·일본 来

145) 反: 조본·일본 反

146) 矣: 고금일사본 矣

147) 鼷: 조본·일본·공문지인본 鼷, 고금일사본 鼷

148) 鼠: 조본·일본·공문지인본 鼡, 고금일사본 𪖇

149) 鼠: 조본·일본·공문지인본 鼡, 고금일사본 𪖇

150) 最: 조본·일본 㝡

151) 覺: 조본·일본·공문지인본 覐

152) 厚: 고금일사본 厚

153) 處: 조본·일본 䖏, 고금일사본 処, 䖏, 處, 處 혼용. 공문지인본 処

154) 覺: 조본·일본·공문지인본 覐

155) 鼠: 조본·일본·공문지인본 鼡, 고금일사본 𪖇

156) 嚙: 고금일사본 㗸

157) 徵: 조본 㣲, 일본 㣲也, 고금일사본·공문지인본 徵, 교증본 徵, 공문지인본 徵

158) 鼠: 조본·일본·공문지인본 鼡, 고금일사본 𪖇

159) 年: 조본 일부 훼손.

博物志卷之九

博物志卷之十

【 雜說[1]下】

婦[2]人妊娠[3]未滿[4]三月，著婿[5]衣冠，平旦左邊[6]井三匝，映[7]詳影而去，勿反[8]顧[9]，勿令[10]人知見，必生男.[周日用曰：知女則可依法，或先是男如何？余[11]聞有定法，定母年日月[12]與[13]受胎時日，算[14]之，過[15]奇[16]則爲男，過[17]偶則爲女，知爲女復[18]，卽[19]可依法.]

婦[20]人妊身[21]，不欲令[22]見醜[23]惡物・異[24]類鳥獸[25]．食當避其異[26]常味，

1) 說: 조본·일본·공문지인본 説, 고금일사본 說
2) 婦: 조본·일본 婦
3) 娠: 조본·일본 娠, 고금일사본·공문지인본 娠
4) 滿: 조본·일본 滿
5) 婿: 고금일사본·교증본 壻
6) 邊: 조본·일본 邉, 고금일사본 邉
7) 映: 고금일사본 映
8) 反: 조본·일본 反
9) 顧: 조본·일본 顧
10) 令: 조본·일본·고금일사본·공문지인본 令
11) 余: 조본·일본·공문지인본 余
12) 日月: 고금일사본·교증본 月日
13) 與: 조본·일본 與
14) 算: 조본·일본 筭, 고금일사본 筭
15) 過: 조본·일본 過, 고금일사본·교증본 遇
16) 奇: 조본·일본 竒
17) 過: 조본·일본 過, 고금일사본·교증본 遇
18) 復: 고금일사본·교증본 後, 조본·일본 復
19) 卽: 조본·일본·공문지인본 即, 고금일사본 卽

不欲令[27]見熊[28]羆[29]虎[30]豹. 御及鳥射射雉, 食牛心·白犬肉·鯉[31]魚頭. 席[32]不正不坐, 割不正不食, 聽[33]誦詩書諷詠之音, 不聽[34]淫[35]聲[36], 不視邪色. 以此[37]産子, 必賢[38]明端[39]正壽考. 所[40]謂父母[41]胎教之法.[盧[42]氏曰: 子之得清祀[43]滋液[44], 則生仁聖; 謂□[45]亂[46]之年, 則生貪淫[47], 子因之[48]氣也.] 故古者婦[49]人

---

20) 婦: 조본·일본 婦
21) 身: 조본·일본·공문지인본 身, 고금일사본 娠, 교증본 娠
22) 令: 조본·일본·고금일사본·공문지인본 令
23) 醜: 조본·일본·고금일사본·공문지인본 醜
24) 異: 고금일사본 異
25) 獸: 조본·일본 獸, 獸, 獸, 獸 혼용.
26) 異: 고금일사본 異
27) 令: 조본·일본·고금일사본 令
28) 熊: 조본·일본 熊, 중앙도서관 조본 일부 훼손.
29) 羆: 조본·일본 羆, 중앙도서관 조본 일부 훼손.
30) 虎: 조본·일본 虎, 虎 혼용, 고금일사본 虎, 虎 혼용, 공문지인본 虎
31) 鯉: 고금일사본 鯉
32) 魚頭. 席: 중앙도서관 조본 일부 훼손, 席: 고금일사본 席
33) 聽: 조본·일본 聽, 고금일사본·공문지인본 聽
34) 聽: 조본·일본 聽, 고금일사본·공문지인본 聽
35) 淫: 조본·일본·공문지인본 淫
36) 聲: 조본·일본 聲, 聲 혼용, 고금일사본 聲
37) 此: 조본·일본 此
38) 賢: 고금일사본·공문지인본 賢
39) 端: 고금일사본 端, 공문지인본 端
40) 所: 조본·일본 所, 고금일사본 所
41) 母: 조본·일본 毋
42) 盧: 조본·일본 盧
43) 祀: 조본·일본·공문지인본 祀
44) 液: 조본·일본 液, 고금일사본·공문지인본 液
45) 錯: 조본 ■, 일본 衰, 고금일사본·교증본 錯, 공문지인본 錯
46) 亂: 조본·일본 亂, 공문지인본 亂

姙娠[50], 必愼[51]所感[52], 感[53]於[54]善則善, 感於[55]惡則惡矣. 姙娠[56]者不可啖兎[57]肉. 又不可見兎, 令[58]兒唇[59]缺[60]. 又不可啖生薑, 令[61]兒多指[62].

《異[63]說[64]》云: 瞽叟夫婦[65]凶[66]頑而生舜. 叔梁[67]紇, 淫[68]夫也, 徵[69]在, 失行[70]也, 加又野合而生仲尼[71]焉. 其在有胎敎也?(盧[72]氏曰: 夫甲及寅中[73]生者聖,

47) 淫: 조본·일본 滛
48) 之: 교증본 父
49) 婦: 조본·일본 婦
50) 娠: 조본·일본 娠, 고금일사본·공문지인본 娠
51) 愼: 조본·일본 慎, 고금일사본 愼, 공문지인본 愼
52) 感: 고금일사본 感
53) 感: 고금일사본 感
54) 於: 고금일사본 於
55) 感於: 고금일사본·교증본 없음.
56) 娠: 조본·일본 娠, 고금일사본·공문지인본 娠
57) 兎: 교증본 兔
58) 令: 조본·일본, 고금일사본·공문지인본 令
59) 唇: 조본·일본 唇, 고금일사본·공문지인본 唇
60) 缺: 조본·일본 鈌, 고금일사본·공문지인본 鈌
61) 令: 조본·일본·고금일사본·공문지인본 令
62) 指: 조본·일본 指
63) 異: 고금일사본 異
64) 說: 조본·일본·공문지인본 說, 고금일사본 說, 교증본 説
65) 婦: 조본·일본 婦
66) 凶: 고금일사본 兇
67) 梁: 조본·일본 梁
68) 淫: 조본·일본·공문지인본 滛
69) 徵: 조본·일본 徴, 고금일사본·공문지인본 徵
70) 行: 조본·일본 行
71) 尼: 고금일사본 尼
72) 盧: 조본·일본 盧
73) 中: 고금일사본·교증본 申

以年在歲[74]，德[75]在甲寅，午中[76]生者則然矣[77]．亦由先生[78]也，亦由父母氣也．古者元氣淸，故多聖．今[79]者俗淫[80]陰[81]濁，故無聖人也.］

豫[82]章郡衣冠人有數[83]婦[84]，暴[85]面于道，尋道爭[86]分銖以給其夫與[87]馬衣資．及擧[88]孝廉[89]，更取[90]富者，一切皆給先者，雖[91]有數[92]年之勤[93]，婦[94]子滿[95]堂室，猶放黜[96]以避後人．

諸遠[97]方山郡幽僻處[98]出蜜[99]蝎[100]，人往往[101]以桶[102]聚蜂[103]，每[104]年一

---

74) 歲: 조본·일본 歳
75) 德: 조본·일본 徳
76) 午中: 고금일사본·교증본 壬申
77) 矣: 조본·일본 矣
78) 生: 고금일사본·교증본 天
79) 今: 조본·일본 今, 고금일사본 今
80) 淫: 조본·일본·공문지인본 淫
81) 陰: 조본·일본 陰, 陰, 陰, 陰 혼용, 고금일사본 陰, 陰 혼용, 공문지 인본 陰
82) 豫: 공문지인본 豫
83) 數: 조본·일본 數, 數, 數, 数 혼용, 공문지인본 數
84) 婦: 조본·일본·공문지인본 婦
85) 暴: 조본·일본·공문지인본 暴, 고금일사본 暴
86) 爭: 조본·일본·공문지인본 争
87) 與: 조본·일본 與, 교증본 興
88) 擧: 조본·일본·공문지인본 擧
89) 廉: 조본·일본 廉
90) 取: 조본·일본 取
91) 雖: 조본·일본·고금일사본 雖
92) 數: 조본·일본 數, 數, 數, 数 혼용, 공문지인본 數
93) 勤: 조본·일본 勤, 고금일사본 勤
94) 婦: 조본·일본·공문지인본 婦
95) 滿: 조본·일본·공문지인본 滿, 고금일사본 満
96) 黜: 조본·일본·공문지인본 黜
97) 遠: 조본·일본·공문지인본 遠, 고금일사본 遠, 遠 혼용.
98) 處: 조본·일본 處, 고금일사본 處, 處, 處, 處 혼용, 공문지인본 處

取[105].

遠[106]方諸山蜜[107]蠟[108]處[109], 以木爲器, 中開小孔, 以蜜[110]蠟[111]塗[112]器, 內外令[113]遍. 春月蜂[114]將[115]生育時, 捕取[116]三兩[117]頭著器中, 蜂[118]飛[119]去, 尋將[120]伴來[121], 經[122]日漸[123]益[124], 遂持器歸[125].

---

99) 蜜: 조본·일본·고금일사본 蜜
100) 蝎: 조본·일본·공문지인본 蝎, 고금일사본·교증본 臈
101) 往: 조본·일본·고금일사본 徃
102) 桶: 조본·일본·공문지인본 桶
103) 蜂: 고금일사본 蜂
104) 每: 조본·일본 每
105) 取: 조본·일본 取
106) 遠: 조본·일본·공문지인본 遠, 고금일사본 遠, 遠 혼용.
107) 蜜: 조본·일본·고금일사본·공문지인본 蜜
108) 蠟: 조본·일본·공문지인본 蠟, 고금일사본·교증본 臈
109) 處: 조본·일본 處, 고금일사본 處, 處, 處, 處 혼용, 공문지인본 處
110) 蜜: 조본·일본·고금일사본·공문지인본 蜜
111) 蠟: 조본·일본·공문지인본 蠟, 고금일사본 臘
112) 塗: 조본·일본 塗
113) 令: 조본·일본·고금일사·공문지인본본 令
114) 蜂: 고금일사본 蜂
115) 將: 조본·일본 將, 將, 將, 將 혼용, 고금일사본·공문지인본 將
116) 取: 조본·일본 取
117) 兩: 조본·일본 兩
118) 蜂: 고금일사본 蜂
119) 飛: 조본·일본 飛
120) 將: 조본·일본 將, 將, 將, 將 혼용, 고금일사본·공문지인본 將
121) 來: 조본·일본 來
122) 經: 조본·일본 經
123) 將伴來, 經日漸: 중앙도소관 조본 글자의 일부 및 전체 훼손.
124) 益: 고금일사본 益
125) 歸: 조본·일본 歸

人藉帶[126]眠[127]者, 則夢[128]蛇[129].

烏[130]啣[131]人之髮[132], 夢[133]飛.

王恭[134]·張衡[135]·馬均昔[136]冒重霧行[137], 一人無恙, 一人病, 一人死. 問其故, 無恙人曰: "我飮酒, 病者食, 死[138]者空腹[139]."

人以冷[140]水水[141]自漬至膝[142], 可頓[143]啖, 數[144]十枚瓜[145]. 漬至腰, 啖轉多. 至頸[146]可啖百餘[147]枚. 所漬水皆作瓜[148]氣味. 此[149]事未試. 人中酒不

---

126) 帶: 조본·일본·공문지인본 帶
127) 眠: 조본·일본·공문지인본 眠, 고금일사본 眠
128) 夢: 조본·일본 夢
129) 蛇: 고금일사본 虵
130) 烏: 고금일사본·교증본 鳥
131) 啣: 조본·일본 啣, 고금일사본 銜
132) 髮: 고금일사본 髮
133) 夢: 조본·일본 夢
134) 恭: 조본 恭, 일본 恭, 고금일사본·교증본 爾, 공문지인본 恭
135) 衡: 조본·일본 衡, 고금일사본 衡, 공문지인본 衡
136) 昔: 고금일사본 昝
137) 行: 조본·일본 行
138) 死: 고금일사본 死
139) 腹: 조본·일본 腹, 고금일사본 腹, 공문지인본 腹
140) 冷: 조본·일본·공문지인본 冷, 고금일사본 冷
141) 水水: 교증본 水
142) 膝: 조본·일본 膝, 공문지인본 膝
143) 頓: 고금일사본 頓
144) 數: 조본·일본 數, 數, 數, 数 혼용, 공문지인본 數
145) 瓜: 고금일사본 瓜
146) 頸: 조본·일본 頸
147) 餘: 조본·일본 餘, 고금일사본 餘, 공문지인본 餘
148) 瓜: 고금일사본 瓜
149) 此: 조본·일본 此

解150), 治之, 以湯151)自漬卽152)愈153), 湯154)亦作酒氣味也.

昔155)劉玄石於156)中山酒家酤酒, 酒家與157)千日酒, 忘158)言其節159)度160). 歸161)至家當醉, 而家人不知, 以爲死也, 權葬之. 酒家計千日滿162), 乃憶玄石前來酤酒, 醉向醒耳. 往163)視之, 云玄石亡164)來165)三年, 已166)葬. 於167)是開棺, 醉始醒, 俗云: "玄石飮酒, 一醉千日."

舊168)說169)云天河與170)海通. 近世171)有人居海172)渚者, 年年八月有浮173)槎

---

150) 解: 조본·일본·공문지인본 觧
151) 湯: 조본·일본 湯, 고금일사본 湯, 공문지인본 湯
152) 卽: 조본·일본·공문지인본 即, 고금일사본 卽
153) 愈: 조본·일본 愈
154) 湯: 조본·일본 湯, 고금일사본 湯, 공문지인본 湯
155) 昔: 고금일사본 昔
156) 於: 조본·일본 於, 고금일사본 於
157) 與: 조본·일본·공문지인본 與
158) 忘: 고금일사본 忘
159) 節: 조본·일본·공문지인본 節, 고금일사본 節
160) 度: 고금일사본 度
161) 歸: 조본·일본 歸
162) 滿: 조본·일본·공문지인본 滿, 고금일사본 滿
163) 往: 조본·일본 往
164) 亡: 조본·일본 亡, 亾 혼용, 고금일사본 亾
165) 來: 조본·일본 来
166) 已: 고금일사본 巳
167) 於: 조본·일본 於, 고금일사본 於
168) 舊: 조본·일본 舊
169) 說: 조본·일본·공문지인본 說, 고금일사본 說, 교증본 説
170) 與: 조본·일본·공문지인본 與
171) 世: 조본·일본·공문지인본 丗
172) 海: 고금일사본 海
173) 浮: 조본·일본·공문지인본 浮

去來174), 不失期, 人有奇175)志, 立飛176)閣於177)査上, 多齎178)粮179), 乘180)槎而去. 十餘181)日中, 猶觀182)星月日辰183), 自後茫茫184)忽忽185), 亦不覺186)晝夜187). 去十餘188)日, 奄至一處189), 有城郭190)狀, 屋舍191)甚嚴. 遙192)望193)宮194)中195)多織婦196), 見一丈197)夫牽牛渚次飮之. 牽牛人乃198)驚問曰: "何由至此?" 此人199)具說200)來201)意202), 幷問此是203)何處204), 答曰: "君還205)至

---

174) 來: 조본·일본 来

175) 奇: 조본·일본·공문지인본 竒

176) 悲: 조본·일본 飛

177) 於: 조본·일본 於, 고금일사본 於

178) 齎: 조본·일본 齎, 고금일사본 齎

179) 粮: 조본·일본·공문지인본 粮, 고금일사본 糧

180) 乘: 조본·일본 乗, 고금일사본 乗

181) 餘: 조본·일본 餘, 고금일사본 餘, 공문지인본 餘

182) 觀: 고금일사본 覌, 공문지인본 觀

183) 辰: 조본·일본 辰, 고금일사본·공문지인본 辰

184) 芒芒: 조본·일본 茫茫, 고금일사본 茫茫, 공문지인본 茫茫

185) 忽: 중앙도서관 조본 일부 훼손.

186) 覺: 조본·일본·공문지인본 覺

187) 夜: 조본·일본 夜

188) 餘: 조본·일본 餘, 고금일사본 餘, 공문지인본 餘, 중앙도서관 조본 훼손.

189) 處: 조본·일본 處, 고금일사본 処, 處, 處, 處 혼용, 공문지인본 処

190) 郭: 조본·일본 郭

191) 舍: 조본·일본·공문지인본 舍

192) 遙: 조본·일본 遥, 고금일사본 遥, 공문지인본 遥

193) 望: 조본·일본 望, 고금일사본 望

194) 宮: 일본 훼손 口

195) 狀, 屋舍甚嚴. 遙望宮中: 중앙도서관 조본 훼손.

196) 婦: 조본·일본·공문지인본 婦

197) 丈: 조본·일본·공문지인본 丈

198) 牽牛渚次飮之. 牽牛人乃: 중앙도서관 조본 훼손.

199) 人: 중앙도서관 조본 훼손.

蜀郡訪嚴君平則知之.” 竟不上岸, 因還[206]如期. 後至蜀, 問君平, 曰: “某[207]年月日有客星犯[208]牽牛宿.” 計[209]年月, 正是此人到天河時也.

人有山行[210]墮[211]深澗者, 無出路[212], 饑餓[213]欲死. 左右見龜[214]蛇[215]甚多, 朝暮引頸[216]向東方, 人因伏地學[217]之, 遂不饑[218], 體[219]殊輕便, 能登巖岸. 經[220]數[221]年後, 竦身擧[222]臂, 遂超[223]出澗上, 即[224]得還家. 顔色悅[225]

---

200) 說: 조본·일본·공문지인본 説, 고금일사본 說, 교증본 説
201) 來: 조본·일본 来
202) 意: 중앙도서관 조본 훼손.
203) 是: 중앙도서관 조본 훼손.
204) 處: 조본·일본 處, 고금일사본 処, 處, 處, 處 혼용, 공문지인본 処
205) 還: 조본·일본 還, 고금일사본 還, 공문지인본 還
206) 還: 조본·일본 還, 고금일사본 還, 공문지인본 還
207) 某: 조본·일본 某
208) 犯: 조본·일본·공문지인본 犯
209) 計: 고금일사본 討
210) 行: 조본·일본 行
211) 墮: 조본·일본 墮, 고금일사본 墮, 공문지인본 墮
212) 路: 조본·일본 路
213) 饑餓: 조본·일본·공문지인본 飢餓, 고금일사본 飢餓
214) 龜: 조본·일본·공문지인본 龜, 고금일사본 龜
215) 蛇: 고금일사본 蛇
216) 頸: 조본·일본 頸
217) 學: 조본·일본·공문지인본 學
218) 饑: 조본·일본·공문지인본 飢, 고금일사본 飢
219) 體: 조본·일본 體
220) 經: 조본·일본 経
221) 數: 조본·일본 數, 數, 數, 数 혼용, 공문지인본 數
222) 擧: 조본·일본·공문지인본 擧, 고금일사본 擧
223) 超: 고금일사본 超
224) 即: 조본·일본·공문지인본 即, 고금일사본 卽
225) 悅: 조본·일본·공문지인본 悅, 고금일사본 悅

懌[226], 頗更黠[227]慧勝故. 還[228]食穀[229], 啖滋味, 百餘[230]日中復[231]本質[232].

天門郡有幽山峻谷, 而其上人有從[233]下經[234]過[235]者, 忽然踊[236]出林表, 狀如飛[237]仙, 遂絶迹. 年中如此[238]甚[239]數[240], 遂名此處[241]爲仙谷. 有樂道好事者, 入此[242]谷中洗沐, 以求飛仙, 往往[243]得去. 有長意思人, 疑[244]必以妖怪[245]. 乃以大石自墜[246], 牽一犬入谷中, 大[247]復[248]飛[249]去. 其人還[250]告

---

226) 懌: 조본·일본 懌

227) 黠: 조본·일본·공문지인본 黠, 중앙도서관 조본은 黠부터 권지십의 2쪽 분량이 훼손 되어 없으며, 卷末에 弘治乙丑年都穆記 2쪽 분량 역시 훼손되어 없음.

228) 還: 조본·일본 還, 還, 還 혼용, 고금일사본 還, 공문지인본 還

229) 穀: 조본·일본 穀, 穀 혼용, 고금일사본 穀, 穀 혼용.

230) 餘: 조본·일본 餘, 고금일사본 餘, 공문지인본 餘

231) 復: 조본·일본 復, 고금일사본 復, 공문지인본 復

232) 質: 조본·일본 質

233) 從: 조본·일본 從

234) 經: 조본·일본 經

235) 過: 조본·일본·고금일사본 過

236) 踊: 조본·일본 踊, 공문지인본 踊

237) 飛: 조본·일본 飛

238) 此: 조본·일본 此

239) 甚: 조본·일본 甚

240) 數: 조본·일본 數, 數, 數, 数 혼용, 공문지인본 數

241) 處: 조본·일본 處, 고금일사본 處, 處, 處, 處 혼용, 공문지인본 處

242) 此: 조본·일본 此

243) 往: 조본·일본·고금일사본 徃徃

244) 疑: 조본·일본 疑

245) 怪: 조본·일본·공문지인본 恠

246) 墜: 조본·일본 墜, 고금일사본 墜, 공문지인본 墜

247) 大: 고금일사본·공문지인본·교증본 犬

248) 復: 조본·일본 復, 고금일사본·공문지인본 復

249) 飛: 조본·일본 飛

250) 還: 조본·일본 還, 還, 還 혼용, 고금일사본·공문지인본 還

鄕[251]里, 募[252]數[253]十人執[254]杖[255]揭[256]山草伐木, 至山頂觀[257]之, 遙[258]見一物長數[259]十丈[260], 其高[261]隱[262]人, 耳如簸[263]箕. 格射刺殺[264]之. 所吞人骨[265]積此左右, 有成封. 蟒[266]開口廣[267]丈[268]餘[269], 前後失人, 皆此蟒[270]氣所噏[271]上[272]. 於[273]是此[274]地遂安穩[275]無患.[276]

---

251) 鄕: 조본·일본·공문지인본 鄉, 고금일사본 郷
252) 募: 조본·일본 募
253) 數: 조본·일본·공문지인본 數
254) 執: 조본·일본 執, 고금일사본·공문지인본 執
255) 杖: 조본·일본·공문지인본 杖
256) 揭: 조본·일본·공문지인본 揭, 고금일사본 揭
257) 觀: 조본·일본 觀
258) 遙: 조본·일본 遥, 고금일사본 遥
259) 數: 조본·일본 數, 공문지인본 數
260) 丈: 조본·일본·공문지인본 丈
261) 高: 조본·일본·공문지인본 髙
262) 隱: 조본·일본 隠, 고금일사본 隱
263) 簸: 조본·일본 簸, 고금일사본·공문지인본 簸
264) 殺: 조본·일본 殺
265) 骨: 조본·일본 고금일사본 骨, 공문지인본 骨
266) 蟒: 고금일사본 蟒
267) 廣: 조본·일본 廣
268) 丈: 조본·일본·공문지인본 丈
269) 餘: 조본·일본 · 공문지인본 餘, 고금일사본 餘
270) 蟒: 고금일사본 蟒
271) 噏: 조본·일본·고금일사본·공문지인본 噏
272) 上: 조본 上·일본 止.
273) 於: 조본·일본 於, 고금일사본 於
274) 此: 조본·일본 此
275) 穩: 조본·일본·공문지인본 穏, 고금일사본 穩
276) 공문서관 天和三年本은 이후에 "右十卷以古今逸史所載之博物志訂之 丙辰十月 林祭酒一見朱了"라 쓰여 있는데, 붉은 색 부분은 後人이 고금일사본을 참고하여 수정하였음을

博物志卷之十[277]

알 수 있음.

277) 博物志卷之十: 공문서관 조본은 弘治乙丑春二月工部主事姑蘇都穆記 뒤에 博物志卷之十이라 쓰여 있고, 일본 天和三年本은 卷十 끝에 博物志卷之十이라 쓰여 있으며 弘治乙丑春二月工部主事姑蘇都穆記 후에 博物志終이라 쓰여 있다. 고금일사본은 都穆記가 없으며 博物志第十終이라 쓰여 있고, 교증본은 표기가 없으며, 공문지인본은 卷十 본문 후에 賀泰의 발문이 있고, 弘治乙丑春二月工部主事姑蘇都穆記 후에 博物志卷之十이라 쓰여 있다.

跋文 一

張茂先嘗[1]采歷[2]代四方奇[3]物異事, 著博[4]物志四百, 晋武[5]帝以其太繁, 俾[6]刪爲十卷, 今[7]所[8]傳本是也. 茂先讀書二十車, 其辨龍鮓, 識劒[9]氣, 人以爲博[10]學[11]所[12]致, 是書固君子之不可廢[13]與[14]? 第[15]未知武[16]帝之俾[17]刪[18]者何說[19]? 而所[20]存止於[21]是也. 夫覆載之間, 何所[22]不有? 人以耳目之不接, 一切疑[23]之而不信非也. 論語記[24]子不語怪[25], 怪[26]固未嘗[27]無也, 聖人

---

1) 嘗: 조본·일본 甞, 공문지인본 甞
2) 歷: 조본·일본 厯
3) 奇: 조본·일본·공문지인본 竒
4) 博: 조본·일본·공문지인본 愽
5) 武: 조본·일본 武, 공문지인본 武
6) 俾: 조본·일본·공문지인본 俾
7) 今: 조본·일본·공문지인본 今
8) 所: 조본·일본 所
9) 劒: 조본·일본 劔
10) 博: 조본·일본 愽
11) 學: 조본·일본·공문지인본 學
12) 所: 조본·일본 所
13) 廢: 조본·일본 癈
14) 與: 조본·일본·공문지인본 與
15) 第: 조본·일본 苐
16) 武: 조본·일본 武
17) 俾: 조본·일본·공문지인본 俾
18) 刪: 조본·일본 删
19) 說: 조본·일본·공문지인본 説
20) 所: 조본·일본 所
21) 於: 조본·일본 扵
22) 所: 조본·일본 所
23) 疑: 조본·일본 疑

特不語以示人耳. 予[28]同年賀君志同爲衢[29]州推, 官寶[30]愛是書刻梓以傳. 夫仕與[31]學[32]一道, 君之好古若[33]是, 推之於[34]政殆必有過[35]人者, 而不俟[36]予之言也.

弘治乙丑春二月工部主事姑蘇都穆[37]記[38].

---

24) 記: 조본·일본·공문지인본 記
25) 怪: 조본·일본·공문지인본 恠
26) 怪: 조본·일본·공문지인본 怪
27) 嘗: 조본·일본 甞
28) 予: 조본·일본 予
29) 衢: 조본·일본·공문지인본 衢
30) 寶: 조본·일본 寶, 공문지인본 宝
31) 與: 조본·일본·공문지인본 與
32) 學: 조본·일본·공문지인본 學
33) 若: 조본·일본·공문지인본 若
34) 於: 조본·일본·공문지인본 扵
35) 過: 조본·일본 過
36) 俟: 조본·일본 俟
37) 穆: 조본·일본 穆
38) 記: 조본·일본 記

第三部

朝鮮 出版本《博物志》의 原版本

博物志卷之一
晉司空 張華茂先撰
汝南 周日用等注
余視山海經及禹貢爾雅説文地志雖曰悉備各有所不載者作略説出所不見粗言遠方陳山川位象吉凶有徵諸國境界犬牙相入春秋之後並相侵伐其土地不可具詳其山川地澤略而言之正國十二博物之士覽而鑑焉
地理略自魏氏日已前夏禹治四方而

制之
河圖括地象曰地南北三億三萬五千五百里地部之位起形高大者有崑崙山廣萬里高萬一千里神物之所生聖人仙人之所集也出五色雲氣五色流水其泉南流入中國名曰河也其山中應于天最居中八十城布繞之中國東南隅居其一分是好城也
中國之城左濱海右通流沙方而言之萬五千里東至蓬萊西至隴右右跨京北前及衡岳堯舜土萬里時七千里亦無常隨德劣優也

堯別九州舜為十二
秦前有藍田之鎮後有胡苑之塞左崤函右隴蜀西通流沙險阻之國也
蜀漢之土與秦同域南跨邛笮北阻褒斜西即隈礙隔以劍閣窮險極峻獨守之國也
周在中樞西阻崤谷東望荊山南面少室北有太嶽三河之分雷風所起四險之國也
魏前枕黃河背漳水瞻王屋望梁山有藍田之寶浮池之淵
趙東臨九州西瞻恒岳有沃瀑之流飛壺井陘

之險至于穎陽涿鹿之野
燕却背沙漠進臨易水西至君都東至於遼長
蛇帶塞險陸相乘也
齊南有長城巨防陽關之險北有河濟足以為
固越海而東通于九夷西界岱嶽配林之險
坂固之國也
魯前有淮水後有岱嶽蒙羽之向洙泗之流大
野廣土曲阜尼丘
宋北有泗水南迫睢過有孟諸之澤碭山之塞
也

楚後背方城前及衡嶽左則彭蠡右則九疑有
江漢之流實險阻之國也
南越之國與楚為鄰五嶺已前至于南海負海
之邦交趾之土謂之南裔
吳左洞庭右彭蠡後濱長江南至豫章水戒險
阻之國也
東越通海處南北尾閭之間三江流入南海通
東治嵩海深險絕之國也
衛南跨于河北得洪水南過漢上左通魯澤右
指黎山

讚曰
地理廣大 四海八方 遐遠別域
略以難詳 侯王設險 守固保疆
遠遮川塞 近備城隍 司察奸非
禁禦不良 勿恃危阨 恣其淫荒
無德則敗 有德則昌 安屋猶懼
乃可不亡 進用忠良 社稷永康
教民以孝 舜化以彰

地
天地初不足故女媧氏鍊五色石以補其闕斷
鼇足以立四極其後共工氏與顓頊爭帝而
怒觸不周之山折天柱絕地維故天後傾西
北日月星辰就焉地不滿東南故百川水注
焉
崑崙山北地轉下三千六百里有八玄幽都方
二十萬里地下有四柱四柱廣十萬里地有
三千六百軸犬牙相舉
泰山一曰天孫言為天帝孫也主召人魂魄東
方萬物始成知人生命之長短
考靈耀曰地有四遊冬至地上北而西三萬里

夏至地下南而東三萬里春秋二分其中矣
地常動不止譬如人在舟而坐舟行而人不
覺七戎六蠻九夷八狄形總而言之謂之四海
言皆近海海之言晦昏無所覩也
地以名山為輔佐石為之骨川為之脉草木為
之毛土為之肉三尺以上為糞三尺以下為
地
山
五嶽華岱恒衡嵩
按北太行山而北去不知山所限極處亦如東

海不知所窮盡也
石者金之根甲石精流以生水水生木木含火
水
漢北廣遠中國人鮮有至北海者漢使驃騎將
軍霍去病北伐單于至瀚海而還有北海明
矣（周日用曰余聞北海言蘇武牧羊之所去年德甚邇秖一地聯北海蘇武教羊常在於是耳北地見有蘇武湖非北滇之海）
漢使張騫渡西海至大秦西海之濱有小崐崙
高萬仞方八百里東海廣漫未聞有渡者
南海短狄未及西南夷以窮斷今渡南海至交

趾者不絕也
史記封禪書云威宣燕昭遣人乘舟入海有蓬
萊方丈瀛州三神山神人所集欲採仙藥蓋
言先有至之者其鳥獸皆白金銀為宮闕悉
在渤海中去人不遠
四瀆河出崐崙墟江出岷山濟出王屋淮出桐
柏
八流亦出名山渭出鳥鼠漢出嶓冢洛出熊耳
潁出少室汝出燕泉泗出涪尾淯出月台泱
出丹山水有五色有濁有清汝南有黃水華

山有異水泝水淵或生明珠而岸不枯山澤
通氣以興雷雲氣觸石膚寸而合不崇朝以
雨
江河水亦名曰泣血道路涉骸於河以處
山水總論
五嶽視三公四瀆視諸侯諸侯賞封內名山者
通靈助化位相亞也故地動臣叛名山崩王
道訖川竭神去國隨已亡海投九仞之魚流
水涸國之大誡也澤浮舟川水溢臣盛君衰
百川沸騰山冢卒崩高岸為谷深谷為陵小

人握命君子陵遲白黑不別犬亂之徵也
援神契曰五嶽之神聖四瀆之精仁河者水之伯上應天漢太山天帝孫也主召人魂東方萬物始成故知人生命之長短

五方人民

東方少陽日月所出山谷清其人佼好
西方少陰日月所入其土窈冥其人高鼻深目多毛
南方太陽土下水淺其人大口多傲
北方太陰土平廣深其人廣面縮頸
中央四析風雨交山谷峻其人端正
南越巢居北朔穴居避寒暑也
東南之人食水產西北之人食陸畜食水產者龜蛤螺蚌以為珍味不覺其腥臊也食陸者狸兎鼠雀以為珍味不覺其膻也
有山者採有水者漁山氣多男澤氣多女平衍氣仁高陵氣犯叢林氣躄故擇其所居居在高中之平下中之高則產好人
居無近絕溪群塚狐蟲之所近此則死氣陰匿之處也

山居之民多癭腫疾由於飲泉之不流者今荊南諸山郡東多此疾瘇由踐土之無鹵者今江外諸山縣偏多此病也(盧氏曰不然也有山南人有之北人及吳楚無此病蓋南出黑水水土然也如是不流泉井界竟無此病也)

物產

地性含水土山泉者引地氣也山有沙者生金有穀者生玉名山生神芝不死之草上芝為車馬中芝為人形下芝為六畜土山多雲鐵山多石五土所宜黃白宜種禾黑墳宜麥黍蒼赤宜菽芋下泉宜稻得其宜則利百倍
和氣相感則生朱草山出象車澤出神馬陵出黑丹阜出土怪江南大貝海出明珠仁主壽昌民延壽命天下太平
名山大川孔穴相內和氣所出則生石脂玉膏食之不死神龍靈龜行於穴中矣
神宮在高石沼中有神人多麒麟其芝神草有英泉飲之服三百歲乃覺不死去瑯琊四萬五千里
三珠樹生赤水之上
員丘山上有不死樹食之乃壽有赤泉飲之不

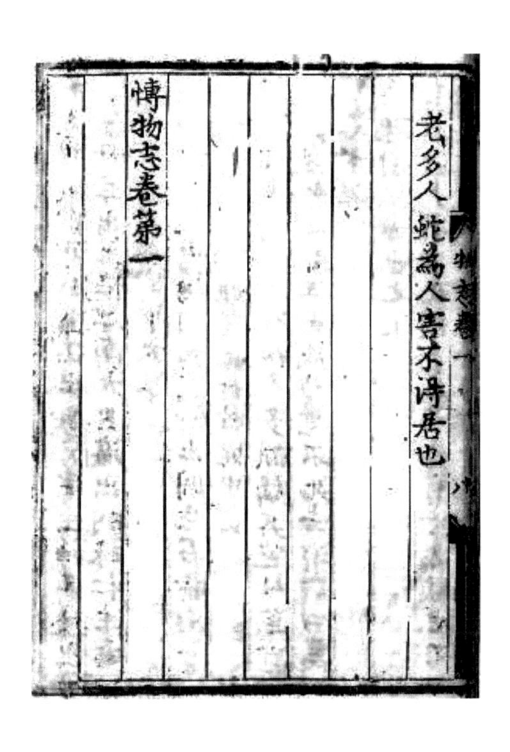

老多人蛇為人害不得居也

博物志卷第一

博物志卷第二

晉司空 張華茂先 撰

汝南 周日用等注

外國

夷海內西北有軒轅國在窮山之際其不壽者八百歲渚沃之野鸞自舞民食鳳卵飲甘露

白民國有乘黃狀如狐背上有角乘之壽三千歲

君子國人衣冠帶劍使兩虎民衣野絲好禮讓不爭土千里多薰華之草民多疾風氣故人不蕃息好讓故為君子國

三苗國昔唐堯以天下讓於虞三苗之民非之帝殺有苗之民叛浮入南海為三苗國

驩兜國其民盡似仙人帝堯司徒驩兜民常捕海島中人面鳥口去南國萬六千里盡似仙人也

大人國其人孕三十六年生白頭其兒則長大能乘雲而不能走蓋龍類去會稽四萬六千里

厭光國民光出口中形盡似猿猴黑色

結胷國有滅蒙鳥奇肱民善為拭扛以殺百禽能為飛車從風遠行湯時西風至吹其車至豫州湯破其車不以視民十年東風至乃復作車遣返而其國去玉門關四萬里

羽民國民有翼飛不遠多鸞鳥民食其卵去九疑四萬三千里

穿胷國昔禹平天下會諸侯會稽之野防風氏後到殺之夏德之盛二龍降之禹使范成光御之行域外既周而還至南海經防風防風之神二臣以塗山之戮見禹使怒而射之迅

風雷雨二龍昇去二臣恐以刃自貫其心而
死禹哀之乃拔其刃療以不死之草是爲穿
曾民
交趾民在穿曾東
孟舒國民人首鳥身其先主爲霤氏訓百禽夏
后之世始食卵孟舒去之鳳凰隨焉
異人
河圖玉板云龍伯國人長三十丈生萬八千歲
而死大秦國人長十丈中秦國人長一丈臨
洮人長三丈五尺

禹致羣臣於會稽防風氏後至戮而殺之其骨
專車長狄喬如身橫九畝長五丈四尺或長
十丈
秦始皇二十六年有大人十二見于臨洮長五
丈足迹六尺東海之外大荒之中有大人國
僬僥氏長三丈時含神霧
日東北極人長九丈
東方有螗螂沃焦防風氏長三丈短人處九寸
遠夷之名雕題黑齒穿曾儋耳大竺歧首
子利國人一手二足拳反曲

無啓民居穴食土無男女死埋之其心不朽百
年還化爲人細民其肝不朽百年而化爲人
皆穴居處二國同類也
蒙雙民昔高陽氏有同產而爲夫婦帝放之此
野相抱而死神鳥以不死草覆之七年男女
皆活同頸二頭四手是蒙雙民
有一國亦在海中純女無男又說得一布衣從
海浮出其身如中國人衣兩袖長二丈又得
一破船隨波出在海岸邊有一人項中復有
面生得與語不相通不食而死其地皆在沃

沮東大海中
南海外有鮫人水居如魚不廢織績其眼能泣
珠
嘔絲之野有女子方跪據樹而嘔絲北海外也
江陵有猛人能化爲虎俗又云虎化爲人好著
紫葛衣足無踵
日南有野女羣行見丈夫狀晶目裸袒無衣褌
異俗
越之東有駭沭之國其長子生則解而食之謂
之宜弟父死則負其母而棄之言鬼妻不可

與同居周日用曰說其母爲鬼妻則其爲鬼子亦合弃之矣是以知蠻夷於禽獸
犬豕一等矣禽獸犬豕之徒猶應乃然也
楚之南有炎人之國其親戚死朽之肉而弃之然
後埋其骨乃為孝也
秦之西有義渠國其親戚死聚柴積而焚之勳
之即烟上謂之登遐然後為孝此上以為政
下以為俗中國未足為非也此事見墨子周日
用曰此事無幾佛國之法且如是乎中國之徒亦如此也
荊州極西南界至蜀諸民曰獠子婦人妊娠七
月而產臨水生兒便置水中浮則取養之沉

便弃之然千百多浮既長皆拔去上齒牙各
一以為身飾
毋丘儉遣王頎追高句麗王宮盡沃沮東界問
其耆老言國人常乘船捕魚遭風吹數十日
東得一島上有人言語不相曉其俗常以七
夕取童女沉海
交州夷名曰俚子俚子弓長數尺箭長尺餘以
燋銅為鏑塗毒藥於鏑鋒中人即死不時斂
藏即膨脹沸爛須臾燋煎都盡唯骨耳其俗
誓不以此藥治語人治之飲婦人月水及糞

汁時有差者唯射猪犬者無他以其食糞故
也燋銅者故燒器其長老唯別燋銅聲以物
杵之徐聽其聲得燋毒者偏鑿取以為箭鏑
景初中蒼梧吏到京云廣州西南接交州數郡
桂林晉興寧浦間人有病將死便有飛蟲大
如小麥或云有甲在舍上人氣絕來食亡者
雖復撲殺有斗斛而來者如風雨前後相尋
續不可斷截肌肉都盡唯餘骨在更去盡貧
家無相纒者或殯殮不時皆受此弊有物力
者則以衣服布帛五六重裹亡者此蟲惡梓

木氣即以板鄣防左右并以作器此蟲便不
敢近也入交界更無轉近郡亦有但微少耳

異產

漢武帝時弱水西國有人乘毛車以渡弱水來
獻香者帝謂是常香非中國之所乏不禮其
使留久之帝幸上林苑西使千乘輿聞并奏
其香帝取之看大如鷰卵三枚與棗相似帝
不悅以付外庫後長安中大疫宮中皆疫病
帝不舉樂西使乞見請燒所貢香一枚以辟
疫氣帝不得已聽之宮中病者登日並差長

安百里咸聞香氣芳積九月餘日香由不歇
帝乃厚禮發遣餞送
一說漢制獻香不滿斤西使臨去乃發香氣如大
豆者拭著宮門香氣聞長安數十里經數日
乃歇
漢武帝時西海國有獻膠五兩者帝以付外庫
餘膠半兩西使佩以自隨後從武帝射於甘
泉宮帝弓弦斷從者欲更張弦西使乃進乞
以所送餘香膠續之座上左右莫不怪西使
乃以口濡膠為以住斷弦兩頭相連注弦遂

相著帝乃使力士各引其一頭終不相離西
使曰可以射終日不斷帝大怪左右稱奇因
名曰續弦膠
周書曰西域獻火浣布昆吾氏獻切玉刀火浣
布汗則燒之則潔刀切玉如臈布漢世有獻
者刀則未聞
魏文帝黃初三年武都西都尉王褱獻石膽二
十斤四年獻三斤
臨邛火井一所從廣五尺深二三丈井在縣南
百里昔時人以竹木投以取火諸葛丞相往

視之後火轉盛熱盆蓋井上煮鹽得鹽入以
家火即滅訖今不復燃也酒泉延壽縣南山
名火泉火出如炬
徐公曰西域使王暢說石流黃出足弥山去高
昌八百里有石流黃數十丈從廣五六十畝
有取流黃晝視孔中上狀如烟而高數尺夜
視皆如燈光明高尺餘暢所親見之也言時
氣不和皆往保此山

博物志卷第二

博物志卷第三
晉 司空 張華茂先 撰
汝 南 周日用等注
異獸
漢武帝時大苑之北胡人有獻一物大如狗然
聲能驚人雞犬聞之皆走名曰猛獸帝見之
怪其細小及出苑中欲使虎狼食之虎見此
獸即低頭著地帝為反觀見虎如此欲謂下
頭作勢起搏殺之而此獸見虎甚喜舐唇搖
尾徑往虎頭上立因搦虎面虎乃閉目低頭

匍匐不敢動搦鼻下去下去之後虎尾下頭
去此獸雇之虎輒閉目
後魏武帝伐冒頓經白狼山逢師子使人格之
殺傷甚衆王乃自率常從軍數百擊之師子
哮吼奮起左右咸驚王忽見一物從林中出
如狸起上王車軛師子將至此獸便跳起上
師子頭上即伏不敢起於是遂殺之得師子
一還來至洛陽三千里雞犬皆伏無鳴吠
魏武伐冒頓經白狼山逢獅子使格之見一物
從竹中出如貍上帝車軛上獅子將至便跳

上獅子頭獅子伏不敢起遂殺之得獅子還
至四十里雞犬皆無鳴吠
九守有神牛乃生谿上黑出時共鬭即海沸黃
或出鬭岸上家牛皆怖人或遮則霹靂號曰
神牛
昔日南貢四象各有雌雄其一雄死於九眞乃
至南海百有餘日其雌塗土著身不飲食空
草長吽問其所以聞之輒流涕焉
越巂國有牛稍割取肉牛不死經日肉生如故
大宛國有汗血馬天馬種漢魏西域時有獻者

文馬赤鬣身色似若黃金名古黃之乘復薊之
露犬也能飛食虎豹
蜀山南高山上有物如獼猴長七尺能人行健
走名曰猳玃一名化或曰猴玃伺行道婦女
有好者輒盜之以去人不得知行者或每遇
其旁皆以長繩相引然故不免此得男女氣
自死故取男也取去為室家其年少者終身
不得還十年之後形皆類之意亦迷惑不復
思歸有子者輒俱送還其家產子皆如人有
不食養者其母輒死故無敢不養也及長與

人不異皆以楊為姓故今蜀中西界多謂楊
率皆猳玃化之子孫時時相有玃爪者也
小山有獸其形如鼓一足如蠡澤有委蛇狀如
轂長如轅見之者霸
猩猩若黃狗人面能言

異鳥

崇丘山有鳥一足一翼一目相得而飛名曰䖤
見則吉良乘之壽千歲
比翼鳥一青一赤在參嵎山
有鳥如烏文首白喙赤足曰精衛故精衛常取

西山之木石以塡東海
越地深山有鳥如鳩青色名曰治鳥穿大樹作
巢如升器其户口徑數寸周飾以土堊赤白
相次狀如射侯伐木見此樹即避之去或夜
冥人不見鳥鳥亦知人不見已也鳴曰咄咄
去明日便息急上樹去咄咄下去明日便宜
急下若使去但言笑而不已者可止伐也若
有穢惡及犯其止者則虎通夕來守人不知
者即害人此鳥白日見其形鳥也夜聽其鳴
人也時觀樂便作人悲喜形長三尺澗中取

石蟹就人火間炙之不可犯也越人謂此鳥
為越祝之祖

異蟲

南方有落頭蟲其頭能飛其種人常有所祭祀
號曰蟲落故因取之焉以其飛因服便去以
耳為翼將曉還復著體再時往往得此人也
江南山谿中水射工蟲甲類也長一二寸口中
有弩形氣射人影隨所著處發瘡不治則殺
人今鸂鶒蠼螋蟲溺人影亦隨所著處生瘡盧氏曰以
鸂鶒腸草揚塗經曰即鶬周曰用日萬物皆有
方相國愚聞以聲蠹木擊鳥鷙其鳥應時落

蝮蛇秋月毒盛無所螫齧草木以泄其氣地蜂未嘗識以是類之女有之
木即死人樵採設為草木所傷刺者亦殺人
毒治於蛭醫謂之蛇迹也
華山有蛇名肥遺六足四翼見則天下大旱
常山之蛇名率然有兩頭觸其一頭頭至觸其
中則兩頭俱至孫武以喻善用兵者

異魚

南海有鰐魚狀似鼉斬其頭而乾之去齒而更
生如此者三乃上

東海中有牛體魚其形狀如牛剝其皮懸之潮
水至則毛起潮去則毛伏
東海鮫錯魚生子子驚還入母腸尋復出
吳王江行食鱠有餘棄於中流化為魚今魚中
有名吳王鱠餘者長數寸大者如筯猶有鱠
形
廣陵陳登食膾作病華佗下之膾頭皆成蟲尾
猶是膾
東海有物狀如凝血從廣數尺方員名曰鮓魚
無頭目處所內無藏衆蝦附之隨其東西人

煮食之

異草木

太原晉陽以北生屛風草

海上有草焉名篩其實食之大如麥七月稔熟

名曰自然谷或曰禹餘粮 篩音師

堯時有屈佚草生於庭佞人入朝則屈而指之

一名指佞草

右詹山帝女化爲詹草其葉鬱茂其花黃實如

豆服者媚於人

止些山多竹長千仞鳳食其實去九疑萬八千

里

江南諸山郡中大樹斷倒者經春夏生菌謂之

椹食之有味而忽毒殺人云此物往往自有

毒者或云蛇所著之楓樹生者啖之令人笑

不得止治之飲土漿即愈

博物志卷第三

博物志卷第四

晉 司空 張華茂先 撰

汝南 周日用 等注

物性

九竅者胎化八竅者卵生龜鼈皆此類咸卵生

影伏

白鶂雄雌相視則孕或曰雄鳴上風則雌孕

兎舐毫望月而孕口中吐子舊有此說余司所

見也

大腰無雄龜鼉類也無雄與蛇通氣則孕細腰

無雌蜂類也
取桑蚕則阜螽子呪而成子詩云螟蛉之子蜾
蠃負之是也
蚕三化先孕而後交不可者亦産子子後爲蠶
皆無眉目易傷收採亦薄
鳥雌雄不可別翼右掩左雄左掩右雌二足而
翼謂之禽四足而毛謂之獸
鵲巢門户背太歲得非才智也
鸛雛長毛雨雪惜其尾栖高樹杪不敢下食往
往餓死時魏景初中天下所說

鸛水鳥也伏卵時卵冷則不沸取礜石用繞卵
以時助燥氣故方術家以鸛巢中礜石
山雞有美毛自愛其色終日映水目眩則溺死
龜三千歲旋於卷耳之上
屠龜解其肌肉唯腸連其頭而經日不死猶能
齧物鳥往食之則爲所得漁者或以張鳥神
蛇復續
蟒蠐以背行快於足用
周官云貉不渡汶水鸜不渡濟水魯國無鸜鵒
來巢記異也

橘渡江北化爲枳今之江東甚有枳橘
百足一名馬蚿中斷成兩段各行而去
物理
凡月暈隨灰畫之隨所畫而闕淮南子云未詳其法
麒麟鬪而日蝕鯨魚死則彗星出嬰兒號婦乳
出
莊子云地三年種蜀黍其後七年多蛇
積艾草三年後燒津液下流成鉛錫已試有驗
煎麻油水氣盡無烟不復沸則還冷可內手攪
之得水則焰起散卒不滅此亦試之有驗

庭州灞水以金銀鐵器盛之皆漏唯瓠葉則不
漏
龍肉以醢漬之則文章生
積油滿萬石則自然生火武帝泰始中武庫火
積油所致
物類
燒鉛錫成胡粉猶類也
燒丹朱成水銀則不類物同類異用者
○石 魏文帝所記諸物相似亂者
武夫怪石似美玉 蛇牀亂蘼蕪

薺苨亂人参　杜衡亂細辛
雄黄似石流黄
鯿魚相亂以有大小相異
敵休亂門冬　百部似門冬
房葵似狼毒　鉤吻草與荇華相似
拔揳與萆薢相似一名狗脊

藥物
烏頭天雄附子一物春秋冬夏採各異也
遠志苗曰小草根曰遠志
芎藭苗曰江蘺根曰芎藭

菊有二種苗花如一唯味小異苦者不中食
野葛食之殺人家葛種之三年不收後旅生亦
不可食
神仙傳云松栢脂入地千年化爲茯苓茯苓化
爲琥珀琥珀一名江珠今泰山出茯苓而無
琥珀益州永昌出琥珀而無茯苓或云燒蜂
巢所作未詳此二說
地黄藍首斷心分根葉種皆生女蘿寄生兔絲
兔絲寄生木上生根不著地
菫花朝生夕死

藥論
神農經曰上藥養命謂五石之練形六芝之延
年也中藥養性合歡蠲忿萱草忘憂下藥治
病謂大黄除實當歸止痛夫命之所以延性
之所以利痛之所以止當其藥應以痛也違
其藥失其應即怨天尤人設鬼神矣
神農經曰藥物有大毒不可入口鼻耳目者即
殺人一曰鉤吻（盧氏曰陰也黄精不相連根苗獨生者是也）二曰鴟（狀如雌雞生中山）三曰陰命（赤色著木懸其子山海中）四曰內童（狀如鵝亦生海中）五曰鴆（羽如雀黑頭赤喙）六曰蝳蝐（生海中雄曰蝳蝐曰蝳蜎也）

神農經曰藥種有五物一曰狼毒占斯解之二
曰巴豆藿汁解之三曰藜蘆湯解之四曰天
雄烏頭大豆解之五曰班茅戎鹽解之毒菜
害小兒乳汁解先食飲二升

食忌
人啖豆三年則身重行止難
啖榆則眠不欲覺
啖麥稼令人力健行
飲真茶令人少眠
人常食小豆令人肥肌麄燥

食鷩麥令人骨節斷解
人食鷩肉不可入水為蛟龍所呑
人食冬葵為狗所齧瘡不差或致死
馬食谷則足重不能行
鴈食粟則翼重不能飛

藥術

胡粉白石灰等以水和之塗鬢鬚不白塗訖著
油單裹令溫煖候欲燥未燥間洗之湯則不
得著晚則多折用暖湯洗訖澤塗之欲染當
熟洗鬢鬚有膩不著藥臨染時亦當拭鬚燥

溫之
陳葵子微火炒令爆咤散著熟地遍蹋之朝種
暮生遠不過經宿耳
陳葵子秋種覆蓋令經冬不死春有子也周日用曰處閒熟地析生菜蘭擣石流黃篩於其上以盆覆之即時可待又以麦白牡丹為五色皆以洗矢根以紫草汁則変之黄紅花汁則変紅並未試於理可為此出余雜
燒馬蹄羊角成灰春夏散著濕地生羅勒
蠡漆相合成為神仙藥服食方云

戲術

削木令圓舉以向日以艾於後成其影則得火

取火法如用珠取火多有說者此未試
神農本草云雞卵可作琥珀其法取伏卵段黃
白渾雜者煑及尚軟隨意刻作物以苦酒漬
數宿既堅內著粉中佳者乃能真矣此世所
恒用作無不成者
燒白石作白灰既訖積著地經日都冷遇雨及
水澆即更燃煙焰起
五月五日埋蜻蜓頭於西向戶下埋至三日不
食則化成青真珠又云埋於正中門
蜥蜴或名蝘蜓以器養之以朱砂體盡赤所食

滿七斤治擣萬杵點女人支體終年不滅唯
房室事則滅故號守宮傳云東方朔語漢武
帝試之有驗
取鼈挫令如碁子大擣赤莧汁和合厚以茅苞
五六日中作投地中經旬臠臠盡成鼈也

博物志卷第四

博物志卷第五

晉司空張華茂先撰

汝南周日用等注

方士

魏武帝好養性法亦解方藥招引四方之術士

如左元放華佗之徒無不畢至周日用曰曹雖好奇而心通異如何招引方術之人乎如因左元放而兼見殺者若非變化已至誠身故有道者不合親之矣既要試術即可乎

魏王所集方士名

上黨王真　隴西封君達

甘陵甘始　魯女生

譙國華佗字元化　東郭延年

唐霅　冷壽光

河南卜式　張貂

薊子訓　汝南費長房

鮮奴辜　魏國軍吏河南趙聖卿

陽城郤儉字孟節　廬江左慈字元放

右十六人魏文帝東阿王仲長統所說皆能斷

穀不食分形隱沒出入不由門戶左慈能變

形幻人視聽厭刻鬼魅皆此類也周禮所謂

怪民王制稱挾左道者也

魏時方士甘陵甘始

廬江有左慈陽城有郤儉始能行氣導引慈曉

房中之術善辟穀不食悉號二百歲人凡如

此之徒武帝皆集之於魏不使遊散甘始老

而少容曹子建密問其所行始言本師姓韓

字世雄嘗與師於南海作金投數萬斤於海

又取鯉魚一雙鯉遊行沉浮有若處淵其

無藥者已熟而食言此藥去此踰遠萬里已

不可行不能得也

皇甫隆遇青牛道士姓封名君達其餘養性法
即可放用大略云體欲常少勞無過虛食去
肥濃節酸鹹減思慮損喜怒除馳逐慎房室
施瀉秋冬閉藏詳別篇武帝行之有效
文帝典論曰陳思王曹植辯道論云世有吾王
悉招至之甘陵有甘始廬江有左慈陽城有
郄儉始能行氣儉善辟穀悉號三百歲人自
王與太子及余之兄弟咸以為調笑不全信
之然嘗試郄儉辟穀百日猶與寢處行步起
居自若也夫人不食七日則死而儉乃能如

是左慈脩房中之術善可以終命然非有至
情莫能行也甘始老而少容自諸術士咸共
歸之王使郄孟節主領諸人
近魏明帝時河東有焦生者裸而不衣處火不
燋入水不凍杜恕為太守親所呼見皆有實
事明日用曰焦孝然達河居一發大雪寒側人已為死而視之蟲氣然露暑無變色時
或折薪惠人而已故魏書云自羲皇以來一人而已
潁川陳元方韓元長時之通才者所以並信有
仙者其父時所傳聞河南密縣有成公其人
出行不知所至復來還語其家云我得仙因

與家人辭訣而去其步漸高良久乃沒而不
見至今密縣傳其仙去二君以信有仙蓋由
此也周日用曰豈惘三子乎
桓譚新論說方士有董仲君罪繫獄佯死臭自
陷出既而復生
黃帝問天老曰天地所生豈有食之令人不死
者乎天老曰太陽之草名曰黃精餌而食之
可以長生太陰之草名曰鉤吻不可食入口
立死人信鉤吻之殺人不信黃精之益壽不
亦惑乎周日用曰草既殺人何無益壽者也若殺人無驗則益壽不可信矣

服食
左元放荒年法擇大豆麁細調勻必生熟挼之
令有光煙氣徹豆心內先不食一日以冷水
頓服訖其魚肉菜果不得復經口渴即飲水
慎不可煖飲初小困十數日後體力壯健不
復思食
鮫法服三升為劑亦當隨人先食多少增損之
盛豐欲還者煑葵子及脂蘇服肉羹漸漸飲
之須豆下乃可食豆未盡而以實物腸塞則
殺人矣此未試或可以然周日用曰又一法鳴塗黏餅炙餅令

熟即謂之以意量多少即食之 如鄭渾所飲冷水惡熟茶耳

孔子家語曰食水者乃耐寒而苦浮食土者無
心不息食木者多而不治食石者肥澤而不
老食草者善走而愚食桑者有緒而蛾食肉
者勇而悍食氣者神明而壽食穀者智慧而
夭不食者不死而神仙傳曰雖食者百病妖
邪之所鍾焉

西域有蒲萄酒積年不敗彼俗云可十年飲之
醉彌月乃解

所食逾少心開逾益所食逾多心逾塞年逾損

焉

辨方士

漢淮南王謀反被誅亦云得道輕舉 周日用曰漢書云淮
南自刑没不絕乎得道輕舉非孟事也至令 消揚史遷馬不逝循存且曰與成公問處宮上
品真人耳阮設道德貴劉投進之事況恒行 陰旨好書黥不咎代識淮南內書言神仙黃
白之術去攻事逃矣夫古今書傳多聯仙道 者虛帝王公侯群為禁而慕其道故憲而不
書中老恥不可勝而云二百歲後西遊流以 不知所之更書云蜀有女道二斛自然白日
上丹砂外歷代 史籍未寄書也

鈎弋夫人被殺於雲陽而言尸解柩空 周日用曰皮云
夫人被大風拔樹揚沙 揭石亦不云尸解柩空

又典論云議郎李覃學郄儉辟穀服茯苓飲水
中不寒洩痢殆至殞命軍祭酒弘農董芬學
甘始鴟視狼顧呼吸吐納為之過差氣閉不
通良久乃蘇寺人嚴峻就左慈學補道之術
閹豎真無事於斯而逐聲若此

又云王仲統云甘始存元放東郭延年行容成
御婦人法並為丞相所錄間行其術亦得其
驗降就道士劉景受雲母九子元方年三
百歲莫之所在武帝恒御此藥亦云有驗劉
德治淮南王獄得枕中鴻寶秘書及子向咸

而奇之信黃白之術可成謂神仙之道可致
卒亦無驗乃以羅罪也 周日用曰神仙之道于之匪一朝一夕而
可得黃白者也仍須有分界膺者 德須有骨安可偶然而得効也

劉根不覺飢渴或謂能忍盈虛王仲都當盛夏
之月十爐火炙之不熱當嚴冬之時裸之而
不寒恒山君以為性耐寒暑恒山以無仙道
好奇者為之前者已述焉

司馬遷云無堯以天下讓許由事揚雄亦云誇
大者為之楊雄又云無仙道桓譚亦國

博物志卷第六

晉司空張華茂先撰

汝南周日用等注

人名攷

昔彼高陽是生伯鯀布土取帝之息壤以鎮洪
水

殷三仁微子箕子比干

文王四友南宫括散宜生閎夭太顛仲尼四友
顔淵子貢子路子張

博物志卷之五

有風貌乃妻凱生華即女所生

太丘長陳寔寔子鴻臚卿紀紀子司空群群子
泰四世於漢魏今朝有重名而其德漸小減
故時人為其語曰公慙卿卿慙長

文籍攷

聖人制作曰經賢者著述曰傳鄭玄注毛詩曰
箋不解此意或云毛公嘗為北海郡守玄是
此郡人故以為敬

何休注公羊傳云何氏學又不能解者或荅云
休謙詞受學於師乃宣此義不出於已此言

曹參字敬伯

蔡伯喈母袁公妹曜卿姑也

古之善射者甘蠅蠅之弟子曰飛衛

平原管輅善卜筮解鳥語

蔡邕有書萬卷漢末年載數車與王粲粲亡後
相國掾魏諷謀反粲子與焉既被誅邕所與
粲書悉入粲族子業字長緒即正宗父正宗
即輔嗣兄也初粲與族兄凱避地荊州依劉
表表有女表愛粲才欲以妻之嫌其形陋周
率乃謂曰君才過人而體貌躁非女婿才凱

為允
太古書今見存有神農經山海經或云禹所作
周易蔡邕云禮記月令周公作 周曰周禮 爾雅云第一
是呂不韋春秋明呂氏所 制蔡邕云周公末之辭也
諡法司馬法周公所作
余友下邳陳德龍謂余言曰靈光殿賦漢為耳
中王子山所作子山嘗之泰山從鮑子真學
筭過魯國而都殿賦之還歸本州溺死湘水
時年二十餘也

地理攷

周自后稷至于文武皆都關中號為宗周秦為
阿房殿在長安西南二十里殿東西千步南
北三百步上可以坐萬人庭中受十萬人二
世為趙高所殺於宜春宮在杜城南三里葬
於旁
周時德澤盛蒿大以為宮柱名曰蒿宮
姜嫄祠在墉城長安西南三十里
盜跖冢在大陽縣西
趙鞅冢在臨水縣界
始皇陵在驪山之北高數十丈周迴六七里今
在陰盤縣界北陵雖高大不足以銷六丈冰
背陵障使東西流又此山名運取大石於渭
北渚故歌曰運石甘泉口渭水為不流千人
唱萬人鉤金陵餘石大如塸土屋其銷功力
皆如此類 盧氏曰秦氏書使自知韓用秘寶 多故高作陵圖山者從難發也高
則雖上國則雖攻項羽爭衛 之時發其陵未得其至掘否
舊洛陽字作水邊各夫行也忌水故去水而加
佳又魏於行次為土水得土而流土得水而
柔故復佳加水變雜為洛焉
洞庭君山帝之二女居之曰湘夫人又荊州圖
經曰湘君所遊故曰君山
南荊賦江陵有棊甚大而有一株衆木皆拱之

典禮攷

三讓一曰讓禮二曰固讓三曰終讓
漢承秦群臣上書皆曰昧死言
王莽盜位慕古法昧死曰稽首光武因而不改
肉刑明王之制荀卿每論之至漢文帝感太倉
公女之言而廢之班固著論宜復迄漢末魏
初陳紀又論宜申古制孔融云不可復欲申
之鍾繇王朗不同遂寢夏侯玄李勝曹羲丁

謚建私議各有彼此多去時未可復故遂寢

馬

上公備物九錫一大輅各一玄牡二駟二袞冕之服赤舄副之三軒縣之樂六佾之舞四朱戶以居五納陛以登六虎賁之士三百人七鈇鉞各一八彤弓一彤矢百玈弓十玈矢千九秬鬯一卣珪瓚副之

樂攷

漢末喪亂無金石之樂魏武帝至漢中得杜夔舊法始復設軒懸鍾磬至於今用之於夔也

服飾攷

漢末喪亂絕無玉佩始復作之今之玉佩受於王粲

古者男子皆絲衣有故乃素服又有冠無幘故雖凶事皆著冠也

漢中興士人皆冠葛巾建安中魏武帝造白帢於是遂廢唯二學書生猶著也

器名攷

寶劍名鈍鉤湛盧豪曹魚腸巨闕五劍皆歐冶子所作龍泉太阿上市三劍皆楚王者作風胡子因具請干將歐冶子作干將陽龍文莫邪陰漫理此二劍異王使干將作莫邪干將妻也 作鉄鏤鏤劍也 書

赤刀周之寶器也

物名攷

古駿馬有飛兔腰褭

周穆王八駿 赤驥 飛黃 白蟻 華騮 騄耳 騧騟 渠黃 盜驪

唐公有驌驦

項羽有騅 周日用曰曹公有爪黃飛電 呂布有赤兔 後漢有良騎也

周穆王有犬名耗毛白

晉靈公有畜狗名獒

韓國有黑犬名盧

宋有駿犬曰鵲

犬四尺為獒

張騫使西域還乃得胡桃種

徐州人謂塵土為蓬塊吳人謂跋跌

博物志卷之六

博物志卷第七

晉司空張華茂先撰

汝南周日用等注

異聞

昔夏禹觀河見長人魚身出曰吾河精豈河伯
也
馮夷華陰潼鄉人也得仙道化為河伯豈道同
我仙夷乘龍虎水神乘魚龍其行恍惚萬里
如室
夏桀之時為長夜宮於深谷之中男女雜處十

旬不出聽政天乃大風揚沙一夕填此宮谷
又云石室瑤臺關龍逄諫桀言曰吾之有民
如天之有日日亡我則亡以為龍逄妖言而
殺之其後山復於谷下反在上耆老相與諫
桀又以為妖言而殺之
夏桀之時費昌之河上見二日在東者爛爛將
起在西者沉沉將滅若疾雷之聲昌問於馮
夷曰何者為殷何者為夏馮夷曰西夏東殷
於是費昌徙族歸殷
武王伐紂至盟津渡河大風波武王操戈秉麾

麾之風波立霽
魯陽公與韓戰酣而日暮援戈麾之日日反三
舍
太公為灌壇令武王夢婦人當道夜哭問之曰
吾是東海神女嫁於西海神童今灌壇令當
道廢我行我行必有大風雨而太公有德吾
不敢以暴風雨過是毀君德武王明日召太
公三日三夜果有疾風暴雨從太公邑外過
晉文公出大蛇當道如拱文公反修德使吏守
蛇吏夢天殺蛇曰何故當聖君道覺而視蛇

則自死也
齊景公伐宋過泰山夢二人怒公謂大公之神
晏子謂宋祖湯與伊尹也為言其狀湯皙容
多髮伊尹黑而短即所夢也景公進軍不聽
軍鼓毀公怒散軍伐宋
徐偃王志云徐君宮人娠而生卵以為不祥棄
之水濱獨孤母有犬名鵠蒼獵於水濱得所
棄卵銜以東歸獨孤母以為異覆煖之遂䗖
成兒生時正偃故以為名徐君宮中聞之乃
更録取長而仁智襲君徐國後鵠蒼臨死生

角而九尾實黃龍也偃王又葬之徐界中今
見狗壟偃王既其國仁義著聞欲舟行上國
乃通溝陳蔡之間得朱弓矢以已得天瑞遂
因名為弓自稱徐偃王江淮諸侯皆伏從伏
從者三十六國周王聞遣使乘駟一日至楚
使伐之偃王仁不忍鬪言其民為楚所敗逃
走彭城武原縣東山下百姓隨之者以萬數
後遂名其山為徐山山上立石室有神靈民
人祈禱今皆見存
海水西夸父與日相逐走渴飲水河謂不足北

飲大澤未至渴而死棄其策杖化為鄧林
澹臺子羽渡河齎千金之璧于河河伯欲之至
陽侯波起兩鮫挾船子羽左操璧右操劍擊
鮫皆死既渡三投璧于河河伯躍而歸之
子羽毀而去
荊軻字次非渡鮫夾船次非不奏斷其頭而風
波靜除 周日用曰余嘗行經荊將軍墓墓與羊角哀冢鄰若案伯施云為荊將軍所伐乃在此也其地在荊陵之源東見其墓碑將軍名乃作次非字也
東阿王勇士有菑丘訢過神淵使飲馬馬枕沒
朝服拔劍二日一夜殺二蛟一龍而出雷隨

擊之十日夜眇其左目
漢滕公薨求葬東都門外公卿送喪駟馬不行
跼地悲鳴跪蹄下地得石有銘曰佳城鬱鬱
三千年見白日吁嗟滕公居此室遂葬焉
衛靈公葬得石槨銘曰不逢箕子靈公奪我里
漢西都時南宮寢殿內有醇儒王史威長死葬
銘曰明明哲士知存知亡崇隴原壟非寧非
康不封不樹作靈乘光厥銘何依王史威長
元始元年中謁者沛郡史岑上書訟王宋奪董
賢墓塋之功靈帝和光元年遼西太守黃翻

上言海邊有流屍露冠絳衣體貌完全使翻
感夢云我伯夷之弟孤竹君也海水壞吾棺
槨求見掩藏民有襁褓視皆無疾而卒
漢末關中大亂有發前漢時冢者人猶活既出
平復如舊魏郭后愛念之錄著宮內常置左
右問漢時宮中事說之了了皆有次序后崩
哭泣過禮遂死焉
漢末發范友明冢奴猶活友明霍光女婿說光
家事廢立之際多與漢書相似此奴常遊走
於民間無止住處今不知所在或云尚在余

聞之於人可信而目不可見也
大司馬曹休所統中郎謝璋部曲義兵奚儂息
女年四歲病役故埋葬五日復生太和三年
詔令休使父母同時送女來視其年四月三
日病死四日埋葬至八日同墟入採桑聞兒
生活今能飲食如常
京兆都張潛客居遼東還後為駙馬都尉關內
侯表言故為諸生太學時聞故太尉常山張
顥為梁相天新雨後有鳥如山鵲飛翔近地
市人擲之稍下墮民爭取之即為一員石言

縣府顥令搥破之得一金印文曰忠孝侯印
顥表上之藏於官庫後議郎汝南樊行夷校
書東觀表上言堯舜之時舊有此官今天降
印宜可復置
孝武建元四年天雨粟孝元竟寧元年南陽陽
郡雨穀小者如黍粟而青黑味苦大者如大
豆赤黃味如麥下三日生根葉狀如大豆初
生時也
代城始築立板幹一旦亡西南四五十板於澤
中自立結草為外門因就營築焉故其城直

周三十七里為九門故城處為東城

博物志卷第七

博物志卷第八

晉 司 空 張華茂先撰

汝 南 周日用等注

史補

黃帝登仙其臣左徹者削木象黃帝帥諸侯以
朝之七年不還左徹乃立顓頊左徹亦仙去也

堯之二女舜之二妃曰湘夫人舜崩二妃啼以
涕揮竹竹盡斑

處士東里塊責禹亂天下事禹退作三章強者
攻弱者守敵戰城郭蓋禹始也

近於民遠於佞近於義嗇於時惠於財任賢
使能陛下摛顯先帝光耀以奉皇天之嘉祿
欽順仲夏之吉日遵並大道郊域康阜萬國
之休靈始明元服推遠童稚之幼志弘積文
武之就德肅勲高祖之清廟六合之内靡不
蒙德歲歲與天無極右孝昭用成王冠辭

止雨祝曰天生五穀以養人民今天雨不止用
傷五穀如何如何靈而不幸殺牲以賽神靈
雨則不止鳴鼓攻之朱綠繩縈而脅之

請雨曰皇皇上天照臨下土集地之靈神降甘

大姒夢見商之庭產棘乃小子發取周庭梓樹
樹之于闕間梓化爲松柏棫柞覺驚以告文
主文王曰慎勿言冬日之陽夏日之陰不召
而萬物自來天道尚左日月西移地道尚右
水潦東流天不享於殷自發之生于今十年
羔羊在牧水潦東流天下飛鴻滿野日之出
地無移照乎

武王伐殷舍於幾逢大雨焉衰輿三百乘甲三
千一日一夜行三百里以戰于牧野

成王冠周公使祝雍曰辭達而勿多也祝雍曰

兩廉物群生咸得其所
禮記曰孔子少孤不知其父墓母亡問於郰曼
父之母乃合葬於防防墓又崩門人後至孔
子問來何遲門人實對孔子不應如是者三乃
潸然流涕而止曰古不脩墓蔣濟何晏夏侯
玄王肅皆云無此事注記者謬時賢咸從之
周日用曰四士言無者後有何理而述之在衆所見實來之有矣且嵗在輿梁能野合而
生事多隱之死我年生而父死既隱何以知之非問曼父之母安得合葬於防也
孔子東遊見二小兒辯鬭問其故一小兒曰我
以日始出時去人近而日中時遠也一小兒

曰以日出而遠而日中時近也一小兒曰日初
出時大如車蓋及日中時如盤盂此不為遠
者小而大者近乎一小兒曰日初出滄滄涼
涼及其中而探湯此不為近者熱而遠者涼
乎孔子不能決矣兩小兒曰孰謂汝多知乎
亦出列子周日用曰日當中向地者炎氣直下也譬猶火氣直上而與旁暑其炎
陳可悉耳足明矣出近而當中遠矣豈聖人青對乎
子路與子貢過鄭神社社樹有鳥神牽率子路
子貢說之乃止
春秋哀公十有四年春西狩獲麟公羊傳曰有

以告者孔子曰孰為來哉孰謂來哉庶曰以其時非
應故孔子泣而感之麟曰生生對孔子天使報聖人
在傳曰叔孫氏之車子鉏商獲麟以為不祥
燕太子丹質於秦秦王遇之無禮不得意思欲
歸請於秦王王不聽謬言曰令烏頭白馬生
角乃可丹仰而歎烏即頭白俯而歎馬生角
秦王不得已而遣之為機發之橋欲陷丹丹
驅馳過之而橋不發遁到關關門不開丹為
雞鳴於是衆雞悉鳴遂歸
詹何以獨繭絲為綸芒針為鉤荊篠為竿割粒

為餌引盈車之魚於百仞之淵汨流之中綸
不絶鈎不申竿不撓之
薛譚學謳於秦青未窮青之旨於一日遂辭歸
秦青乃餞於郊衢撫節悲歌聲震林木響遏
行雲薛譚乃謝求返終身不敢言歸秦青顧
謂其友曰昔韓娥東之齊遺糧過雍門鬻歌
假食而去餘響遶梁三日不絶左右以其人
弗去過逆旅凡人辱之韓娥因曼聲哀哭一
里老幼喜歡抃舞弗能自禁乃厚賂而遣之
故雍門人至今善歌哭放娥之遺聲也

趙襄子率徒十萬狩於中山藉芳燔林扇赫
里有人從石壁中出隨煙上下若無所之經
涉者襄子以爲物徐察之乃人也問其奚道
而處石奚道而入火其人曰奚物爲火其人曰
不知也魏文侯聞之問於子夏曰彼何人哉
子夏曰以商所聞於夫子和者同於物物無
得而傷閡者遊金石之間及蹈於水火皆可
也文侯曰吾子奚不爲之子夏曰刳心知智
商未能也雖試語之而卽假矣文侯曰夫子
奚不爲之子夏曰夫子能而不爲之侯不悅

更羸謂魏王曰臣能射爲虛發而下鳥王曰然
可於此乎曰聞有鳥從東來羸虛發而下之也
澹臺子羽子溺水死欲葬之滅明曰此命也與螻
蟻何親與魚鱉何讎遂使葬
列傳云聶政刺韓相白虹爲之貫日要離刺慶
忌彗星襲月專諸刺吳王僚鷹擊殿上
齊桓公出因與管仲故道自燉煌西涉流沙往
外國沙石千餘里中無水時則有伏流處人
莫能知皆乘駱駝駱駝知水脉過其處輒停
不肯行以足蹋地人於其蹋處掘之輒得水

魏熊渠子夜行射寢石以爲伏虎矢爲沒羽
漢武帝好仙道祭祀名山大澤以求神仙之道
時西王母遣使乘白鹿告帝當來乃供帳九
華殿以待之七月七日夜漏七刻王母乘紫
雲車而至於殿西南面東向頭上戴七種青
氣鬱鬱如雲有三青鳥如烏大使侍母旁時
設九微燈帝東面西向王母索七桃大如彈
丸以五枚與帝母食二枚帝食桃輒以核著
膝前母曰取此核將何爲帝曰此桃甘美欲
種之母笑曰此桃三千年一生實唯帝與

對坐其從者皆不得進時東方朔竊從殿南
廂朱鳥牖中窺母母顧之謂帝曰此窺牖小
兒嘗三來盜吾此桃帝乃大怪之由此世人
謂方朔神仙也
君山有道與吳包山潛通上有美酒數斗得飮
者不死漢武帝齋七日遣男女數十人至君
山得酒欲飮之東方朔曰臣識此酒請視之
因一飮致盡帝欲殺之朔乃曰殺朔若死此
爲不驗以其有驗殺亦不死乃赦之

博物志卷第八

博物志卷之九

晉司空 張華茂先撰

汝南 周日用等注

雜說上

老子云萬民皆付西王母唯王聖人真人仙人
道人之命上屬九天君耳
黃帝治天下百年而死民畏其神百年以其敎
百年故曰黃帝三百年上古男三十而妻女
二十而嫁曾子曰弟子不學古知之矣貧者
不勝其憂富者不勝其樂

昔西夏仁而去兵城郭不脩武士無位唐伐之
西夏云昔者玄都賢鬼神道廢人事其謀臣不
用龜策是從忠臣無祿神巫用國
榆州氏之君孤而無使曲沃進伐之以亡
昔有巢氏有臣而貴任之專國主斷已而奪之
臣怒而生變有巢以民昔者淸陽彊力貴美
女不治國而亡
昔有洛氏宮室無常囿池廣大人民困匱商伐
之有洛以亡
神仙傳曰說上據辰尾爲宿歲星降爲東方朔

傳說死後有此宿東方生無歲星
曾子曰好我者知吾美矣惡我者知吾惡矣
思士不妻而感思女不夫而孕后稷生乎巨跡
伊尹生乎空桑
箕子居朝鮮其後伐燕之朝鮮亡入海爲鮮國
師兩妻黑色珥兩青蛇蓋句芒也
漢興多瑞應至武帝之世特甚麟鳳數見王莽
時郡國多稱瑞應歲歲相尋皆由順時之欲
承旨求媚多無實應乃使人猜疑
子胥伐楚燔其府庫破其九龍之鐘

蓍一千歲而三百莖其本以老故知吉凶蓍末
大於本爲上吉筮必沐浴齋潔食香每日望
浴蓍必五浴之浴龜亦然明夷曰昔夏后筮
乘飛龍而登于天而牧占四華陶陶曰吉昔
夏啓筮徙九鼎啓果徙之
昔舜筮登天爲神牧占有黃龍神曰不吉武王
伐殷而牧占蓍老蓍老曰吉桀筮伐唐而牧
占熒惑曰不吉昔鯀筮注洪水而牧占大明
曰不吉有初無後
蓍末大於本爲上吉次蒿次荊皆如是龜蓍皆

月望浴之
水石之怪爲龍罔象木之怪爲躨魍魎土之怪
爲犢羊火之怪爲宋無忌
鬪戰死亡之處其人馬血積年化爲燐燐著地
及草木如露略不可見行人或有觸者著人
一體便有光拂拭便分散無數愈甚有細咤聲
如炒豆唯靜住良久乃滅後其人忽忽如失
魂經日乃差今人梳頭脫著衣時有隨梳解
結有光者亦有咤聲
風山之首方高三百里風穴如電突深三十里

春風自此而出也何以知還風也假令東風
雲反從西來詵詵而疾此不旋踵立西風矣
所以然者諸風皆從上下或薄於雲雲行疾
下雖有微風不能勝上上風來到反矣
春秋書鼷鼠食郊牛牛死鼠之類最小者食物
當時不覺痛世傳云亦食人項肥厚皮處亦
不覺或名甘鼠俗人諱此所齧衰病之徵
鼠食巴豆三年重三十斤

博物志卷之九

博物志卷之十

晉 司空 張華茂先 撰

汝南 周日用等 注

雜說下

婦人妊娠未滿三月著壻衣冠平旦左遶井三
匝映詳影而去勿反顧勿令人知見必生男
（周日用曰知女則可依法或先是男如何會聞有定法定母年日月與受胎時日算之過奇則爲男遇偶則爲女知爲女復即可依法）
婦人妊身不欲令見醜惡物異類鳥獸食當避
其異常味不欲令見熊羆虎豹御及鳥射射

雉食牛心白犬肉鯉魚頭席不正不坐割不
正不食聽誦詩書諷詠之音不聽淫聲不視
邪色以此産子必賢明端正壽考所謂父母
胎教之法 盧氏曰子之得清和滋潤則生仁聖謂■亂之年則生貪淫子固之
氣也 故古者婦人姙娠必慎所感感於善則善
感於惡則惡矣姙娠者不可啖兎肉又不可
見兎令兒唇缺又不可啖生薑令兒多指
異說云瞽叟夫婦凶頑而生舜叔梁紇淫夫也
徵在失行也加又野合而生仲尼焉其在有
胎教也 盧氏曰夫甲及寅中生者聖以年在亂德在甲寅午申生者則然矣亦由

生也亦由父母氣也古者元氣清故多賢今者俗澆陰濁故無聖人也
豫章郡衣冠人有數婦暴面于道尋道爭分銖
以給其夫與馬衣資及舉孝廉更取富者一
切皆給先者雖有數年之勤婦子蒲堂室猶
放黜以避後人
諸遠方山郡幽僻處出蜜蠟人往往以桶聚蜂
每年一取
遠方諸山蜜蠟處以木爲器中開小孔以蜜蠟
塗器內外令遍春月蜂將生育時捕取三兩
頭著器中蜂飛去尋將伴來經日漸益遂持

器歸
人藉帶眠者則夢蛇
鳥銜人之髮夢飛
王肅張衡馬均昔冒重霧行一人無恙一人病
一人死問其故無恙人曰我飮酒病者食死
者空腹
人以冷水自漬至膝可頓啖數十枚瓜漬至
腰啖轉多至頸可啖百餘枚所漬水皆作瓜
氣味此事未試人中酒不鮮治之以湯自漬
卧愈湯亦作酒氣味也

昔劉玄石於中山酒家酤酒酒家與千日酒忘
言其節度歸至家當醉而家人不知以爲死
也權葬之酒家計千日滿乃憶玄石前來酤
酒醉向醒耳往視之云玄石亡來三年已葬
於是開棺醉始醒俗云玄石飮酒一醉千日
舊說云天河與海通近世有人居海渚者年年
八月有浮槎去來不失期人有奇志立飛閣
於查上多齎粮乘槎而去十餘日中猶觀星
月日辰自後芒芒忽忽亦不覺晝夜去十餘
日奄至一處有城郭狀屋舍甚嚴遙望宮中

多織婦見一丈夫牽牛渚次飲之牽牛人乃
驚問曰何由至此此人具說來意并問此是
何處答曰君還至蜀郡訪嚴君平則知之竟
不上岸因還如期後至蜀問君平曰某年月
日有客星犯牽牛宿計年月正是此人到天
河時也
人有山行墮深澗者無出路飢餓欲死左右見
龜蛇甚多朝暮引頸向東方人因伏地學之
遂不飢體殊輕便能登巖岸經數年後竦身
舉臂遂超出澗上卽得還家顏色悅懌頗

黠慧勝故還食穀啖滋味百餘日中復本質
天門郡有幽山峻谷而其上人有從下經過者
忽然踊出林表狀如飛仙遂絶迹年中如此
甚數遂名此處爲仙谷有樂道好事者入此
谷中洗沐以求飛仙往往得去有長意思人
疑必以妖怪乃以大石自墜牽一犬入谷中
犬復飛去其人還告鄉里募數十人執杖擔
山草伐木至山頂觀之遙見一物長數十丈
其高隱人耳如鼓其格射刺殺之所吞人骨
積此左右有成封蟒開口廣丈餘前後失人

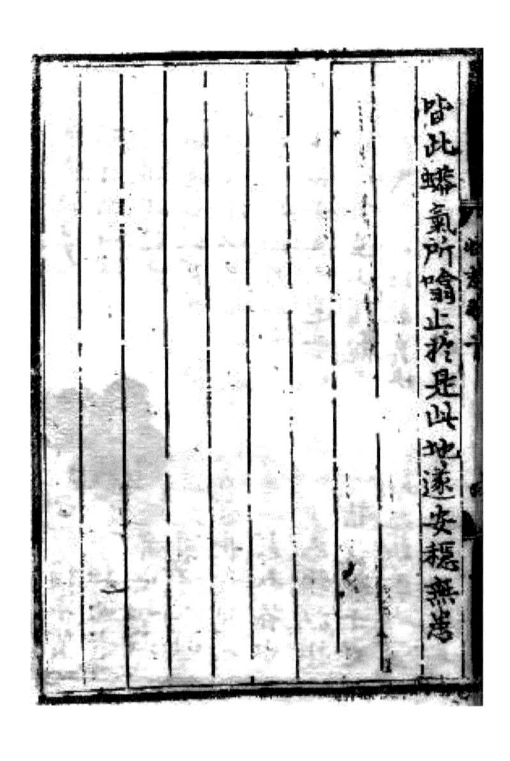
皆此蟒氣所噏止於是山地遂安穩無患

張茂先嘗采歷代四方奇物異事著博物
志四百晉武帝以其太繁俾刪爲十卷今
所傳本是也茂先讀書二十車其辨龍鮓
識劍氣人以爲博學所致是書固君子之
不可廢與第未知武帝之俾刪者何說而
所存止於是也夫覆載之間何所不有人
以耳目之不接一切疑之而不信非也論
語記子不語恠怪固未嘗無也聖人特
不語以示人耳予同年加君志同爲衢州
推官寶愛是書刻梓以傳夫仕與學一道

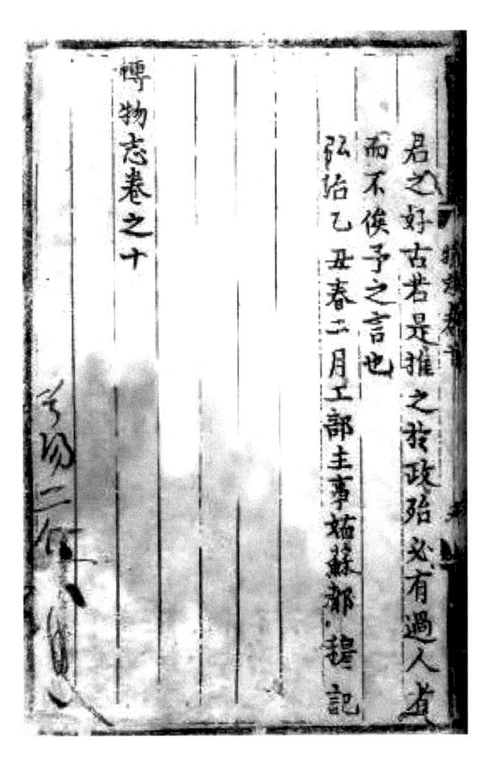

君之好古若是推之於政殆必有過人者
而不俟予之言也
弘治乙丑春二月工部主事姑蘇都穆記

博物志卷之十

| 저자 소개 |

정영호(鄭榮豪, jyh1523@hanmail.net)

- 全南 靈光 出生
- 全南大學校 중문학과 졸업
- 全南大學校 文學博士
- 前 : 西南大學校 中國語學科 教授
- 現 : 慶熙大學校 동아시아 서지문헌 연구소 연구원
  전남대학교 동아시아 연구소 연구원

著作

- 《중국영화사의 이해》, 전남대학교출판부, 2001.
- 《중국근대문학사상 연구》(공저), 전남대학교출판부, 2009.
- 《중국고전소설의 국내 출판본 정리 및 해제》 학고방, 2012.
- 《중국통속소설의 유입과 수용》(공저), 학고방, 2014.
- 《조선간본 유양잡조의 복원과 연구》(공저), 학고방, 2018.
- 《韓·中·日 酉陽雜俎의 異體字形 비교 연구》(공저), 학고방, 2021.

翻譯

- 《中国通俗小说总目提要》(第2, 3, 5卷)(공역), 蔚山大出版部, 1999.
- 《중국고전소설사의 이해》(공역), 전남대학교출판부, 2011.

論文

- 〈경화연과 한글 역본 제일기언의 비교 연구〉, 《中國小說論叢》 26집, 2007.
- 〈한국 제재 중국 근대소설에 나타난 한·중·일 인식 연구〉, 《中國人文科學》 제38집, 2008.
- 〈구운기에 미친 경화연의 영향 연구〉, 《中國人文科學》 47집, 2011.
- 〈신 발굴 조선간본 《박물지》연구〉, 《中國小說論叢》 59집, 2019.
- 〈한·중·일 《유양잡조》의 이체자형 비교 연구〉, 《중국학논총》70집, 2021.

외 다수의 논문.

민관동(閔寬東, kdmin@khu.ac.kr)

- 忠南 天安 出生.
- 慶熙大 중국어학과 졸업.
- 대만 文化大學 文學博士.
- 前 : 경희대학교 외국어대 학장. 韓國中國小說學會 會長. 경희대 比較文化研究所 所長.
- 現 : 慶熙大 중국어학과 教授. 경희대 동아시아 서지문헌연구소 소장

著作

- 《中國古典小說在韓國之傳播》, 中國 上海學林出版社, 1998年.
- 《中國古典小說史料叢考》, 亞細亞文化社, 2001年.
- 《中國古典小說批評資料叢考》(共著), 學古房, 2003年.
- 《中國古典小說의 傳播와 受容》, 亞細亞文化社, 2007年.
- 《中國古典小說의 出版과 研究資料 集成》, 亞細亞文化社, 2008年.
- 《中國古典小說在韓國的研究》, 中國 上海學林出版社, 2010年.
- 《韓國所見中國古代小說史料》(共著), 中國 武漢大學校出版社, 2011年.
- 《中國古典小說 및 戱曲研究資料總集》(共著), 학고방, 2011年.
- 《中國古典小說의 國內出版本 整理 및 解題》(共著), 학고방, 2012年.
- 《韓國 所藏 中國古典戱曲(彈詞·鼓詞) 版本과 解題》(共著), 학고방, 2013年.
- 《韓國 所藏 中國文言小說 版本과 解題》(共著), 학고방, 2013年.
- 《韓國 所藏 中國通俗小說 版本과 解題》(共著), 학고방, 2013年.
- 《韓國 所藏 中國古典小說 版本目錄》(共著), 학고방, 2013年.
- 《朝鮮時代 中國古典小說 出版本과 飜譯本 研究》(共著), 학고방, 2013年.
- 《국내 소장 희귀본 중국문언소설 소개와 연구》(共著), 학고방, 2014年.
- 《중국 통속소설의 유입과 수용》(共著), 학고방, 2014年.
- 《중국 희곡의 유입과 수용》(共著), 학고방, 2014年.
- 《韓國 所藏 中國文言小說 版本目錄》(共著), 中國 武漢大學出版社, 2015年.
- 《韓國 所藏 中國通俗小說 版本目錄》(共著), 中國 武漢大學出版社, 2015年.
- 《中國古代小說在韓國研究之綜考》, 中國 武漢大學出版社, 2016年.
- 《삼국지 인문학》, 학고방, 2018年 외 다수.

翻譯

- 《中国通俗小说总目提要》(第4卷-第5卷) (共譯), 蔚山大出版部, 1999年.

論文

- 〈在韓國的中國古典小說翻譯情況研究〉, 《明清小說研究》(中國) 2009年 4期, 總第94期.
- 〈中國古典小說의 出版文化 研究〉, 《中國語文論譯叢刊》第30輯, 2012.1.
- 〈朝鮮出版本 中國古典小說의 서지학적 考察〉, 《中國小說論叢》第39辑, 2013.
- 〈한·일 양국 중국고전소설 및 문화특징〉, 《河北學刊》, 중국 하북성 사회과학원, 2016.
- 〈小說《三國志》의 書名 研究〉, 《중국학논총》제68집, 2020. 외 다수

전남대학교 동아시아연구소 연구총서 14

朝鮮 出版本 博物志의 복원 연구

초판 인쇄 2023년 10월 1일
초판 발행 2023년 10월 10일

공 저 자 | 정영호·민관동
펴 낸 이 | 하운근
펴 낸 곳 | 學古房

주 소 | 경기도 고양시 덕양구 통일로 140 삼송테크노밸리 A동 B224
전 화 | (02)353-9908 편집부(02)356-9903
팩 스 | (02)6959-8234
홈페이지 | www.hakgobang.co.kr
전자우편 | hakgobang@naver.com, hakgobang@chol.com
등록번호 | 제311-1994-000001호

ISBN 979-11-6995-391-7 94820
979-11-6995-390-0 (세트)

값: 20,000원